若木词集

徐志达 著

中国书籍出版社
China Book Press

图书在版编目（CIP）数据

若木词集 / 徐志达著 . — 北京 : 中国书籍出版社 ,
2021.7

ISBN 978-7-5068-8595-9

Ⅰ . ①若… Ⅱ . ①徐… Ⅲ . ①词 (文学) —作品集—中
国—当代 Ⅳ . ① I227.8

中国版本图书馆 CIP 数据核字 (2021) 第 153289 号

若木词集

徐志达 著

图书策划 杨 罡 成晓春

责任编辑 李国永

责任印制 孙马飞 马 芝

出版发行 中国书籍出版社

地　　址 北京市丰台区三路居路 97 号（邮编：100073）

电　　话 （010）52257143（总编室）（010）52257140（发行部）

电子邮箱 eo@chinabp.com.cn

经　　销 全国新华书店

印　　刷 河北盛世彩捷印刷有限公司

开　　本 787 毫米 ×1092 毫米　1/16

字　　数 243 千字

印　　张 25.5

版　　次 2021 年 9 月第 1 版

印　　次 2021 年 9 月第 1 次印刷

书　　号 ISBN 978-7-5068-8595-9

定　　价 88.00 元

冯其庸先生书赠作者《水墨葡萄》

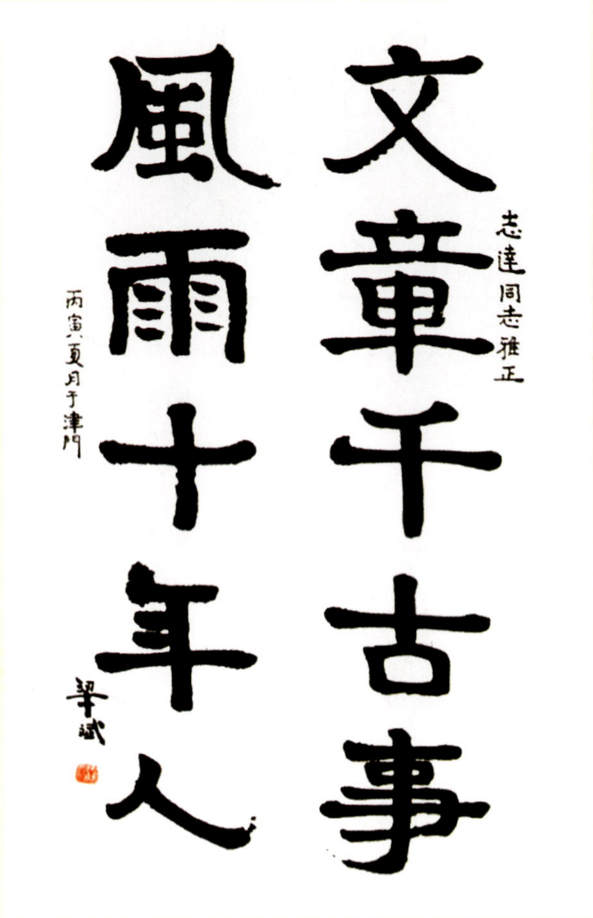

梁斌书赠作者条幅：文章千古事，风雨十年人

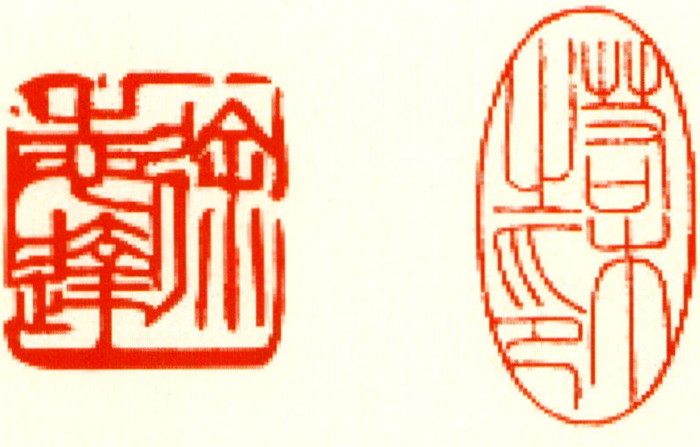

作者松鼠葡萄纽寿山石名章（上左）、狮纽笔名若木牙章（上右），系齐白石弟子王寿朋一九五八年制于北京王府井东安市场

圆熟词句外　雄健律则中

——《若木词集》序

于雁宾

志达先生是报业前辈，退休已二十余载。他少年时代就喜爱诗词，且一直持续写诗填词。数十年来，出版了多部五言律诗集、词集和多卷部的《志达诗词集》，以及专收词作的《若木词》等。此外，他经多年努力完成的长达五千行之巨的新格律体长篇叙事诗《诗歌皇后萧观音》也已出版面世。

于疫情期间，先生把近四年来所填二百余首词作为《若木词续》，放在原《若木词》中，总计九百余首，名之曰《若木词集》。他寄我书稿，让我为序，承蒙错爱，诚意难却。

多年来，我是志达先生诗词写作的关注者，也是他诗词作品的酷爱者。前些年，他相继出版了五言律诗集《行吟集》《行吟再集》《行吟又集》。我曾著评论长文，全文虽未得刊出，但被收入他的诗集《木叶集》中。后来先生出版词集《从心词稿》《梦回芳草》，我都曾写过评论发表。此番不妨纵览《若木词集》中各部分词作，以窥全豹。

《昔日篇什》虽系早年所写，亦为数不多，但能看出他对词这一中国古典文学样式已有很深的认知和感悟，如最早的两首词《念奴娇·别高中诸同学》和《乌夜啼·寄学友依后主韵》写于高中毕业、高考待取之际，即是如此。这部分的末篇是《长相思·冰城冰雪节》。词为：

风飞行，雪飞行，地冻天寒城沸腾，大江千里冰。天也灯，地也灯，俱是琼雕玉砌成，宾朋暖暖情。

此词刊于一九九二年十二月十三日《吉林日报》三版『今日神州』词曲征文专栏，其中有已故著名诗词家文中俊的评语：『风飞雪舞，地冻天寒，大江冰封，城市沸腾。静中有闹，闹中有静，冷中有热，热中有冷，相辅而行地把北国寒冬描绘得壮丽鲜明。下阕描写天地冰灯，上下辉映，琼雕玉砌，晶莹璀璨，一幅优美的冰灯画卷，悬展于读者面前。诗人游目骋怀，视野当然不范囿于景物，而转移到冰雪节的主人公——宾朋。既写宾朋，必写其情，其情「暖暖」，热情融洽也。人情暖暖，似乎冰雪也暖，呈现出一个人欢景丽的艺术境界。』由此表明，先生昔年词作，有的已达一定艺术水平。

相隔多年，至七旬结集《从心词稿》，正如著名诗歌评论家杨匡汉所说：『志达兄这部《从心词稿》，用近六十调，且严格恪守词律，足见他以变调交响、多线游弋之功，伏在案上于方寸之地纵横排奡了。』还进一步指出：『依志达兄燕赵风骨和北疆情怀之兼具，似乎他的词作当属豪放一族。但实际情况相反，他偏爱从柳永到李清照的婉约，真恳切至，情致悠远，多见奇幻之笔，丰词环调，气焰光彩。』这时志达先生词的创作已臻成熟，且显示出鲜明的特色。其代表作是《莺啼序·吉林冰雪赋》，此长调刊于《新中国诗词三百家》（中华诗词出版社出版）。且看本集末篇《最高楼·高中学友聚游松花湖》：

平湖水，莽苍远接山。秋爽雨绵绵。画船好景知多少，万斛情意跳波间。望层云，思往事，梦犹酣。最可忆、一朝弦唱日，最可忆、一朝别去地。经雨雪，历风寒。却留笑貌模糊影，尽皆霜发耄耋仙。赏松花，心壮阔，正华年。

全词从景写起，但景中带情，情景交融，引出不尽往事，如进入酣畅梦中。过片紧密而又深层连接，跌宕生风；寥寥数语过后，又回到学友聚游，以『正华年』作结，余味无穷。『最高楼』词牌，本自体势轻松流美，先生驾驭得完美自如，把学友情表现得既深沉又放达，堪称好词。

待他的词集《梦回芳草》出版，已故著名作家、志达先生称之为北大学长的鄂华在序文中说：『这些词竟然都是志达在《从心词稿》二〇〇六年付梓之后的两三年中新完成的。从这里可以看出他的勤奋和才思敏捷。我要说，读《梦回芳草》词对我是一次难得的艺术盛宴。』他非常赞赏集里的《行香子·张林兄用东坡『其身与竹化，无尽出清新』诗意制竹幅贺词集〈梦回芳草〉付梓为赋以寄》。全词为：

竹化其身，世有何人？当真是、劲节空心。精英气质，俊朗风神。任迅雷击，严霜打，酷寒侵。竿头百尺，

枝侧相寻。出无尽、一脉清新。萧萧凤尾，细细龙吟。看丛篁幽，青青叶，荫深深。

鄂华认为此词：『立意清新脱俗，词旨高远，如不食人间烟火。风格俊朗，情思飘逸，格律严整，声韵谐美！全词神完气足，如一气呵成！』他说：『多少年不倦地寻找好词，寻访知音与同调，虽无所得亦不悔。却一朝发现：好词就在身边，知音就是我的忘年学友。此时此刻，我内心的激动，想来也不会逊于乍闻高山流水时的俞伯牙！』

对《梦回芳草》，鄂华说：『从词作中可以看出，志达词学渊源浑厚。他更偏爱小令，独尊婉约，但长调中也时见东坡、稼轩之豪气；在婉约诸派中，他似乎更中意于淮海的清丽淡雅，却又有小山的孤芳自清；他常常在不经意间流连于漱玉的幽媚婉柔，高处却又直通片玉的典丽雅驯，而且我还欣喜地发现，在他的小令中，时时会出现《饮水词》里「夜深千帐灯」的那种寥廓苍凉的美。』

这段评价在《近年新作》中有了更为突出、更为鲜明的体现。这个阶段，由于他年年南北往返，多以词作描述南溟、北国的羁旅生活，因之写出众多脍炙人口的佳作。单就北地而言，《菩萨蛮四首·重逢故地》之一《上黑水》就很具代表性。全词为：

傍山临水林荫密，秧苗茁壮河滩地。往昔远边屯，于今楼一群。韭春鲜炒蛋，卷饼儿时饭。热泪湿乡音，

久离人更亲。

「热泪湿乡音，久离人更亲」，表明作者重返故地，激动万分，热泪滚滚，乡亲们也哽咽难语。为什么？因为离别太久了，人更亲了——「久离人更亲」。

我着重读了志达先生之《若木词续》后，禁不住惊讶和赞叹！须知，最近数年正是他苦心孤诣地加工、修改、润色和完成新格律体长篇叙事诗《诗歌皇后萧观音》时期。但是，他不顾八十多岁高龄，国内远赴新疆、四川、辽南、海南和内蒙古，外游柬埔寨等国。如此走南闯北，夜以继日，以鹤发童颜之精神状态，以平仄韵律之意绪引领，恪守格律，拈句填词，细研深磨，低吟浅唱，尽皆留下精彩词篇。

尤其是内蒙古赤峰，这里是古代契丹族所建辽朝的中心地带，有长诗主人公萧观音生前活动和死后葬埋的历史遗迹，为长诗对历史氛围和环境的唱赞提供了形象的依据，志达先生也在这里写下多首好词。赤峰林西是先生的生身故土，他为故乡、故园、故人深情叹唱，辞章无不生动感人。

志达先生宏词巨著，举凡家国情怀、人间冷暖、离情别绪、怀古伤时、悼亡祝寿、探幽访胜、阴晴雨雪、悲喜乐忧、岁月播迁、草木枯荣等，无不涉及，皆为瞩目。如对恩师张伯驹、冯其庸、吴小如的怀念和悲悼，对祖先和父辈置身抗日救亡斗争的纪念和追慕，对同窗好友的交谊和奠祭，以及其他等等，都有蕴含深厚、情感真挚的辞章。

他在《临江仙·母亲百二年诞日》词的序中，对母亲有这样的记述：『她出自贫苦之家，年纪不大就做童养媳，从小就伺候一家老小，以致忧劳成疾。父辈参军参战南征远去，母亲以多病之身，带着三个少小的儿子，苦度荒年和寒冬，于中华人民共和国成立前不远溘然而逝，年仅三十有三。』而词曰：『那堪忧累苦，天上去无归。』《踏莎行·纪念母亲百零一年诞辰》词曰：『海献冰山，天挥泪雨，观音菩萨常相忆，心香一瓣供平生，人间思念无涯际。』这些慷慨悲歌、心肠寸断之记叙，表达了对母亲的敬重，亦显示了志达先生的豪放性格。豪放性格，流露出词之豪放情愫，势所必然。

在《临江仙·咏诗词》中，志达先生先以『抒情佳作盛，叙事巨篇奇』来盛赞中国诗词『抒情叙事』之盛大奇伟，之后极为鲜明地表露出『婉约多意绪，豪放少幽思』。这无疑彰显了先生在诗余之创作中，专意在『婉约』中觅见洞天了。

婉约派只是词创作中的一种流派。中华词有多少？《全宋词》收录词作近两万首、词人一千三百余家。可以想见，自唐宋以来，我国词之盛况，数目难以计数。历代词人以平仄为领，发之情，泛乎道，『披之管弦』，迎合大义。柳永、李清照、辛弃疾、苏轼等，都是词之集大成者，也是『婉约』与『豪放』词风兼具者。先生深谙诸家，熟读词作，承递词境，技法圆熟。仅在《若木词续》里，寻章摘句，即可见一斑。

一瞬破云重九上，长空鼓翼飞行，遨游八极逛天庭。琼楼连广宇，玉树缀繁星。

可叹平生无数梦，亦真亦幻堪惊，巡天勘地永痴情。千冰堆北塞，万绿恋南溟。

这是二〇一八年二月十七日写的《临江仙·飞南溟》短调，先写飞赴南溟的喜悦心情，看到南溟楼群广厦，繁星密布，别有一番风味；下阕回忆往事，『亦真亦幻堪惊』。机上流连往事，别有一番思绪在心头。『千冰堆北塞，万绿恋南溟』句极工，写出了先生对北国冰雪、南溟彩焕之厌喜态度。这里重点是『巡天勘地永痴情』句，写出了先生年轻时之无往不胜、不懈奋斗之况味，读来令人感动。全词的格调，幽微处婉约，意绪中豪放，韵味横生。

如此词之况味，仅在《若木词续》集中，所见极多。例如：

平淡中带有深意。《行香子·交河故城》：『抵冰山寒，雪山水，云山风。』《临江仙·再赋紫荆花》：『年年迷醉日，早已盼归期。』《鹧鸪天·椰树》：『顶天嫩叶年年壮，立地直干日日隆。』

闲适里隐藏玄机。《临江仙·鄯善沙漠》：『我坐轻车浮海走，高低上下沙山，争如巨浪过舟船。』

自得中带有深味。《鹧鸪天·椰树》：『人间百味添佳果，道是汁水干爽浓。』

圆熟里藏着深意。《浪淘沙·迎春花发》：『一朵小花独绽放，占得春初。』《鹧鸪天·上合文化园汗血马》：

『雪白形体修长尾，鲜亮皮毛秀美鬃。』

绮丽中带有奇幻。《临江仙·谒杜甫草堂》：『诗人千载在，圣者万年无。』

富贵里深藏心机。《临江仙·南飞途中》：『臂抬能揽月，手举可摘星。』

寒峭中带有批判。《临江仙·藤》：『众木葱茏生大地，却无直立腰身。攀爬匍匐一时亲。』

知音里含着普惠。《临江仙·会邵强》：『两山池水重，松照影清清。』

其实，志达先生的词，还带有雄健性质。依其丰厚之阅历、大千旅历之独具，词中带有奇伟、豪壮、精绝、警策之句随处可见，如《临江仙·咏诗词》：

大野江河流日月，高天绮丽云霓。长风浩浩响歌诗。抒情佳作盛，叙事巨篇奇。

海上三山晶亮玉，兰舟载满花枝。芳华馥郁谱佳词。婉约多意绪，豪放少幽思。

首先表明『婉约多意绪，豪放少幽思』，但是『大野江河流日月，高天绮丽云霓』，不是很豪放吗？可见豪放不是装出来的，而是流露出来的。李清照多写『婉约』，不也有『九万里风鹏正举，风休住，蓬舟吹取三山去』的豪放吗？苏轼是豪放派正宗，曾写过『大江东去』，但也有《贺新郎》中『乳燕飞华屋，悄无人、槐阴转午，晚凉新浴』的婉约。无疑，婉约与豪放，是指词作者风格的大抵趋向。先生固以温雅疏淡、澄辉蔼蔼见长，但也不排斥豪放之笔。试看《破阵子·雪原图》：

白雪茫茫盖地，亮晶闪闪冲天。驱冷破冰翻饮马，取暖热毡炊起烟。人家是乐园。

美画妙诗疆土，银装素裹山川。牛马羊驼声唤叫，水冻霜寒圈内欢。期阳春早还。

这里的『驱冷破冰翻饮马，取暖热毡炊起烟』分明是豪放的一种，『白雪茫茫盖地，亮晶闪闪冲天』分明也是一种豪放。

如此的豪放还有多处，如：

平淡中也有劲健。《行香子·国际大巴扎》：『人潮汹涌，夜亮霓虹。』

入画里藏着奇伟。《行香子·交河故城》：『历击金戈，驰铁马，传狼烽。』《鹧鸪天·火焰山》：『赤岩自古人无迹，秃岭由来草不生。』

平常中现出豪壮。《少年游·冬至节赋〈诗歌皇后萧观音〉改稿初竣》：『洪荒宇宙，开天辟地，风雨总纷纷。』《踏莎行·微雨中》：『大千世界静无声，唯闻绿叶低相诉。』《卜算子》：『冰冷贯常年，浅底鱼成对。』

羁旅中显现精绝。《临江仙·南国威尼斯城至棋子湾道中》：『清晨阴细雨，傍晌蔼云天。』《临江仙·赋长春儿童公园白桦林自寿》：『挺身洁自立，待放绿云腾。』《踏莎行·赋晚秋银杏树寄远》：『姿彩绰约，风神豪兴，古松繁茂相肩并。』

精彩处时有警策。《临江仙·梅州元府新区夜行》：『高低坡不定，上下起伏行。』《临江仙·宿长岛堂洲际酒店》：『天堂人力造，不信远蓬瀛。』《临江仙·谒三苏祠》：『人生多坎坷，百代壮词留。』

咏物中出现古今。《临江仙·望江楼公园访薛涛遗迹》：『制笺留汲井，彩纸此开宗。』

刻琢处见到清新。《临江仙·重游文笔峰》：『南佛和北道，海岛两家亲。』

造景中见有大千。《破阵子·春分》：『道法自然天不等，万物均衡地不平。』《临江仙·上巳节》：『敬天翻日月，法祖倒坤乾。』

这些脍炙人口的佳章豪句，不正是先生流露出的豪放吗？

就是在疫情期间，先生亦是果敢赋词，并且大都是黄钟大吕、慷慨高歌，如《破阵子·天使赞》：『疫祸外来除净尽，雷火神山碑不磨。』《菩萨蛮·战疫赞歌》：『钢铁铸长城，抗毒新战功。』这些词句，更加显现出先生心志高昂的豪放情愫。

志达先生为词数十载，出词近千首，今以婉约派与豪放派度之，恐有失偏颇。但细读其词，婉约表里，豪放古今，因之可谓所作非虚。其以毕生做新闻工作，但又多层面从事古典诗词和新格律体长篇叙事诗的创作，而且硕果累累，巨作皇皇。仅从《若木词集》看，他以热烈之词句、高昂之心绪，撰写出感天动地、慷江慨海之辞章，已无愧于时代、无愧于人生、无愧于未来矣！

谨以此为序。

二〇二〇年七月于长春阳光城

目录

卷二　从心词稿

卷三　梦回芳草

卷四　近年新作

目录

卷五　若木词续

目录

附录

卷一

昔日篇什

念奴娇

别高中诸同学

一九五七年七月十日

光阴飞度，历三载、离别同窗学友。忆看千年，传美话、酬唱诗心斗酒。韵圣诗仙，杯杯痛饮，且亦难分手。深情浓绪，痛伤多少朋旧！

今却回想当年，自从相见了，相亲心厚。密切无间，逢假日、倾诉衷忱游走。即刻西东，焉能知后往，怎生欢凑。君当同盼，尽皆折桂才秀。

乌夜啼

寄学友依后主韵

一九五七年八月一日

夜深不寐离楼，月悬钩。残夏闷人难耐盼凉秋。

音信断，意绪乱，怎消愁？是否梦中君唤在前头？

菩萨蛮

燕园之一

一九五七年十月二十日

飘飘木叶何零落，湖光塔影高天阔。默默忆音容，可怜山水重。

三年迷梦误，忽去空蒙路。霜冽落花堆，风寒鸦乱飞。

西江月

燕园之二　一九五七年十二月十日

湖畔碧松高举，斋前翠竹青青。叹相对日渐多情，默默相知好友。瑞雪覆为连理，更通脉脉心旌。却添梅朵更成朋，三美天长地久。

蝶恋花

燕园之三　一九五八年四月二十一日

春色一观长岸柳，拂水依依、热恋深情久。斗艳花间牵素手，牡丹胜赏迎春后。雁叫三声风信有，贯耳新雷、阵阵声声透。朝暮未名湖起皱，不言清水横波又。

浪淘沙

燕园之四　一九五八年六月二日

绿水石鱼盘，碧树参天。离离稻苇百花园。桑葚几多食已醉，梦里陶然。往事一年前，飘忽娟娟。蹁跹西去眼望穿。更是仓皇难一会，期在何年？

千秋岁

党成立四十周年

一九六一年六月三十日

域南城外，魔怪慌慌退。龙滚起，穷白碎。高高挥祝盏，吉日飘新带。能不赞，沸腾四海人心醉。忆昔南湖会，初日砸阴盖。四十载，丰功在。败敌魂梦断，我好河山改。奔愿景，率军万里腾云海。

菩萨蛮

夏夜有寄

一九六一年七月五日

京华翠目苍苍碧，望东指顾乡关地。山海莽悠悠，犹闻凌水流。　那堪传一语：君定能高举。池水育荷开，试成当自来。

蝶恋花四首

赠人

一九六一年九月十九日

其一

同到当年肠断处，飒飒秋风、踏遍林中路。千里云山隔不住，期期艾艾寻何物？　对坐石阶频看顾，万语千言、喉哽当难诉。等待赴约经几宿，不能入睡何甚苦。

其二

遥看隔窗天气肃，碧海澄空、银浪疏云阻。寄语金风传故屋，愿君同袂三山去。
新月临床思反复，点点繁星、举目谁能诉？忽感夜凉如冷露，万般心事何须数！

其三

犹记有缘初见面，一往谈书、冬冷如春暖。又会京华仁寿殿，兴游花坞天文馆。
惆怅赠诗添渴念，心事朦胧、脉脉抒衷愿。衣带渐宽为久盼，伤神憔悴终无怨。

其四

毕竟别离相见好，南北同城、河水横千道。多少思谋昏与晓，铁鞋踏破人将老。
诗里只觉幽燕少，东去西归、情志飞云表。独立松花捷报早，不如音信频传告。

虞美人　七夕

一九六二年八月七日

清清河汉涟漪息，牛女逢佳夕。儿时瓜架水中花，未见情人相会泪如麻。
人间今日星和月，谁是搭桥鹊？相隔咫尺不相逢，暮暮朝朝羞涩冷冰冰。

钗头凤　遣怀

高挥手，干杯酒，夜深豪饮风吹柳。非他恶，真情薄。满怀潮涌，聚神求索，错！错！错！　人仍旧，身虽瘦，奋飞鹏举凌霄透。乌云落，朝临阁。壮心坚在，所思天托，乐！乐！乐！

一九六二年八月二十二日

卜算子　大庆

塞外草荒原，沉睡今朝醒。朔漠西风也畏威，地底黑金涌。　立极是红书，何往皆能胜。七亿人人赞铁人，举国同欢庆。

一九六四年一月二十三日

自度曲　重阳

枫红，松青，杨柳金黄。无边落木萧瑟，辉耀骄阳。万丈高楼，玉砌银镶。几多丹青妙手，挥毫留秋光。

怀想，马背哼成：战地黄花分外香。欲引吭高歌，倏然清风吹动，耳边声浪羌羌。

一九六四年十月十四日

贺新郎　感事

一九六五年一月八日

一响丁零起。任寒风、冷霜舞雪，每天如的。报样新闻辑剪下，文字随波生翼。飞向了、人们家里。能不赞成殷勤举，正清晨送去新消息。天下乐，乐无比。　夜班为我增神气。赏朝阳、喷薄欲涌，锦霞云绮。雪覆青松春城美，巍塔惊心壮丽。当少日、诗书知己。若把青春辜负了，怕青春要笑高年泣。词一课，习门闭。

采桑子　冰灯

一九六五年一月十日

冰天北国春来早，不是春天，胜似春天，万朵灯花百态妍。　风光岁岁这边好，胜利空前，意兴空前，雪塑冰雕吉兆年。

清平乐　葫芦岛早春

一九六五年一月二十七日

坚冰锁海，心荡何澎湃。忆昔葫芦妖作怪，山下顽敌惨败。　北观迷漫风烟，地铺瑞雪遮天。更有如龙车马，春潮催动腾翻。

一萼红

雪天怀雪岚

晨思幽，看窗外皆白，瑞雪覆重楼。红霞放彩，晓寒倏去，融融滴下檐头。春城丽，疏朗天气，谁伴我，驱车尽兴游？雪地飞花，冰天寥廓，胜却清秋。

何谈寒彻难禁，念千里茫茫，思念悠悠。襁褓婴儿今日岁满，生就与雪同俦。切莫学、冰肌玉骨，渤海边、凉热变无休。应羡报春蜡梅，香笑芳洲。

一九六五年十一月十二日

六州歌头

人民广播创办二十周年

人民广播，回首廿年龄。生战火，旌旗树，壮苍溟，向狼烽。处处新华唱，颂群力，填膺气，步枪挺，戍城志，斗顽凶。赤县神州，盼望朝阳起，夜永寒凝。仰北辰斗拱，照宝塔红灯。雪化冰崩，赴光明。

水波声浪，连天涌，金笔举，字凌空。指使命，殷望厚，大功兴，远途程。句句豪情激，党传统，体施行。迎霞彩，无停步，为工农。直到五湖四海，都吹遍、浩荡春风。有强音真理，正处处飞腾，天半旗红。

一九六六年一月十八日

渔家傲

游泳

渤海浪飞声溅溅，洪涛黄海冲云汉，池水昆明多潋滟。十年算，风波出没游踪遍。

云影高天长啸唤，

一九六六年八月二十二日

纵游横渡南湖面，斗浪迎风风不断。风中看，五湖四海情无限。

浣溪沙　中秋夜行

一九六六年九月二十九日

五载东西来去间，今宵竟可倍心欢，我随明月度山川。
邀月对窗心事唠，清辉处处照银镰，直教金浪上高天。

卜算子　寄友人

一九六六年十一月六日

天雪对寒窗，心在寒天里。欲寄诗笺醉卧吟，无奈因残弃。
残稿未诗残，心远无烦意。待到冰天跃马时，诗酒呈知己。

浣溪沙　早春行

一九六七年四月二十三日

淡绿鹅黄满目新，犁飞牛劲望氤氲，城乡处处早来春。
西返渐行明月夜，欢歌车里漾春温，故乡路上急归人。

如梦令

立夏后一日

立夏鹅毛应住，今又疏阴铺路。湖面照骄阳，风冷水寒如故。如故，如故，击水驾波游渡。

一九六七年五月七日

望海潮

葫芦岛

连山形胜，长廊边塞，葫芦巧戴菊花。高坞矗天，长堤似带，多艘舰艇开发。帆影过深峡，画楼叠礁岸，悠远无涯。满载渔舟，马拉车拽蟹鱼虾。

英华此处偏佳。有群峰似镞，阔水平沙。飞雪怒涛，拍天浪涌，潮来唤我轻划。万缕雨歇霞。入水横波去，星夜飞花。红日喷薄跃起，云锦更为嘉。

一九六七年八月三十一日

永遇乐

十月革命五十周年

天震雷鸣，坚冰轰破，开辟新路。一切横除，人们共仰，北斗克里姆。竟谁当道，巢倾厦毁，盛绩事功如土。五十年、天旋地转，史书泱泱灼目。

河流可倒，山能低首，人类文明岂住。赤县神州，拨云驱雾，鞺鞑擂鼙鼓。荡涤沉渣，碾砸蛇鬼，自是根基永固。当奋勇，航行彼岸，万难岂顾！

一九六七年十一月七日

千秋岁

三中全会

一九八二年九月二日

四方沉醉。金谷摇新穗。欢舞美，歌声脆。人人挥祝盏，齐唱三中会。当盛赞，变更路线方针对。尽洗灾劫罪，延衮除阴盖。兴国路，驱妖怪。笑声田野遍，一览河山改。奔彼岸，正如万马腾云海。

江梅引并序

一九八四年二月二日

报载，我国评选国花，赞成梅花者居多。儿童公园漱芳园花房里，早梅已发。今前往观赏，因依前人旧韵，遑制是阕。

漱芳园里观冬梅。赏初开，暗香来。玉翦冰裁、藏笑立琼台。英挺寒枝多妩媚，幽情远，最清绝，能有谁。雪衔映霜含素蕊。标格别，花丛里。冷艳凝绮。待展叶、片片萼飞。不与繁杏、夭桃比霞衣。物阜年丰春信早，举国庆，东风急，频频吹。

武陵春

题《武术报》

一九八四年二月十八日

凛凛寒风吹不住，冒雪去觅春。花事遥遥柳未因，春可望琼林。男女老少衣红绿，对阵在晨昏。跌打翻爬式样新，威武长精神。

蝶恋花　春信

一九九二年四月五日

春色最宜堤上柳，拂水依依，宛似喝醇酒。度草穿花溪径走，含情脉脉挥挥手。

雁叫三声风信有，乍过轻雷、雨打衣衫透。地远天遥心照旧，近来知否当清瘦？

长相思　冰城冰雪节

一九九二年十二月十三日

风飞行，雪飞行，地冻天寒城沸腾，大江千里冰。

天也灯，地也灯，俱是冰雕玉砌成，宾朋暖暖情。

卷二

从心词稿

破阵子三首

赏牡丹

二〇〇五年五月二十日

一

碧池层层涟漪，青枝袅袅柔丝。紫燕呢喃初唱也，浅草成茵悦目时。信风又到期。

几日连番好雨，千柯万蕾含滋。乍染云霞花欲绽，相逐人流怕见迟。痴情岂可疑？

二

难数千堆锦绣，满园不尽芬芳。北国多情生国色，地远天遥有异香。华章盛世光。

彩萼琼琢覆瑞，镂雕艳蕊凝妆。虽曰春城花烂漫，而今花中谁是王？当然归紫黄。

三

缟素园中点点，冰肌玉骨霜容。晶块银绡莹似雪，胜却芳从紫与红。广寒宫里行？

月魄蟾魂冷冷，瑶台混露凌空。播撒馨香千百代，一脉清绝无尽穷。乃真花者雄。

唐多令

游石头口门水库怀木叶

二〇〇五年五月二十九日

才过柳荫稠，清渠淌细流。绕山弯、遍耸琼楼。欲渡茫茫湖上水，风浪阔，客船收。

云去海天头，怎

消万古愁。饮渔家、入梦才休。木叶忽然来此也，笑扶臂，作同游。

踏莎行

题《全国青少年书画大赛吉林省赛区获奖作品选》

二〇〇五年六月一日

笔走龙蛇，画图尺素，山川大地无重数。犹闻禽鸟唱欢歌，花团锦簇迷人目。　泼墨穿云，挥毫逐鹿，篇篇尽是才资赋。童娃莫要等闲瞧，小苗明日搏天树。

行香子

旧日同事宴集

二〇〇五年六月九日

记否当年，正是春天。东辽行、碧水青山。赏游净月，林绿花繁。尽皆豪饮，赞鱼美，放歌欢。　而今似梦，隔雾隔烟。几曾是、地北天南。孤悬海外，一见千难。叹别离多，倾杯酒，壮童颜。

临江仙

端午寄远

二〇〇五年六月十一日

忽忆弦歌年正少，几多半纪豪英。我偏病酒醉中行。至今思往事，梦醒尚余酲。　长恨此身非我有，冥顽忤逆堪惊。杜门谢客负亲朋。诗词权作酒，拳剑伴残生。

鹧鸪天

题才艺林网站

二〇〇五年六月十三日

才艺林中放步行，相迎万紫与千红。银钩铁笔金龙滚，玉树琼枝奇卉荣。天赋纵，见闻聪，少年豪俊又神童。耕耘网站春光媚，雏凤凌空舞大风。

醉蓬莱

赏芍药

二〇〇五年六月二十日

已天香散尽，又在园中，妙香如昨。水畔栏边，绘丛帷熏幄。盛事无歇，白黄红紫，漫地高天阔。带酒携糕，呼朋唤侣，共亲娇客。绰约花容，入诗风郑，士女相嬉，赠之为诺。唐始知名，有牡丹升座。贵后卑先，谱落声减，叹此何情薄。卉海波翻，而今游赏，热心流火。

浪淘沙

观传统武术大赛

二〇〇五年六月二十六日

场内众声喧，喝彩连连。一观身手自非凡。鞭剑刀枪拳棍棒，尽是真传。修炼已经年，暑热霜寒。老来筋骨日弥坚。乐起剑挥天地舞，何似人间！

朝中措

望暮色忆海口寄居

二〇〇五年七月七日

黄昏天末荡飞霞，思远在琼崖。遥望亮初星影，分明海甸群花。椰园树下，坡湖水畔，曾有吾家。最是紫荆长路，春来红阵清佳。

天仙子

题戈沙水墨画展

二〇〇五年七月二十二日

莫赴远天游大漠，且看运毫穷碧落。无边图景尽如诗，红柳脉，胡杨魄，古道艳阳沙海阔。妙手丹青花万朵，遍结茂林丰硕果。夕晨勤苦忘流年，仍续凿，泼浓墨，洒给世间情似火。

渔家傲

老头龙海祭

二〇〇五年七月三十一日

古月高城沧海碧，独舟曲岸渔灯缀。空际星河何处去？风欲起，奔涛大浪来千里。万事悠悠如过隙，非非是是凭谁计。利禄功名当可弃。皆莫忆，抛肝掷胆权为祭。

乌夜啼

家小从长春海口聚羊城

青山绿水重重，路如虹。无奈天遥唯望早相逢。

溽暑热，点天火，兴方浓。来把春城凉爽送羊城。

二〇〇五年八月一日

长相思

深圳

树木多，楼房多。绿树红楼花似河，水流日日歌。

游人多，汽车多。人海车流灯似河，客闻子夜歌。

二〇〇五年八月三日

水调歌头

广州至海口海上

圆镜绕天落，碧玉罩穹庐。往来云走如画，清影任飘铺。丽日云间出没，海面七颜五色，变幻尽佳图。妙境此难有，可怕瞬间无。

狂风起，黑云涌，浪奔突。惊涛怒吼，天海抖擞影模糊。平静当埋动荡，美好常生丑陋，万物本无殊。破浪银花舞，且看水轮浮。

二〇〇五年八月五日

水调歌头

七仙岭温泉

天上众仙女，何事到人间？化为峰顶坚石，并立入云端。守卫耕耘百姓，阅尽田园锦绣，快乐万斯年。风

二〇〇五年八月十一日

雨闪姿影，一望更堪怜。竹林翠，溪流唱，水缠山。喷泉呼啸，银柱天际荡云烟。座座澄池水澈，水既苍凉又热，老幼俱腾欢。明月来玩水，谁可不成仙。

望海潮　石花水洞

二〇〇五年八月十三日

斑斓奇石，年光百万，开花更出新芽。冰澈雪洁，银丝玉缕，晶莹胜似丹霞。溶洞遍琼葩。有钟乳悬挂，排列天涯；瀑布飞流，幔铺罗绮艳相加。长河地下偏佳。驾扁舟览胜，最宜轻划。珠大夜明，熊熊火炬，当空闪烁光华。石卷曲堪夸。过鹊桥极目，牛女还家。一路随行好景，游罢日方斜。

少年游　海大荷塘依苏韵

二〇〇五年八月十五日

去年离此，春光明媚，苞举待开花。今年来了，花期已过，莲子育蓬家。犹有一花亭亭立，团萼粉似纱。岂负荷塘怜归客，陪椰赏，月西斜。

浪淘沙

桄榔庵遗址　　二〇〇五年八月十九日

野草绕荆藤，庵已无踪。残碑幸在水污中。一树桄榔呼远客，共忆坡翁。　谪宦住茅棚，摘叶书铭，心胸犹视冠平生。笠屐身留千载韵，尽诉衷情。

西江月

琼崖寄远　　二〇〇五年八月二十五日

真乃南溟奇甸，红花绿树连天。椰风海韵动心弦，佳果香甜尝遍。　岁岁来游已惯，忘忧忘病余年。七仙水里乐陶然，时见飞泉激溅。

十六字令六首

海口飞长春　　二〇〇五年八月二十七日

一

飞，海水江流映日辉。穿云雾，四顾九天垂。

二

天，无雨无尘浩瀚间。追红日，咫尺在跟前。

三

云，脚下悠悠雪样银。将何往？寰宇任浮沉。

四

人，无翼巡天且勿论。重霄外，也有好知音。

五

归，大地河山又问谁！如清梦，刹那爽风吹。

六

来，万绿丛中跑道开。新机场，宾客喜盈怀。

水龙吟

贺东北亚博览会

二〇〇五年九月十日

爽天四处花开，大街小巷花旗缀。青杨媚妩，柳荫盖地，苍松耸翠。堂馆新妆，商家放彩，食呈千味。奉春华美意，三秋硕果，开博览，兴佳会。

忙煞龙嘉跑道，绿丛中，机飞如水。频频降落，益朋良友，客高宾贵。来自八方，五湖欣喜，五洲欢泪。看今东北亚，方兴未艾，奔千秋岁！

沁园春

题与木叶海口西海岸留影

二〇〇五年九月十一日

日散朝晖，海映霞光，路树列阴。看层层台榭，堂堂馆舍，相连峻宇，出入嘉宾。清赏池鱼，沙滩戏浪，好景焉能空负心。长廊岸，有花香鸟语，美在芳晨。

来游木叶随身，更觉得良辰格外亲。竟魂飞魄荡，思驰虑释，情高九皋，梦境成真。昊昊长天，彩云渺渺，潮涌波翻涤世尘。今留影，望浩然正气，流贯乾坤。

沁园春

梦归

二〇〇五年九月十四日

奇甸南溟，万里魂飞，梦在故乡。叹黄沙白草，枯松平地，沙湖干涸，潢水哀伤。败砌荒丘，残身古塔，今日能非泪影苍！冥冥里，却蓦然觉醒，雨后斜阳。

从来万事茫茫，竟离去十年沧与桑。在巴林桥北，锅撑山下，城当兴盛，人定安康。恶水穷山，天灾人祸，几度儿时饥断肠！杯遥举，祝突飞猛进，共世同芳。

虞美人

中秋对月

二〇〇五年九月十八日

人生七秩前人少，今我当知老。伴随圆月度中秋，每每亮光依旧照楼头。

星河碧海归何处？竟夜茫茫路。望君求索赋千篇，剩有醉魂拳剑养天年。

六州歌头

赋《吉林日报》创刊六十周年

二〇〇五年九月二十二日

心旌荡荡，谁不血蒸腾！临盛事，逢佳会，酒香浓，泪如倾。奉上蹁跹舞，赞歌美，诗潮诵，胸恣肆，情洋溢，尽欢声。南北东西，喜电铺绸幛，道贺宾朋。一报逢花甲，大地度金风，开万年红，丽菊迎。战袍披挂，浴烽火，杀笔阵，举旗旌。开国颂，奔放唱，获勃兴。浩劫惊，厘重浊拨乱，创新路，辟途程。集团起，隆大业，景恢宏。置换乔迁壮举，正酣畅、柳暗花明。百岁华诞日，待让众群英，颂赞无赢。

鹧鸪天

怀王磊

二〇〇五年九月二十五日

长叹悲天泪寡夫，当年学弟识君初。大刀诗唱杀倭曲，马背歌成教孺书。曾梦见，却音无。人言辽水有清庐。瘦园甫得身神寿，科尔沁中一亮珠。

汉宫春

长春文庙祭祀孔子诞辰

二〇〇五年九月二十八日

炮响冲天，起乐歌舞礼，鼓奏钟鸣。翩翩六佾，引得血热心惊。池桥殿所，涌人潮、鼎沸升腾。行教像、堆积供品，香烟缭绕盘空。却看百年风雨，虽推翻未倒，返祖归宗。和谐构成社会，崇尚文明。全球共祭，料尊儒、和而不同。传统续、民族文化，辉光照亮前程。

满庭芳

读《风雨征程——池精武人生之路》

二〇〇五年十月三日

豆蔻年华，救亡抗日，可堪巾帼豪英。百团鏖战，琢玉骨铮铮。幸仰光辉宝塔，延河水、滋润心灵。青春丽，人民解放，壮志贯霓虹。

篇宏，描不尽，忠心赤胆，正气高风。任赢得人尊，更避声名。花鸟诗词寄兴，勤书画、品秀德清。夕阳美，八十四岁，如不老青松。

采桑子

秋思

二〇〇五年十月七日

淡云入水湿千树，静美清秋。静美清秋，叶叶心心日月稠。

天涯海角迢迢路，望远楼头。望远楼头，雁字心随作胜游。

南歌子

九日忆旧

二〇〇五年十月十一日

竹木窗前影，繁花路面阴。年时怕忆赏菊人，最是月斜花放暗销魂。

白日余残热，高天抹淡云。秋风

吹送绿成金，独自登高鱼雁寄同心。

太常引　为神舟六号赋

一舟神影太空飞，苍宇望宏恢。星月日相随，几昼夜，巡天是谁？　问天看地，寰球渺小，大海也些微。千古梦圆回：载牛女、嫦娥喜归。

二〇〇五年十月十三日

雨霖铃　落叶

寒风劈虐，叶苍苍碧，活脱凋落。如花坠地无语，方飘转处、从容无迫。举袂相牵曼舞，却歌乐何若？看片片、飞向遥远，化作青泥自沉没。　芸芸万众穷通过，又谁能、灭去多斟酌！风云雨雪寒暑，经世路、水长天阔。电打雷击，成就、钢筋铁骨魂魄。既似此、犹叶同科，差可无须说。

二〇〇五年十月二十八日

菩萨蛮　净月初冬

苍松莽莽群山翠，晴阳照入层林醉。茸叶落无声，空中飘不停。　穿林诗寄兴，雪化湿幽径。山顶费逡巡，

二〇〇五年十月三十日

长天收暮云。

清平乐

登牡丹亭

二〇〇五年十一月三日

秋风萧瑟，金叶飘飘落。不尽苍波湖水阔，独伫归来远客。

倦飞众鸟无寻，天涯目断征云。不觉衣湿微雨，凭栏依旧沉吟。

长相思

海口与长春

二〇〇五年十一月七日

花满城，树满城，椰韵蕉姿沐海风，长年夏不冬。

冰几重，雪几重，地冻天寒多盛情，欢歌铁骑行。

浣溪沙

寄王磊

二〇〇五年十一月十一日

往事如云似雾飘，草原对酒敬诗豪，大刀马背起狂飙。

岁月无情音杳杳，山川有泪水迢迢。但期把盏瘦园宵。

忆江南　西拉沐沦河

二〇〇五年十一月十五日

潢河水，沙草是发源。千里载舟辞北土，万遭浮海到南天。询问故乡安。

潢河水，漫漫过沙滩。古往巴林桥上泪，而今游子眼中酸。多少去无还。

如梦令　记事

二〇〇五年十一月十八日

长记山暝游处，海浪心潮同舞。风雨几春秋，羁旅怎寻归路。难住，难住，怅怅寂然何去？

如梦令　述梦一前韵

二〇〇五年十一月十九日

曾醉烟溪佳处，旷野蝶飞蜂舞。跌撞乐其间，花挡草拦迷路。堪住，堪住，残月晓风吹去。

如梦令　述梦二前韵

二〇〇五年十一月二十日

忽梦三山幽处，阔海风歌鸾舞。仙奏尽箫韶，缥缈瑞云铺路。当住，当住，水远路遥谁去？

鹊桥仙

小雪未雪

二〇〇五年十一月二十二日

枝枯满目，残花一片，风冷分明冬日。水波不胜小园寒，几夜里、湖冰初积。　寻规节令，无常气候，邈邈难觅雪意。漫天飞雪正待时，与落叶、同迎相识。

永遇乐

忆鹿山山位于内蒙古林西县北部

二〇〇五年十一月三十日

名此何因，山形相似，间或多鹿？水绕青丘，云遮峻岭，漠北清佳处。滩田院舍，驼羊犬豕，外祖母家常住。正儿时、愿听夏夜，蒿池阵阵蛙鼓。　时隔甲子，秋霜冬雪，好梦寄托无数。饱览天涯，五湖游遍，犹望回乡路。小村风貌，河山秀色，是否依然如故？凭谁告、千声问候，万声祝福！

莺啼序

吉林冰雪赋

二〇〇五年十二月十七日

凉秋五花好景，遍关东阔土。霎时也、来袭狂潮，岂是前此图幅。万千里、红消绿褪，如席雪片周天舞。结初冰，林木新妆，竞舒丝絮。　旷野山原，瀚海浅谷，竟琼封玉覆。朔风劲、吹刮烟泡，啸呼横扫无阻。雪悬崖、积年累岁；雾凇柳、纷纷翘伫。白茫茫，寒色冬光，入融情愫。　恢恢凛凛，大地江河，水晶素玉筑。

斫月片、巧装泡淖，满布琉璃，剔透玲珑，那堪足数。瑶池亮镜，澄潭凝冷，平湖冰捕群鱼戏，美霜林、不冻松花渡。神奇瑰丽：琼帘玉凤翱翔，瀑鞭吊嵌冰柱。

冰魂逸韵，雪魄播馨，叹赏心悦目。怅莽莽、青松披缟，犬拽犁爬，塑像堆人，奋飞银路。仙葩众卉，雕冰才艺，龙楼麟阁冲碧落，夜灯冰、七彩酣歌赋。欢腾佳节连连，四海宾朋，兴犹尽否？

金缕曲　遣怀

二〇〇五年十二月二十五日

吾本儒生耳。启蒙时、读经三字，赵钱孙李。濡染温良恭俭让，记背诗书礼易。竟混迹、学堂高第。青眼虽多常白眼，阅沧桑、拭尽悲天泪。今对此，亦无悔。

茫茫往事当而已。尚淹留、诗词笃好，剑拳奇癖。明月清风行吟赋，皓首抒发胸臆。空剩得、神哭鬼泣。暑日霜晨飞鹤舞，后生缘、太极终无弃。拔剑起，唱金缕。

金缕曲　夜思

二〇〇五年十二月三十日

木叶爷孙女，已更深、你仍学读，未能休息？雪冷星寒思千绿，地北天南万里。众往事、皆成回忆。襁褓婴儿食干粉，抱怀中、牙出初学语。门框荡，打窗雨。　悠悠此夜心潮起。又同游、格林乡梦，戏松花水。冬夏学堂时接送，赴宴陪同会聚。奇甸走、龙飞凤举。海韵蕉风椰娃舞，叹南溟、几度重离去！竟枕湿，泪难止。

最高楼

光泽携家小南行

二〇〇六年一月九日

天涯路，遥远瞬间程，潇洒笑谈中。登机日暮星辰夜，转眸城隐雪原冰。去烦忧，舒爽气，向南溟。　赏不尽、岛风林万绿，赏不尽、海风林万雨。仍是夏，避寒冬。千花万卉开方盛，珍馐佳品不知名。伴椰蕉，香楝苦，紫荆红。

最高楼

悲梦

二〇〇六年一月十二日

幽幽梦，魂断在何方？云阔与天苍。爽秋酒醉雄关夜，暖冬雪飘大圆庄。忘非能：游峻阁，宴重阳。　向广宇、任凭辜负月，向厚土、任凭辜负血。雷震震，雨茫茫。江河湖海蛟龙没，山陵峰洞猛虎殇。奏箫韶，悲气振，痛歌长。

最高楼　人生

二〇〇六年一月十八日

今生路，崎岖忆无时。步步走如泥。春花谢了秋花待，月光亮了日光期。怅苍茫，谐百趣，更寻诗。　是否见、雨非烟似露？是否见、气非烟似雾？缥缈缈，怎穷之？往生已作风云散，来生只有老天知。笑阿谁，空所向，竟成痴。

最高楼　寿明园年祭

二〇〇六年一月二十一日

烧钱纸，烟散火灰飞。十里放声悲。泪挥热土冰积冻，酒浇寒木雪增堆。众芸芸，除陋旧，仰阿谁？　敬一朵、素花供奉夏，又一朵、素花供奉腊。鲜丽丽，意相随。松姿动影经冬竹，柏枝招手报春梅。我离兹，回望眼，响新雷。

最高楼　飞京转机赴琼

二〇〇六年一月二十五日

阴霾重，冰雪盖河山。一瞬过云端。尽观冉冉京华日，奋飞重九碧波天。望家乡，如梦远，在人寰。　美画幅、北方千片雾，美画幅、海南千片绿。临宝岛，海蓝蓝。正逢万户接春旺，再游奇甸百花园。角梅红，香楝苦，紫荆妍。

踏莎行

海师大校园紫荆花路

二〇〇六年一月三十日

碧叶搭棚，翠枝垂路，连成绿洞常闲步。忽如昨夜度春风，吹开新蕾无重数。玉蕊金心，晶莹萼素，怎能忍得离朝暮。花红成阵复花红，眼前多少娇娇树。

踏莎行

海大早春荷塘

二〇〇六年一月三十一日

短茎干枯，遍残塘面，朦胧小草微风岸。但酬椰树翠围屏，水边时有蛙声泛。偶感萧条，并非冷淡。忽飘点点深红艳。惊心缘是睡莲开，老荷遥梦当期盼。

浣溪沙

海口逢故人

二〇〇六年二月二日

吾本朔方散淡人，海南殊域兴游勤，低吟浅唱古和今。相印以心偏袒我，成人倾力更知君，一蓑烟雨忝为宾。

浣溪沙　春节宴聚席上

二〇〇六年二月二日

地北天南不计程，往来邃密此心同，椰风冰雪是亲朋。佳节共歌春气旺，全席同赞雾凇丰，杯杯都满故园情。

最高楼　官塘温泉官泉谷

二〇〇六年二月七日

春雷曲，缥缈静悄然。新月挂天边。星花淡淡飘疏雨，泉头喷水奏丝弦。浴池中，澄澈影，动悠闲。醉复醒、岸前山上谷，醒复醉、岸边山下瀑。花气重，浥珠妍。月翻雨湿清泉唱，体托温水淡风眠。我今来，天上也，抑人间？

浣溪沙　博鳌鳌头海鲜馆极目

二〇〇六年二月八日

一曲清歌酒一杯，客来尝够海鲜归，鳌头风浪送船回。圣石带长雄捍海，四江三岛画屏开，望中琼宇上天台。

最高楼

病中

二〇〇六年二月十日

人生路，倏尔惫疲身。风过扫残云。海边胜景模糊影，热泉流水只听魂。叹博鳌，泉谷粉，废诗吟。怎不念、木前青翠叶，怎不念、我心纯洁月。都正是，种花神。八极使者迎来也，九天玄女我之孙。上天庭，听凤唱，息龙门。

最高楼

椰风海韵

二〇〇六年二月十二日

芳菲甸，孤矗在南溟。自古是蓬瀛。海环雨湿波涛韵，椰遮阳热爽凉风。异花开，长夏绿，永无冬。万泉水、逐臣多少愤，五指下，烈英多少恨。皆化作，彩霞升。花开生态文明岛，果成长寿健康名。客频来，空铁海，送无赢。

浣溪沙

病初愈

二〇〇六年二月十七日

病榻方知万事非，蝇营狗苟也成垂，当无再有喜和悲。

老天此番曾诏告，黄泉路上伴歌吹，东风不幸唤复回。

浣溪沙

酬海南番木瓜

二〇〇六年二月十九日

枝叶青兮木缀瓜，果中王者勿需夸，南溟宝甸一奇葩。

我今报之桃与李，赖君投予饴和茶，回生起死在天涯。

最高楼

应约春节赴琼海王仪处因发病未果

二〇〇六年二月二十日

人间事，人算也由天。几度有会缘。胜游琼海遍山水，成诗佳境美供谈。乐城行，舟遏浪，酒香甜。

且未共、赏长春白雪，却可共、望加积朗月。谁所料，竟都难。不哀末事将乏力，只哀乏力不回天。谢真情，托贵子，寿绵绵。

巫山一段云

海口海甸溪

二〇〇六年二月二十二日

椰盛撑苍宇，楼高傍玉溪。水声桥影锁长堤，缓步草萋萋。

无数云和雨，几多月与诗。楼钟已自点声稀，渔火尚迷离。

巫山一段云

海口白沙门

二〇〇六年二月二十四日

南渡苍江水，投奔碧海涛。阔滩沙白岸崛礁，甸岛梦逍遥。泳罢晴明月，渔归早晚潮。歌厅何必乐声高，细浪语悄悄。

巫山一段云

赠人

二〇〇六年二月二十六日

乏药难除病，他山不救贫。鸟将亡也放哀音，万事似非真。古圣焉能见，今贤寂寞闻。轻身静气驾西云，遥祝乐无垠。

巫山一段云

海口金龙花园

二〇〇六年二月二十七日

园小奇花径，阴浓异木洲。泉池水落本多幽，犹有鸟啁啾。朝暮拳和剑，休闲步复游。兴来观海上层楼，北望思悠悠。

浣溪沙

遣怀

往事萦怀到海边，面迎狂浪口呼天，大哭一场泪如泉。
何故少年失母泪，而今七十未流完？老天如此怎为天！

二〇〇六年二月二十八日

江南春

海口海甸溪码头

溪水涨，日斜晖。归舟宽岸密，登市带鱼肥。凭栏深夜观灯火，何日随帆击浪回？

二〇〇六年三月二日

江南春

闻长春雪霁

闻报道，起歌吟。开年频落雪，寒地晚来春。南溟芳甸遥遥望，流水清风杨柳新。

二〇〇六年三月四日

如梦令

红叶

饱览秋冬春夏，尽历雨浇风踏。刹那落空阶，静美艳红如画。枝下，枝下，犹有绿魂无差。

二〇〇六年三月五日

如梦令　海口红城湖

二〇〇六年三月六日

阴绿长湖围岸，宝镜城中光闪。暮色入高楼，星海映辉璀璨。追念，追念，英烈血花开遍。

如梦令　琼海官塘温泉

二〇〇六年三月七日

星汉池群深谷，隐隐水声飞瀑。新月窥鸳鸯，泉热劲喷浓雾。无数，无数，灯彩照红花树。

如梦令　浴官泉谷以赠王仪用后唐庄宗韵

二〇〇六年三月八日

同浴澄池仙洞，乐奏妙章鸾凤。灯影映花团，星月几番迎送。如梦，如梦，流瀑热泉声重。

风入松　海口西海岸

二〇〇六年三月十三日

娇椰长路景观繁，日日醉流连。千年塔上游心纵，蓝蓝海、紧傍林园。玉宇相间花树，虹桥飞架云端。

浪花十里软沙滩，碧海过千帆。健儿惯驾惊涛去，群佳丽、水戏风眠。篝火欢享烧烤，月光酣舞蹁跹。

小重山

别金川

二〇〇六年三月十五日

奇甸之冬暖似春。直如威海夏，最宜人。世间佳处尽归君。工太极，来往赛活神。白首碎衰心。性急和累气，病缠身。且托心事付知音。哭无泪，唯剩此悲吟。

小重山

北归

二〇〇六年三月十七日

阴雨连天复转晴。朝阳今醒早，送归程。一飞辽远度长空。儿孙别，老泪暗飘零。南北往来行。惯寒冰冷雪，是平生。海风椰韵亦为朋。天地小，哀乐尽其中。

浣溪沙

夜空观京城灯火

二〇〇六年三月十八日

清夜登机路转程，瞬间拔地入青冥，银河流水泻繁星。窗下灿然灯火亮，梦中留恋古都兴，连天峻宇动心旌。

最高楼　云中路

二〇〇六年三月二十二日

云中路，银海复银山。可叹病身残。镜宽不掩容颜破，痼疾能令圣医难。苦挣扎，琼岛北，海之南。

怎可忆、昔年多少梦，怎可忆、一生多少痛。七十载，未心寒。虽期尧舜安邦手，更期扁鹊济民贤。有金针，抬望眼，碧云天。

玉蝴蝶　北飞所见

二〇〇六年三月二十三日

穿云拨雾航行，天外降寰中，幅幅美丹青，谁人绘画成？

田园织锦绣，山水绿着红，桃李笑春风，半空观不赢。

玉蝴蝶　春雪

二〇〇六年三月二十五日

犹寒初暖多时，突有朔风嘶，白玉压空枝，车行大路迟。

冬眠苗渐醒，杨柳唤冰澌，春气雁先知，鸟啼歌赞词。

玉蝴蝶　怀远

二〇〇六年三月二十七日

春来天气无常，风雨又冰霜，瑟缩黯斜阳，凝然目莽苍。深宵星亮后，犹见月清光，星月共南疆，拜托传复康。

玉蝴蝶　哀迎客松

二〇〇六年三月二十九日

因何时感凄清？医病费余生，对佞走奸行，天公也不平。人间生与死，无不转头空，迎客古山松，而今方寿终。

玉蝴蝶　三月三忆蝴蝶泉

二〇〇六年三月三十一日

清清池水泉流，身躺树横头，正月鸟啁啾，蝴蝶未见游。今天当盛会，神往白族州，三唱韵声悠，海光三塔遒。

忆秦娥

寄大学同学

别离间，虽期重聚无机缘。无机缘，梦回铁一，久念燕园。

忆前岁月当华年，风霜雨雪须眉斑。须眉斑，情豪志壮，一似从前。

二〇〇六年四月三日

减字木兰花

怀私塾同窗

音容杳渺，琅琅书声犹未了。砚墨田耕，三字经篇是启蒙。

思君犹忆，礼易诗书相背记。久历冰霜，晚照夕阳春草香。

二〇〇六年四月五日

醉花阴

小园初春

和煦东风抚万木，岸草坡枝绿。水畔化冰澌，一俟湖开，来往轻舟渡。

习拳练剑夕阳暮，疏柳斜光路。阵阵起长歌，舞兴方酣，归鸟无眠处。

二〇〇六年四月七日

青玉案　夜过榆关

高城古月苍茫路，海波闪，闻涛语。已近关门无所去。串街灯火，转光星影，夜宿知何处？

二〇〇六年四月八日

唐山雪柳楼开物，梦过雄关几多数！少小悲哭年老雾。不堪回首，心迷酒醉，虚妄抛朝暮。

青玉案　春雨

二〇〇六年四月十一日

东风应律阳和布，冷云聚，苏苏雨。洗净天空清万物。垄田吸水，种芽苏醒，一派生机驻。

湖边水柳丝滴露，浅草含滋润轻雾。嫩蕾沾枝才欲吐。湿衣良久，悠悠梦远，璀璨花开处。

苏幕遮　初春野望

二〇〇六年四月十二日

雪初消，冰未尽，杨柳舒枝，枝上寒烟浸。山草惺忪犹自悃。毕竟春临，雁送东君讯。

垄新翻，犁过印，麦种开心，心喜天风信。原野山川都来问：日月星辰，趁此同发奋？

苏幕遮

开江鱼

二〇〇六年四月十五日

入松花，天外水，雪覆冰封，千里寒江美。装点湖山林莽翠。水底温馨，冬日群鱼醉。荡春风，冰化退，波闪江开，银网扬帆坠。承古同尝头网味。酒入衷肠，化作欢欣泪。

燕山亭

新叶

二〇〇六年四月二十日

方绽薄纱，初染淡黄，一脉清音流韵。花似非花，味溢非香，天赐伴春芳衬。雨露阳和，更多少、情深滋润。无尽！看日渐蓬勃，轻叠盈寸。突见增绿浓浓，这新叶葱茏，起阴成阵。峥嵘万木，盖地铺天，风晴雨阴调顺。此际回思，枝干上、露芽生嫩。开迅，金缕曲、高天可问。

高阳台

南湖寻春

二〇〇六年四月二十五日

柔柳蛾枝，台坪草隐，平林疏落围天。曾几来游，信风料峭依然。闲行湖畔崎岖路，解冰初、水冷波寒。也堪怜，晚照正收，串串灯环。来寻往日觅诗处，有桥亭岛榭，浪口花间。采韵荷塘，亭亭玉润珠圆。如今未减凌波志，诵新词、声动波澜。待春浓，唤朋呼侣，共乐飞船。

高阳台　忆旧杏花村

人海层楼，车流阔路，合围一隅山村。风信来迟，柔条柳色才新。几番好雨萌春蕾，绽琼蕾、遍布华林。更灼然，锦簇花团，连片如云。往昔倩影重相见，看川原草地，杏树成林。裁剪冰绡，形容一似道君。谁知母子临诀别，落萼飞、泪雨纷纷。忆当年，怕看花开，又是明春。

二〇〇六年五月四日

浣溪沙　牡丹

家本中原喜朔方，满园华贵映春光。去年为赋费思量。何故此春添韵美？只因冬日历寒长。壮哉国色与天香！

二〇〇六年五月二十日

醉太平　今昔

晨昏剑拳，诗词饭眠，古稀岁月消闲，忆青春少年。心高地偏，雄飞远天，凄风苦雨狂澜，叹茫茫大千。

二〇〇六年五月二十八日

潇湘神三首并序

二〇〇六年七月七日

内蒙古林西县城，本生吾故里。城西有黑水，少儿年代时有往返，留下深深记忆。建立辽（公元九〇七年至一一二五年）之契丹族，即发源于林西县南部西拉沐沦河（潢水）与老哈（土河）一带。而林西县向南通往赤峰，所必经的西拉沐沦河上之桥，被称为巴林石桥。余一九五一年至一九五二年，曾在赤峰读半年小学和一年半初中。一九五六年自锦州前往探亲，曾有诗为：『赤峰如镞刺长天，英河（赤峰城北之英金河）似琴伴城眠，安得携箭背琴去，远征万里担诗还。』（载《木叶集》附录《十五年诗词》）。

一

黑水流，黑水流，闪波激浪过山头。可记我当年少小，欢歌来往梦悠悠。

二

潢水长，潢水长，契丹古往度兴亡。我拜石桥辞故土，天涯回望枉断肠。

三

英水甜，英水甜，雨滋露润念红山。五十四年天下走，何时携剑送诗还。

暮山溪

赠衣爱芝大夫

二〇〇六年七月十八日

人生病老，谁可逃脱了。救治得安康，痼疾愈、回春年少。继承岐业，天使众医师，高手妙。君此道，一似花枝俏。

周翁挂锦，因为银针巧。记穴位心中，掌经络、熟能再造。苦学勤进，百病只经手，当必是，疗效好，岂不赢夸耀！

霜天晓角

题《才艺林英才录》

二〇〇六年七月三十日

高才精艺，郁郁琼林碧。谁不玉迷香醉，倾心处，芳菲地。

童娃初盛季，放情争靓丽。明日百花丛也，莺燕舞，宏图熠。

最高楼

高中学友聚游松花湖

二〇〇六年九月三日

平湖水，苍莽远接山。秋爽雨绵绵。画船好景知多少，万斛情谊跳波间。望层云，思往事，梦犹酣。

最可忆、一朝弦唱日，最可忆、一朝离别地。经雨雪，历风寒。却留笑貌模糊影，尽皆霜发耄耋仙。赏松花，心壮阔，正华年。

卷三

梦回芳草

卜算子

夏至

二〇〇六年六月二十一日

昼夜等长时，一霎金轮去。草木山川已忘归，泪送茫茫路。待到再归时，万物浑如旧。雨雪风霜又一年，爱恨无重数。

醉太平

赠人

二〇〇六年六月二十四日

欺贤妒能，阴沟横行。投机取巧钻营，亦无非混虫。情虚腹空，趋炎附藤。鸡鸣狗盗逢迎，骗官阶逞凶。

夜游宫

《从心词稿》付梓

二〇〇六年九月四日

序齿该当所欲，却乏力、病除疼去。唯剩诗余癖好趣。梦耆卿，晓风人，残月雨。婉媚花间曲，太多了、别情离绪。要渺何须小寄寓。有谁知，柳秦词，心久许？

采桑子

葫芦岛

二〇〇六年十月七日

连山路阔龙湾秀，海在何方？海在何方？楼新车流谱乐章。塔山树翠丰碑耸，缓步徜徉。缓步徜徉，战阵留红土亦香。

八声甘州　重返锦州

二〇〇六年十月八日

见长天寥廓雁飞稀，偏有彩云归。遍宽街阔路，楼林处处，朽换枯摧。半纪年光已逝，满目物华非。依旧凌河水，东去无回。

漫忆青春年少，望鸦飞古塔，血筑丰碑。念花园母校，桃李竞芳菲。众良朋、天涯去远，思故人、矢志不相违。今堪叹、竟盘桓久，落照斜晖。

八声甘州　七十自寿

二〇〇六年十月十日

叹茫茫岁月满歌哭，此时一杯中。梦天明月朗，河清海晏，木翠花荣。一觉空灵淡远，几度乐欢声。但有潇潇雨，渐得春浓。

不信年华老去，任积劳病苦，轻身趱行。傍湖边拳剑，林隙练深功。羡清空、诗学王孟，赏婉约、三变少游风。情知命、少求无欲，岂赖天功。

最高楼

同彦中伉俪赏昙花

二〇〇六年十一月一日

风摇荡，寒露更清佳。夜来赏奇葩。翦裁素萼冰绡玉，粉敷琼蕊冷香纱。冲冬开，独秀美，百花杀。竟一现、未名湖上月，竟一现、铁狮园里雪。遥梦逝，似昙花。不言壮岁当难再，且能伏枥漫无涯。暮听歌，朝起舞，度年华。

水龙吟

秋柳

二〇〇六年十一月四日

几番霜冷风寒，万条千树苍苍翠。蓊茏倩影，连天触目，傍街拂水。酣舞长枝，浩歌青叶，不辞沉醉。忆芳春盛夏，风滋雨润，绽飞絮，繁花缀。

不到冰天雪地，劲枝摇，叶浮难坠。碧松肩比，平添豪壮，更增柔美。金闪青杨，飒然声响，恰如匹配。伴诗翁不老，同心举袂，唱千秋岁。

浪淘沙

立冬

二〇〇六年十一月七日

镜面未封完，水冷波寒。湖边柳谢叶犹残。待得层霜积有日，玉柱冰悬。

雪意到姗姗，节令无延。当如年岁必流迁。剑起拳挥明月舞，天地腾欢。

雪梅香 悼晓钟

忽来也，寒风凛凛扫长空。猛驱除冬暖，冰封雪覆霜浓。拍地失亲痛浇泪，恨天夺友怨悲声。送行路，冷冻车流，心碎神凝。亲朋，尽相忆，倜傥风流，一世英名。铁板铜琶，引吭激越魂惊。意笃情深是兄弟，比山盘海树为铭。天同泣，举酒高歌，瞻望青松。

二〇〇六年十一月二十七日

一剪梅 悼东华

白雪层层冷酷冬，久别东君，永做仙翁。临窗挥泪影模糊，夜又更深，月又朦胧。岁月绵绵笔作朋，断了书缘，背了诗盟。幸留遗墨画梅图，可拜标格，可慰田公。

二〇〇六年十一月三十日

离亭燕 夜练

冷月流银如水，星眼似睁方睡。雪映碧霄凉彻骨，冻柳叶残轻坠。夜色满林园，独有练功人瑞。三尺厚冰何畏，太极套拳沉醉。架挑点劈抽宝剑，尽教寒光崩碎。月影舞仙姿，还望传承新辈。

二〇〇六年十二月三日

点绛唇

梦远

二〇〇六年十二月七日

冻地寒天，隔烟隔雾云中路。万千红绿，又梦花开树。

雪覆冰封，兰菊知何去？觅无处，诵诗吟赋，梅竹同朝暮。

谒金门

咏净月冬景寄刘鑫

二〇〇六年十二月十日

来天外，铺道白云如海。满目湖山银玉寨，茂林微抹黛。

飞雪健儿豪迈，凤舞龙翔澎湃。佳丽霜姿凝霭霭，驭冰增气派。

鹤冲天

依柳韵赋博鳌寄王仪王飞

二〇〇六年十二月十三日

南溟海上，玉带长滩望，圣石跨洪涛，苍天向。四岛琼楼矗，沙美三江荡。金牛看得丧。绝境难描，愧煞事词卿相。

花香鸟语，椰姿蕉林围障。有四面八方，频参访。瞩目论坛处，群贤至，惠风畅。平生能几饷？笑待宾朋，日日满斟欢唱。

归自谣九首并序

二〇〇六年十二月二十二日

一九四八年，生吾故土林西县城，虽日寇投降已近三载，但刚刚解放，社会尚未安定，加之有土匪为患。此际，父辈从军远征，母亲带我弟兄三人流落到县城北部之新林镇大乌兰村。初与外祖母和她所带舅父遗孤，共同住在舅姥爷家。后母子四人借居一间土屋，虽得蔽风雨，但冬不挡寒。春夏青黄不接，只能以野菜充饥。母亲日夜辛劳，纳底做鞋以换些米粮，于秋后始得饱饭。在此地，春放牛，夏锄地，秋砍柴，劳作活命。冬日雪霁，在树丛和场院套野鸡、捉山雀，乃一大趣事。寒冬腊月，雪地冰天，赶牛车往前方送军粮，至今难忘。转至明年春，母子四人乘牛车回返县城，复见来时路上，杏树花开，漫山遍野，不知是喜是忧。因为母亲年夜病倒不起，只是强撑上路，回城不久即溘然逝世矣，时年三十有三。

一

何处去？荒草漫山霞散绮。蕊寒香冷胭脂雨。　无家母子牛车泣。悲歌起，乱河石路斜晖里。

二

天悯物，山菜野蔬生处处。断炊活命饥肠苦。　新芽嫩草撒牛去。孤榆矗，摘钱果腹爬高树。

三

长夏怨，边地寇除逢匪患。青黄不接天荒旱。从军父辈征程远。儿娘盼，梦中谷麦香香饭。

四

秋叶落，金谷穗摇风瑟瑟。连枷场院敲天末。新粮装袋堆高垛。支前乐，赶车鞭响山川过。

五

香寨雪，天盖地铺烟猎猎。冰雕霜砌寒窗月。支筛撒谷罗山雀。星黑夜，套山灯火时明灭。

六

悲且惨，屋冷炕凉冬漫漫。靛颏珠点墙边啭。沙鸡饺子年关饭。天无眼，娘亲病倒儿呼唤！

七

山杏树，何故又开花似雾？亦悲亦喜无重数。行行回复斜阳暮。牛车路，天遥地远无归宿。

八

忧病累，含恨命归伐恶罪。英年弃子心憔悴。雷轰五顶苍天坠。山陵碎，兄哭弟喊江河泪。

九

哭显妣！贫户丽姝童养媳。幼姑婆病如家婢。锥帮纳底抚三子。无言去，心香一瓣昭昭祭。

宝鼎现

长春南湖冰雪欢乐园

二〇〇六年十二月二十八日

已非昨日，湛湛澄碧，泱泱秋水。今满目、银镶楼宇，琼玉当空铺锦地。叹翠岛、绽仙葩奇卉，枝影笼寒绮丽。睹曲岸、晶砖万块，迤逦长墙高砌。

一派云海凌霄气，动莹帆、雷响风细。嵌素玉、冰都剔透，洁皎广寒宫莫及。更雪塑、并冰雕佳作，延展千姿播喜。似鹜落、红男绿女。奋力凫滑不已。

游赏妙境如潮，蜂拥入、星繁曛夕。忽华灯齐放，欢乐园中浪起。火闪闪、尽烧天际。醉眼望、狂舞霓虹，碧海青天岂异！

解佩令

元旦

二〇〇七年一月一日

危亭高矗，登临四目。叹茫茫、银湖冰覆。瑟缩寒林，入梦里、雪凇封护，依栏杆、默听窃语。

天低近路，车驰似注。小园幽、人皆何处？且伴流年，放浩歌、当空酣舞，把心旌、暗相吐诉。

昭君怨

韩式汗蒸

二〇〇七年一月五日

东域风行蒸汗，今我试来为叹。冲后汽蒸身，汗淋淋。梦起白松铺地，神入竹帘山水。奇石美容颜，自如仙。

定风波

雪

二〇〇七年一月九日

除扫尘霾赖朔风，飘飘飞絮漫长空。绽放琼花八百万，惊叹，大千璀璨舞银龙。金斧清光凝雪冷，豪兴，雕冰叠玉水晶宫。回看玲珑天与地，归去，人间尽数是蓬瀛。

酒泉子

宴集济南食府

二〇〇七年一月十日

食府画堂，多少往昔高士，话风流，传韵事，赶场忙。道兄称弟饮琼浆，推杯换觥飞彩，醉无遮，抒感慨，雪花狂。

荷叶杯　赠王志

二〇〇七年一月十六日

往事不堪回首，长久，难忘正华年。奋发英气赋雄篇，情结有诗缘。雷暴电鞭风雨，当去，无惧立涛前。翻江倒海挽狂澜，荣辱复何言！

最高楼　三亚会张文惠伉俪

二〇〇七年三月二十一日

欢心事，长路聚相逢。阔别笑谈中。感君少小失亲泪，更珍学友往来情。望天涯，居海角，胜蓬瀛。乐共取、广寒缥缈树，乐共取、远山清爽雾。遗世上，尽和风。老天何所安排意，二人年月日同生。赴南山，歌碧海，赏青松。

临江仙　艳梅

二〇〇七年四月十三日

已是冰消寒去后，一枝犹自娉婷。热情火样绽嫣红。微醺娇似月，半醒更如星。欢舞沸腾飘倩影，轻歌颤动心旌。笑飞烂漫百花丛。桑榆当未晚，岁岁度春风。

如梦令

迎春

冰阔雪滋清境，堪赏劲枝英挺。雁报信风来，一夜蕾开黄盛。豪兴，豪兴，唤醒百花春梦。

二〇〇七年四月十九日

临江仙

早春忆旧

垂柳渐柔湖畔舞，小园连日东风。闲攀山石望危亭。涌泉跌瀑落，积水浸残冰。

忆昔蹉跎年少日，夜游醉卧青坪。桃花片片水无声。月明来伴我，诗兴起三更。

二〇〇七年四月二十日

念奴娇

锦州高中同届校友五十年返锦重聚

二〇〇七年四月二十二日

校园何处？翠遮眼、崛起楼林无数。四散归来，肩负重、积岁风雷雨雪。浪滚波翻，狂潮起落，历尽寒和暑。今皆霜鬓，但仍情谊如故。

昔往年少青春，一堂弦唱日，朝阳芳树。受教师承，登品第、多少舒翮鸿鹄。海角天涯，飞奔佳会喜，破云长路。相逢非梦，泪花吟作词赋。

生查子

高中同班学友十八人聚会席中祝德昇中山七十周岁生日　二〇〇七年四月二十二日

离别五十年，今祝七十寿。请尽酒杯杯，杯里真情厚。　甜梦是同窗，重见心如旧。老泪也难干，百岁同相候。

画堂春

杏花村落花　二〇〇七年五月三日

信风多日柳垂丝，穿街过路神驰。满园落萼叶压枝，当恨来迟。　暗自怅然池岸，独钟早杏成痴。韶光一瞬误花时，何处寻诗？

江城三首

八六子

北山　二〇〇七年五月五日

叹苍冥，竟承高矗，攀能揽月摘星。过削壁飞流瀑水，险峰横卧虹桥，旷观魄惊。　接天图幅名城，眼底大江长岸，云端白虎青龙。峻岭顶、楼台庙群幽影，撞钟声渺，敬香烟绕，春风骀荡花红柳绿，芬芳嘉木峥嵘。倚危亭，闲听九皋鹤鸣。

巫山一段云　江上泛舟

二〇〇七年五月五日

画舫穿波笑，微风吻面柔。柳新堤岸傍长流，桃李绽花洲。

忽忆当年趣，翻波枕浪游。一江豪情荡心头，今日思悠悠。

虞美人　文庙

二〇〇七年五月六日

宏门阔殿琉璃碧，不掩残阶砌。既然疏柳度春风，处处桃花开放正嫣红。

游人日日来无了，霭霭青烟绕。重金恭请举高香，为子升学应试诉衷肠。

烛影摇红　晨访牡丹园为赋以赠木叶

二〇〇七年五月十六日

宿雨初收，步小园，碧叶珠、晶莹蕾。当因垂柳待花开，拂动潸潸泪。

春既风和雨沛，渐池台、冰肌玉蕊。赏游芳境，魏紫姚黄，皆能沉醉。

黄莺儿　蔷薇

二〇〇七年五月三十日

春来花事谁为主？早到迎春，先落金英；丁香云飘，过留匆促。观一瞬杜鹃红，几日夭桃故。却独藤刺蔷薇，占得接春连夏无数。多处，翠叶缀繁星，彩萼播清馥。引蜂迷蝶，共舞同歌，发抒碧枝深愫。当浸艳陌头风，吹绿天涯树。锦帐浥露凝秋，犹自芳心诉。

金缕曲

端午依从碧韵

二〇〇七年六月十九日

古节逢端午。几千年、绵延不绝，岂单时序。重五夏商龙祭日，可有雄黄椒醑？旷古梦、图腾意绪。竞渡飞舟迎夏至，乐文身、击水呼豪语。昔邈邈，怎知主。

湘江求索当回顾。念诗魂、离骚远恨，览民忧土。泽畔行吟怀沙去，尽付斜阳箫鼓。看众醉、独醒更苦。天下人家如许久：挂葫芦、结彩绳千缕，插绿艾，敬新黍。

渭城曲二首

福顺民俗开业两周年

二〇〇七年六月二十四日

一

夏凉冬暖水清清，好似瑶池玉露凝。往来沐浴众宾客，谈笑风生皆友朋。

二

室宽池阔气清新，井水泉喷洒爽身。世间有此净洁处，来也频频歌复吟。

踏莎行

旧同事赠《真言集》以《木叶集》《从心词稿》为谢

二〇〇七年七月十五日

卷帙重重，真言句句，盛名骑鹤扬州誉。微醺犹自舞婆娑，春风满面谁能及。物欲横流，尘嚣远避，探幽访胜寻诗意。疏才可叹怯高官，雕虫小技酬无弃。

忆少年

大暑节荷花生日

二〇〇七年七月二十三日

千张笑靥，千枚玉盏，千番为客。今逢诞日也，让人间增色。绿卷重重波浪逼，势蓬勃、漫天澄碧。身柯亦非染，共歌吟旦夕。

如梦令三首

王磊学兄八十华诞

二〇〇七年七月三十日

一

无奈暑天伏热，况又路远云阔。梦里见诗翁，对面泪流声啜。沉默，沉默，芳草动魂伤魄。

二

兵有燕园诗誉，诗在北国生翼。马背大刀歌，唱彻世间寰宇。回忆，回忆，万里草原铭记。

三

驿寄瘦园诗愫，电敬寿词学酷。耄耋是华年，秀句丽章佳赋。无住，无住，流水涌泉飞瀑。

相见欢

题戈沙丝绸之路版画专辑明信片

二〇〇七年八月五日

黄沙白草驼峰，向孤城。都在苍茫今古画图中。月光柳，湖边酒，动心旌，来与亲朋联袂舞长空。

酒泉子

效花间体寄远

二〇〇七年八月十日

游戏女娃，知不一如昔往。手牵衣，园里逛，忘回家。小桥湖水影清佳，秋叶梦飞奇甸。月中天，折桂见，凤池夸。

瑞鹤仙　夜游

二〇〇七年八月十二日

靠通衢大路，车水涌、日夜驰奔怎数。苍苍即临暮，剩余晖笼罩，林园嘉木。穿山信步，阻路香、花暗送愫。踏层阶伫望，金瓦雨亭，碧落星护。

柳岸逡巡不已，几次鱼腾，几声蛙鼓。吃惊断语，双飞鸟，绕池去。赶秋凉即至，风光无几，寻幽来觅秀句。竟神凝忘返，扶石水边露宿。

瑞鹤仙　夜雨

二〇〇七年八月十五日

似箫韶缕缕，窗外响、沥沥声闻夜雨。星辰已何去？尽迷蒙云霭，苍茫堆聚。高天阔宇，洒世间、珠玉几许。正清吟俊赏，丝竹韵飘，溅落花絮。

忘却时当溽暑，阵阵新凉，醒眠随处。游观亩圃，浇伏旱，灌秧舞。注江河沼淀，波光流荡，丰登年景不惧。且风神广衮，皆是雅歌美赋。

洞仙歌　七夕

二〇〇七年八月十九日

青天碧海，怎流来银汉？王母金簪划成怨。叹隔河、牛女朝暮相念，今日也，群鹊搭桥会面。幼时瓜架下，清水盛盆，哭未闻声影难见。不信是传说，岁岁年年，人世里、万呼千唤。快抛却幽忧早归来，有老少亲人，满怀期盼。

御街行　问雁

二〇〇七年八月二十五日

楼头字影南飞去。向北望，征无迹。当经潢水水东流，昔往黄沙千里。年深时久，而今模样，怎不捎些意？

凄然飘转乡关泪。放眼绿、楼林醉。红山披锦玉龙升，天雨琼花铺地。空怀非梦，明春携我，同返知真谛。

天香　琼崖道中

二〇〇七年八月三十一日

野络丛林，山街晚照，一抹遥空霞色。翠羽椰舒，幽庭鸟唱，几处楼台层阁。面文黎母，端米酒、敬呈词客。惊触南游倦旅，开怀放声歌乐。

席中弄琴鼓瑟，舞翩翩、画堂飞哑。奇甸花开四季，少凉多热，无似寒冬北塞。恋山水、才添此萦惹。好景明朝，天涯奋翮。

最高楼　昙花一现

二〇〇七年九月六日

清秋夜，天上女瑛临。娇美素衣裙。翦裁冰雪皎洁态，漫熏香玉诱人魂。月窥窗，星亮眼，费沉吟。　却怎么、绽开只是夜？却怎么、绽开只一夜？邀客赏，喜纷纷。花开四季知多少，但独今日见奇珍。韵绵长，馨馥郁，满乾坤。

踏莎行　晨雾

二〇〇七年九月十三日

漫漫飘烟，层层列幕，烟织幕裹浓浓雾。柳姿花影望朦胧，海宽山邈知何处？　美玉无瑕，珍珠怎数，珠圆玉润晶晶露。草棵枝叶赏玲珑，为谁铺得晨光路？

水调歌头　丁亥中秋

二〇〇七年九月二十五日

明月出沧海，冉冉度青冥。人间清供佳节，万户望玲珑。冰骨霜肌仙桂，冷魄寒魂玉蕊，顾念久为情。今我荡舟去，造访广寒宫。　会嫦娥，携玉兔，拜吴翁。金杯美酒，天地同举宴群星。不再横秋岁老，重返青春年少，盛世乐融融。一炷香燃尽，晓日看东升。

题旧照三首

寿楼春并序

二〇〇七年十月十九日

一九五二年夏，与赤峰中学初一同班同学郑国兴，同赴当时热河省会承德，参加全省青少年夏令营。因自己没有所要求的服装，国兴借用一套制服，班主任冯志民老师给我做件短袖衬衫，始得成行。在承德十数日，二人多次同游因战火毁坏而初经整治的避暑山庄。此间于九月一日所留合影小照，幸存至今。后闻国兴于内蒙古医学院毕业参加工作不久即病逝，终未得其详。

游皇家山庄。见方收败砌，残补宫墙。月色江声桥上，短亭空廊。八大庙，荆榛荒。百废兴、初期匆忙。步古道苍台，洲头戏水，唯两少年郎。

时光去，分离长。叹无情命运，夺我同窗。久梦霜天沙海，泪挥神伤。难整饰，着君装。共省城、名园徜徉。幸合影犹存，常闻暑日荷溢香。

喝火令并序

二〇〇七年十月二十五日

一九五七年秋，与锦州高中同班毕业进京入高校之王德昇、王丙申、张伟、张宝霖和杨仲斌同学，同游颐和园，并于排云殿下之云辉玉宇牌坊前留影。

喜大园相聚，排云殿下秋。水光山色壮清游。茶淡胜如醇酒，学子情悠悠。

地北天南去，冰寒雨暴稠。

乐悲荣辱莫回眸。冷月残阳，亦自赏芳洲。又返志豪年少，比翼竞风流。

二〇〇七年十月三十一日

忆旧游并序

一九五九年秋，与中国人民大学新闻系同年级二十多名同学，组成文艺宣传队到密云水库工地做宣传鼓动工作。现存九月二十三日在工棚前合影中尚能认出并叫得名字者，只有艾宝元（艾丰）、柏亢宾和杨匡汉了。照片背面当时题留曰：『长城举烽烟，潮白截腰拦，旬日赶星月，弦歌留燕山。』

忆敲锣打鼓，起舞鸣琴，掀浪推潮。四野丝弦动，看歌惊万木，落叶飘飘。汗流似雨学子，欢唱夜明宵。让热土堆天，燕山道喜，雨水折腰。

遥遥，旧题照，竟栩栩群姿，英气冲皋。半纪鹰扬去，遍东西南北，业兴人豪。密云往日如梦，今已更多娇。有水库风光，秋来好夜争赏涛。

夜半乐

秋意

二〇〇七年十一月四日

冷风几阵横扫，凄凄冽冽，天地皆寒缩。渐绿褪红消，草枯繁露。坪边岸上，飘飘落叶，可堪千万清疏，另番游目。怅望久，巢空燕何处？

记当此际海国，暑热初收，暖如春暮。浓叶下、环旋胶流倾注。绿蕉肥美，橙椰壮硕，引来内外宾朋，品鲜观物。碧空阔、帆招鹭鸥舞。

绚丽奇甸，荡荡松花，吾非乡土。

竟往来频频为何故？叹平生、应付使命荒词赋。寻韵径、放步云中路，雨林冰雪飞无度。

望远行　落叶

二〇〇七年十一月十日

枝枯叶落，疏林下、簌簌层层堆积。乱飘洲岛，漫舞清空，坠溅浪飞波碧。最数湖边，浮靠一如堆满，镶嵌闪光金砌。映亭台、当激诗思绮丽。应记，多少柳杨翠叶，尽幻化、满天秋气。万绿护花，密阴阻雨，曾把蝶蜂萦系。将有寒霜冬雪，磨身研骨，必更馨香盈溢。又怎能骄漫，春风词笔。

虞美人　初雪怀远

二〇〇七年十一月十九日

风寒云冻冰铺地，处处琉璃碧。是谁频把剪来挥，裁水出花飘洒放情飞？疏枝缀玉晶莹路，一脉清绝赋。画亭独伫望南溟，远月交光全化满天星。

锦堂春慢　嫦娥奔月赋

二〇〇七年十一月三十日

知在何时，飞奔一去，遥遥阔别尘寰？百代千秋，安忍冷月孤寒。朗照海明清夜，欲见姿影都难。叹太空浩渺，信阻音绝，天上人间！　而今诗仙惊看，有神星揽月，姐妹团圆。白发新生青发，复换朱颜。举袂双舒广袖，喜泪雨、伴舞长天。返路八十万里，吉日归来，共度华年。

粉蝶儿二首

无题

二〇〇七年十二月十四日

一

自问南溟万花点谁卉主？美椰城、几回指数。最倾情、绿叶里、抹云腾雾，紫绯绯、成阵盛开千树。

前番游赏心醉不辨归路，落红飞、地芬天馥。霎时间、纷化作、彩霞飞舞，再相逢、同把早春留住。

二

日月穿梭水流不停而去，闪波光、浪归何处？似无情、尽变得、雪封冰覆，也多情、来酿好春新绿。

春花秋月皆是婉美词赋，可堪讴、岁朝年暮。且回眸、惊复叹，一生长路，几多时、杨柳岸边宵度？

兰陵王

冰湖

二〇〇七年十二月二十日

冻霜逼，疏柳堤边惴慄。焉禁得，难数几回，朔漠风潮尽狂袭。山川剧冷积。澄浥，寒云覆幂。登时见，冰屹雪隆，苍莽横陈万千尺。前番事堪忆。竟岸曲枝醒，残月波碧。声声莺唤知南北。乘一叶舟去，远划平镜，朦胧岚岫印水色。叹增更清寂。今夕，放灯熠。照炮响人飞，鞭炸车急。晶莹剔透春无极。对玉砌银筑，奋挥词笔。披辉驰马，度亮夜，赶晓日。

声声慢　冬城

冰亲冻水，雪恋寒松，分明画出银屏。飞阁登临游目，身在苍冥。琼楼玉宇怎数，尽渺茫、远观冬城。绫绸缀锦，素林深处，可是蓬瀛？临夜接连不夜，光焰映碧霄，璀璨华灯。莹塑晶雕放彩，笑语欢声。烟花火龙鼎沸，梦魂迷、冷月繁星。沉沉醉，舞熙熙，已过三更。

二〇〇八年一月五日

踏莎行　云中

日挂苍穹，云堆天路，八方四面行何去？银山万座矗清霄，奇姿异态频翻覆。是絮如丝，非花似雾，穿飞浪海悬流瀑。层峦叠嶂裹琼装，玉庭缥缈惊游目。

二〇〇八年二月三日

踏莎行

海口寒春

翠椰楼林，紫荆街路，重来本欲和春住。北风连日未着花，可怜枯蕾无其数。莲睡池塘，芳茏水露，香消蕊冷能谁诉。阴云漠漠泣寒烟，往年红艳知何处？

二〇〇八年二月八日

破阵子

琼海天来泉新居

好是红园邻里，楼林绿树交加。水近多河蕉树影，海望博鳌滩玉沙。岛中新有家。室内温泉水热，窗前篁竹风发。凤尾萧萧听木叶，细细龙吟闲赏霞。悠然度晚华。

二〇〇八年二月十三日

破阵子

海口佳宝花园

可叹花园佳宝，连番细看无花。唯有层楼连广宇，一瞬天庭亮彩霞。曾经是我家。雪化冰消北地，春回正采新茶。我自凭高拳剑舞，早伴朝阳吟晚霞。快哉杯盏加。

二〇〇八年二月十五日

破阵子

加积城

二〇〇八二月二十日

古镇清新灼目，英姿塑像如昨。峻宇长街招海影，绿树花开每日多。春来更婆娑。送往迎来宾客，连天广厦巍峨。最记琼崖欢乐节，鼎沸声掀万古河。太平盛世歌。

最高楼

天来泉度元宵

二〇〇八年二月二十一日

芳菲甸，酥雨落纷纷。暖意醉新春。烛空焰火欢歌壮，路街灯彩漫销魂。看天来，花木秀，美楼林。畅快事、碧池波浪细，畅快事、草亭风景丽。居此也，信如神。小园翠竹临窗伴，热泉入室水温馨。赏南溟，思北土，万重云。

踏莎行

加积元宵节

二〇〇八年二月二十二日

细雨织丝，万泉笼雾，阴云霭霭天低暮。仿佛刹那倒银汉，万千光彩星罗布。曲岸灯辉，广场河幕，琼花火树无重数。舞姿群起涌歌潮，水掀欢浪能停住？

满庭芳

重访椰子寨

二〇〇八年三月三日

云印椰姿，街藏楼影，大路光照清辉。万泉长河，风定浪波微。更有农家乐事，众游客、络绎车随。欢心处，漂流竹筏，激荡水花飞。

惊雷！昔日也，枪声响起，朽败枯摧。为琼岛开基，第一丰碑。初访槟榔树幼，今却是、高与天齐。登坊肆，重逢旧友，杯举喜无支。

清平乐

送人返长春

二〇〇八年三月六日

披寒戴雪，共访南溟月。不料阴凉青换叶，雨落元宵佳节。

天来日朗花飞，冰融北国春回。但待长空雁阵，该当伴我同归。

清平乐

海口访女诗人包德珍获赠诗集《龙海集》

二〇〇八年三月十三日

春来奇甸，触目花开艳。十二楼台香漫漫，壁满诗橱画卷。

韵流龙海萧乡，悲歌唱尽沧桑。不让须眉妙手，天南地北独芳。

清平乐　赋木棉花赠王仪王飞伉俪

二〇〇八年三月十七日

飞驰长路，灼目婆娑树。火火红红如散雾，飘荡天边无数。

此花堪是花雄，冲寒破冷繁英。转眼青青硕叶，高歌万里春风。

清平乐　琼海边沟村王绍经老宅

二〇〇八年三月十九日

门楼金匾，青瓦高墙院。岁月悠悠人去远，旧貌依然可辨。

昔年闯荡南洋，功成更念家乡。村畔绍经桥下，至今流水飘香。

清平乐　别天来泉

二〇〇八年三月二十日

天来泉水，最使风华美。点缀亭池花木翠，似酒微微欲醉。

夜闻征雁临空，明朝即是归程。游拜院庭灯火，凝眸北斗七星。

武陵春

登定安文笔峰

南丽湖边文笔秀，绿海石峰浮。健步登临气宇舒，万事忘皆无。难数阶台连殿阁，信众广祈福。多少心香问道途，见旺火炉炉。

二○○八年三月二十一日

清平乐

离海口北返

凝云垂幕，细雨长堤路。一线街灯如裹雾，水上人家几处。又来桥畔辞行，钟楼脉脉含情。记否昔年夏夜，登舟尽赏幽鸣？

二○○八年三月二十四日

武陵春

海口飞长春

飞上晴空窗下望，海岛万花红。落地春城大雪封，进入水晶宫。图景冰雕和雪塑，不尽赏玲珑。当信明朝丽日升，绿色遍寰中。

二○○八年三月二十五日

菩萨蛮　归来访小园

二〇〇八年三月二十八日

方离海岛身披热，小园依旧风寒彻。湖睡冷犹冰，岸边残雪明。只因春尚远，莫怪花开晚。杨柳已柔枝，剑拳飞舞时。

浣溪沙　效花间体

二〇〇八年三月三十一日

今又天街访岁华，河灯清照映堤花，月沉星醉影横斜。曾绽玉弦心上笑，梦中莺语到渔家，水流空自向无涯。

小秦王十首　清明

二〇〇八年四月四日

一

几阵轻风伴雨声，冰消雪化水融融；柳枝柔挂飘新穗，报道时节是清明。

二

岁岁清明今不同，艳阳高照赖天公；疏林似见春浓日，万紫千红尽寰中。

三

古节由来富蕴涵，寒食不火祭先贤；况值风信阳和布，海晏河清是尧天。

四

喜见河开岸草青，桃枝蕾醒唤春风；垄间犁影翻新浪，时闻布谷两三声。

五

日朗天高骀荡风，稀疏草色远连青；园林处处人流涌，故向儿童笑中行。

六

世事终归未可欺，欺犹复转待时宜；正如阶下萌春草，东风应律自当知。

七

一朵鲜花万分情，追思仰慕尽其中；山高水阔源头起，辈辈新苗沐春风。

八

泪雨碑前一缕香，失亲岁月恸歌长；可怜兄弟分三处，怎得相将忆萱芳。

九

朔漠歌哭梦似烟，京津赤锦忆华年；四十八载清明节，不信神明信高天。

十

好友亲朋四海间，何堪往事泪潸然；竟谁先我游仙去，一瓣馨香奉心丹。

最高楼　春雪

二〇〇八年四月二十三日

适才见，霄壤舞精灵，如在梦中行。霍然化作群飞鹤，振翮飘羽闪晶莹。净埃尘，惊广宇，尽澄清。镇日里、密林花掩木，转瞬里、秀林银盖绿。寒意俏，雪融冰。檐头滴落成流水，春来毕竟暖阳升。路边厢，桃李叶，更青青。

小秦王二首　南湖公园林中小憩

二〇〇八年五月一日

一

过水穿林百卉丛，眼前雪白与嫣红；终归尚有倾心处，落萼飘飘不忘情。

二

不向桥亭闹处行，花阴两树系床绳；卧闲半日熏风里，满耳尘嚣换鸟声。

小秦王八首 春花咏

二〇〇八年五月十四日

连翘

好名难怪又迎春，风信知来早为君；玉枝满挂黄金甲，报告人间物候新。

榆叶梅

叶如榆叶绽红梅，早取春光一堆堆；街头巷尾时相见，摇曳多姿已无谁。

杏花

几树初开几缕霞，乘风一梦到天涯；请来南国长青木，园杏嫁接四季花。

桃花

灼灼夭桃又占春，深红浅紫垛层云；四方千载生无息，多少诗人费沉吟。

丁香

不与桃李争短长，迟开竟如紫霞裳；叶叶都有心肠苦，因之一树满园香。

牡丹

厚雪寒冰冷冻根，繁英北土更精神；牡丹园里人如海，始信无君不成春。

芍药

万叶枝头万朵云，斑斓五色喜相亲；若非追步天香后，那有奇容补残春。

刺梅

稀刺劲条是紫茎，重重细蕾翠皴屏；连番几度花开锦，至夏犹拂老春风。

雪梅香　母亲祭

二〇〇八年五月二十日暨农历四月十六

断肠泪，年年此日湿衣襟。恨苍天无眼，偏教我失慈亲。弟弱分依忍悲绪，路遥奔命梦荒坟。苦回忆，净月青山，不老英魂。追寻：是何故，本喜南行，病却夺身？撇子凄凄，可怜散似浮云。一世成为最心憾，不能拳拳报萱恩。沉沉意，绛雪梅香，洒落纷纷。

西江月

赠文牧兄

二〇〇八年五月二十四日

昔日延边初识，严冬雪满山村。今朝忽遇忆前尘，俱已苍颜霜鬓。　一世诗词闲好，功名利禄无因。水边柳下悟拳心，胜却金声玉振。

金人捧露盘

宇明招饮有维宏英格岳南等在座

二〇〇八年六月四日

笑声盈，杯盏满，举无停。别未久、乐又相逢。端阳日近，正春花歇后叶青青。草藤林木，翠流韵、沉醉东风。
当年事，皆烟雾；歌与酒，记犹清。有几度、一唱如疯。何须喟叹，竟多时迷梦少时醒。且开怀饮，看如何、厚意深情。

凤凰台上忆吹箫

端午震祭

二〇〇八年六月八日

角黍香飘，又逢端午，更添何种哀伤？挂艾蒿菖蒲，痛饮雄黄。捶鼓龙舟奋划，悲悯也、浪激沧江。三千载，屈原太息，少此天殇。　茫茫，汶川巨震，千万万人哭，泪汇汤汤，是爱心潮涌，来自八方。苍莽无垠中土，书四字：多难兴邦。除残毁，山河再着，锦绣新装。

凤凰台上忆吹箫并序

赠段静修学兄

二〇〇八年六月十四日

《康熙词谱》卷二十五引《列仙传拾遗》云，秦穆公（元年为前六五九年）时人萧史，善吹箫作鸾凤之响。穆公女弄玉善吹箫，公以妻史，遂教弄玉作凤鸣。居数年，凤凰来止其屋，止其上。不下数年一旦随凤凰飞去。调名取此。为兄赋此。

萧弄吹箫，凤凰台上，数年成道飞仙。善凤鸣鸾响，自有仙缘。当羡秦公意远，成好事、入列流传。虽亡曲，词牌尚在，且赋兹篇。

闲闲，这神异类，本不足为凭，岂似人间？但筑台为美，堪比先贤。秦始焚书其后，千百代、余恨绵绵。思秦事，今来古往，苦笑凉天。

醉花阴

暑日梦旧

二〇〇八年六月二十四日

炎日长天云影碎，暑热何能避？午梦忽还乡，草甸孤榆，萧瑟凉风细。

少年寂寞松牛去，卧密阴成寐。似见息干戈，学子登堂，当取谁折桂？

江城子三首

二〇〇八年六月二十八日

松花湖

湖光坝影美盈盈，碧云空，远山青。轻舟荡漾，浪起复波平。虎岛亭台歌舞盛，芳草岸，水清清。

江城

旷观山下势峥嵘，是楼丛，路宽通。苍江曲带，亮闪映天明。清夜来登亭揽月，银汉落，满城灯。

雾凇

水穿坝底两岸平，暗潮生，冷无冰。寒冬腾雾，玉树挂银凇。百里晶莹阆苑界，千片景，令人惊。

渡江云

久思净月今日得游忆及昔往神思渺然

二〇〇八年六月三十日

茂林拥厚翠，伫峰顶望，画幅挂寰中。一泓明净水，倒映晴岚，翻看碧云空。扁舟几叶，荡涟漪、势若游龙。伏曲岸、悠然垂钓，击浪显情浓。

朦胧，荒丘白草，旧坝残潭，现当年面孔。犹记得、倾城出马，春日植松。如今傍水齐天树，遍旷野、蓊郁葱茏。声去远，山亭撞响金钟。

曲玉管　故乡内蒙古林西县建制百年

二〇〇八年七月十三日

朔漠沙堆，潢河浪滚，魂牵梦绕何时断！少小离怀惆怅，隔水隔山，阻乡关。荏苒韶光，天涯游子，每逢雁阵空悲远。恨未担诗，阔别终得回还，奉拳拳！

旧事堪真，竟长记、城砖墙土，岂知细石青铜，书成古往鸿篇。百年间，历民初开垦，日寇仇敌糟蹋，扫霾除黯，气朗蒸蒸，塞上飞鸢。

曲玉管　忆红山

二〇〇八年七月十六日

碧海飘帆，沙粱缀绿，英金水映蓝空静。峻岭层峦突起，如火红峰，炷苍溟。熠熠清辉，腾腾光焰，亮吞大野明珠影。簇簇擎高，守护今古雄城，壮豪情。

漫忆昔年，几曾是、爬岩临岘，旷观故土川原，云天万里峥嵘。叹崚嶒！任茫茫前路，遇有千遭风雨，玉龙无忘，嘱我曾经，奋力攀登。

忆王孙　南湖赏荷念木叶

二〇〇八年七月十八日

田田碧叶举千红，日映骄阳夜染星，香气清风醉梦中。泪盈盈，此际南溟得忽逢。

忆王孙　怀念二敏妹

京华旧日记犹新，岁月流离数十春，小妹当该半百人。望绥芬，云外长天空断魂。

二〇〇八年七月二十一日

醉花间　家养昙花两盆岁岁花发今昨各开一朵

当无忘，岂能忘，难忘娇模样。连夜即收合，但剩香飘荡。今番伏气爽，碧叶琼茎上。镂银两玉清，谁把奇葩酿？

二〇〇八年七月二十四日

醉花间　老同事久别远归宴聚

杯中酒，醉人酒，干了还何有？昔往似云烟，但剩朋情厚。天高离别久，一见心如旧；华堂笑语稠，期许同长寿。

二〇〇八年八月一日

醉花间　七夕

长相盼，勿相盼，相盼徒生怨。杨柳伴池荷，且醉熏风岸。银河星灿灿，两岸情无限。千年泪万斛，分

二〇〇八年八月七日

别何曾见！

临江仙六首

中国体操男团奥运冠军英雄谱

二〇〇八年八月二十四日

领军杨威

四载拼搏挥汗雨，卧薪尝胆心肠。青春情爱暗深藏。鸟巢明圣火，今夜创辉煌。

一现雄姿惊众座，领军志气高昂。全能诸项数琳琅。国人多少泪，喜极湿朝阳。

老将黄旭

奥运三番参战阵，几经成败枯荣。不夺团冠不英雄。周身皆铁骨，老将炼心红。

炮响先声博喝彩，攥环翻杠从容。神针定海一蛟龙。金牌苍润玉，厚意敬头功。

名将李小鹏

无愧明星临赛事，频频加冕头军。体坛名将尚青春。疗伤医病苦，避重练绝门。

跳马独成天下极，纵身流水行云。直前空转尽惊心。国歌声唱响，怎不长精神！

飞将萧钦

宛似游龙鞍马上，自如飘逸腾飞。人山灯海滚春雷。智能达极致，魂魄闪光辉。决战高分君首得，马神名振声威。世人艳羡怎攀追。鲜花飞将举，团队共芳菲。

猛将陈一冰

大力劲龙天地与，臂强谁比高低！誉称起重万能机。为今当报国，猛将耍丸泥。跃上吊环英气异，挺翻举落瑰奇。扫除失误已无敌。夺魁悬念去，沾泪五星旗。

小将邹凯

乐伴飘云歌伴舞，自由体操英才。顶级动作美中来。专攻疲软项，补弱荡阴霾。单杠柔刚看殿后，高难更稳心怀。空翻身定胜旗开。欢呼掀海浪，小将巧乖乖。

临江仙 题姜凤岐清吟堂

二〇〇八年九月八日

闹市该当成大隐，熏心利禄无争。一川花气水生风。去来凭逸兴，茶酒两三朋。堂窄何妨拈险韵，世情虽淡堪惊。江流日夜变秋声。但留吟诵趣，好赏月光明。

八声甘州

净月潭荷花垂柳园

二〇〇八年九月十五日

见普陀寺宇照波清，垂柳荡荷风。数扁舟几许，悠然远近，意兴方浓。翠岛桥连湖水，两两访幽行。唯有垂竿喜，竹篓鱼盈。环顾红衰碧减，望淡云疏影，撩动心旌。傍残茎雕盖，充耳是秋声。舞萧萧、飘飞黄叶；响唧唧、深径草虫鸣。多贪恋、酒楼临岸，杯举如倾。

临江仙

上成兴法师

二〇〇八年九月十七日

兰若中秋风正爽，上方重阁昭昭。明灯宝筏世间豪。慈云清净地，朗照众黎骄。上下古今人白首，天南地北遥遥。法门从此诵经条。勤达精舍谒，不用我师招。

游查干湖三首

二〇〇八年九月十九日

临江仙

珲阿道中

阔路长途飞铁骑，驰突万里戎机。草原滨海净貅貔。邦安兮永固，康乐也缉熙。秋色无边频入眼，梅开扫帚瑰奇。稻黄蔬绿布离离。土墙屋不见，楼起与天齐。

虞美人

船游查干湖

沧浪之水来何处？画舫知何去？若非鹰雁傲苍穹，怎觉未沉迷梦快哉行。

迢遥低树秋风岸，镜破清波见。只嫌一忽起归车，难载路长欢唱笑声多。

最高楼

圣水鱼宴

适才见，波上浪中神，自在自由魂。竟然转瞬餐桌顶，盘盘碗碗一群群。赏鲜活，尝美味，汗涔涔。

正此处、有当年大宴，正此处、是今天小宴。思古往，散如云。大湖圣水接天地，天长地久育锦鳞。莫踯躅，冬捕日，再来临。

水调歌头

学友聚会　　二〇〇八年九月二十六日

大野气清爽，草木度秋风。绿堤畦稻金黄，芦白绘银屏。忆及春光烂漫，桃李芬芳天下，才有此丰盈。今又四方会，谈笑媪和翁。

画堂深，杯频举，动欢声。同窗几载，合家一世胜亲朋。离别常思相见，相见揪心离别，悲喜尽其中。只为人生短，聚散总关情。

西江月

赋儿童公园白桦树

二〇〇八年十月二十三日

原本高山深处，烦嚣市井无妨。正直躯干素洁装，旧日依然模样。

春叶清新娇绿，临秋静美金黄。霜风萎地储芬芳，好待来年怒放。

西江月

木叶归来少住即去

二〇〇八年十月二十九日

南国遥遥奔去，七年始得飞还。入冬寒嫩雪花天，雏鸟今惊鸿雁。

倏尔相逢似梦，难心影别翩翩。离多见少总堪怜，唯有绵绵思念。

浣溪沙

小园夜练

二〇〇八年十一月十六日

剑拳相连晚练熟，小园清夜用工夫，天教心愿不知足。

月白疏林斜影暗，风寒池水冻冰浮，叶堆簌簌是归途。

南歌子二首

小雪前日大雪　　二〇〇八年十一月二十二日

一

散锦周天玉，飞花落地银。冬来节令又更新，谁教琼丝素絮满乾坤？　寂寂凭窗久，沉沉入夜深。乱云何处露星痕，一霎清光冷气泛氤氲。

二

北国玲珑雪，苍冥壮丽魂。松辽寥廓敞胸襟，故向冰天跃马放歌吟。　不尽人和事，堪怜古与今。悲歌多少荡妖氛，只为坚冰寒雪铸心神。

锦缠道

剑晨　　二〇〇八年十一月二十六日

雪地生寒，暗淡路灯薄雾。小园中、乐声飘处，剑拔狂舞披风露。睡眼疏星，梦破惊何去？　见飞身武当，攒云腾步。几多时、渐升东旭。美霜林、悬挂枝头，那一眉残月，化彩霞无数。

酷相思

闲步有寄

二〇〇八年十一月三十日

雪踏冰踢朝与暮。赏霞彩，观星渚。趁微冷清凉闲信步。今夙也，星无数。今夕也，星无数。最记秋风银杏树。叶飘落，铺街路。叹长别霜林知我否？人未老，心如故。心未老，人如故。

更漏子

寒夜思

二〇〇八年十二月六日

朔风寒，天地抖，念远更堪偏旧。有几度，赏溪河，歌多溪水多？流冷月，照积雪，亦照南溟清夜。灯如昼，品椰香，幽思欲断肠。

喜迁莺

三通后台鲜果可赶闽早市

二〇〇八年十二月九日

泪别久，雁鱼稀，何日是归期？绕行千里思依依，悬盼好消息。今摘果，奇香色，一夜海峡船过。翌晨西岸竞尝鲜，东岸更开颜。

鹧鸪天

元旦

二〇〇九年一月一日

倒数钟声报信息，当知复始一元时。夜回芳草依依梦，星向阳春默默期。

风凛冽，雪泡迷，冰天狂啸地长吁。更擦多少悲欢泪，来写倾情憎爱诗？

武陵春

和王仪词依原韵

二〇〇九年一月十二日

冰雪隆冬吟秀句，万念上心头。一见如今诗不休，但有韵长留。

已近三春阳气转，碧海好行舟。来也乘风载韵舟，破巨浪，鬼神愁。

附王仪词《武陵春·步李清照韵寄远》：

春暖花开冰雪尽，霞染阔海头。白石长白梦未休，寄语作淹留。

闻说松江水正好，君可荡轻舟？只见长空日夜舟，定不虑，远云愁。

临江仙

别小岛

二〇〇九年一月十六日

夜过短桥蹬厚雪，倚栏凛冽寒风。四周曲岸尽环冰。明灯窥睡柳，枝影动无停。

又是一年冬日末，迎春

飞赶南溟。依依辞别剑拳朋。再回湖上岛，草木已青青。

摊破浣溪沙

记梦　二〇〇九年一月十八日

一见星稀隐半轮，方知长梦起黄昏。寒夜已然尚回忆，莫沉吟。雪地寻诗冰砌路，冰天跃马雪堆云。八极尽头三两燕，唤阳春。

摊破浣溪沙

同窗旧事　二〇〇九年一月二十日

玉骨冰肌供水中，常思仙子每年冬。当正朦胧暗惆怅，一丝风。信我公平分薯饭，送君香馥满廊厅。慷慨共歌新岁夜，乐融融。

南行小集

鹧鸪天

长春飞海口　二〇〇九年一月二十二日

万里长空半日程，年年此际驾云行。起飞大地茫茫雪，降落红花暖暖风。离别久，又重逢，离情别绪水流东。

寒衣脱却淋春雨，满脸滴滴和泪盈。

摊破浣溪沙　到海口　二〇〇九年一月二十三日

破雾千峰一箭穿，亭台楼阁尚依然。唯有迎春巷街艳，大花园。海韵游仙多惬意，椰风如梦亦甘甜。长夏不冬生万绿，醉流连。

巫山一段云　云中曲　二〇〇九年一月二十三日

日向无涯走，天光映远辉。云奔海角紧相随，怎又北南飞？百事烟云散，千秋岁月摧。游仙苍宇乐之为，舍我有其谁！

巫山一段云　相逢　二〇〇九年一月二十四日

树满长街绿，花开遍地红。经年甸岛又新容，寻访探幽溟。曲岸波涛壮，深溪钓影清。剑拳摊档众亲朋，杯举庆重逢。

巫山一段云　春节赋水仙　二〇〇九年一月二十六日

质是冰清水，神当玉润仙。雪萼金蕊淡容颜，亦占蜡梅天。本已花坛盛，偏能锦上添。芳馨馥郁满厅间，香气入新年。

巫山一段云　荷塘睡莲

碧水浮青叶，为何仍未开？蛾眉淡扫粉红腮，倩问待谁来？　为伴枯荷影，相邻池畔台。刘郎前度旧情怀，驻步费疑猜。

二〇〇九年二月一日

踏莎行　琼海至海口道中

木色连青，雨丝织雾，隔窗不见车前路。梦回冰雪覆家居，立春虽至寒如故。　云破天开，树飞花逐，两廊图幅红无数。一条江水朔方流，定当遥远迎春去。

二〇〇九年二月二日

生查子　寿珍七十

阖家团聚时，椰市春光丽。今日宴华堂，共庆七十喜。　南山不老松，东海长流水。福寿尽同享，百岁焉而已。

二〇〇九年二月三日暨农历正月初九

绛都春　海口海甸港

二〇〇九年二月六日

斜阳照晚。正陆续泊停，堤桩栓缆。细浪语轻，椰路灯明珍珠串。海鲜箩篓堆长岸，霎时里、楼街人唤。醉卧梦香，舱室家温溪流畔，壮青弄网，渔娘理灶，夜深星灿。　期盼，潮平汛猛，一程返、蟹蚌鱼虾船满。月沉升曙莺飞乱。放目也、起锚波溅。电机连响开航，几声断远。

二郎神　万绿园元宵灯会

收斜照，万绿暗、银河翻倒。散影转飞霓虹闪烁，鱼龙戏、放辉光耀。当有仙姬持火练，夜起舞、天红地燎。竟显得、金盘黯淡，隐隐星辰微渺。

佳妙，华灯璀璨，海欢人笑。老幼搀扶欢声采烈，更堪喜、狂奔年少。五色八颜迷目亮，落花漫、云烟响爆。赞苍劲雄牛，唤雨呼风，迎新春到。

二〇〇九年二月九日

绛都春　海口海甸溪

清澄浩荡。载日月奔来，无声无响。远水巨涛，头转长沟收层浪。过街穿路直西向。入大海、腾欢摇漾。倒回时刻，槽平堑满，美哉潮涨。

雄壮，天悬落照，散红绮、不尽金波流淌。醉望暮溪，靠岸渔舟忙摘网，车飞人逛银桥上。打几点、楼钟又唱。顿然堤畔华灯，两行绽放。

二〇〇九年三月八日

绛都春　海口白沙门忆旧

风微浪细。这盖水昊天，征云无迹。曲岸白沙，直似瑶台琼花聚，又如松漠边壕地。碎玉捧、情牵心系。梦回荒塞，推杯换盏，放怀乡里。

仍记，仓皇一别，众林木、也为吞声悲泣。六十载矣，惨惨失亲何堪忆，南溟遥望曾流涕。怎抑掩、重经此际。眼前沙海生同，朔方意绪。

二〇〇九年三月十日

绛都春　天来泉居

二〇〇九年三月十一日

天来好水。入竹户美泉，颐和三昧。悦目赏心，花径亭台闲游醉，小园草木同酣睡。动魂魄、蕉椰葱翠。玉池澄澈，金鳞细数，避尘烦退。

佳美！名河峻岭，似图幅、胜境云蒸霞蔚。叹远道来，喜煞幽溟连珠缀，长留不去皆人瑞。海风度、多姿妩媚。世间如此仙居，幸哉客岁。

水龙吟　海口访李赐学长

二〇〇九年三月十二日

过街闹市楼头，见惊大隐尘嚣里。九旬老者，童颜鹤发，神思竟此。握手言欢，沧桑风雨，恍如流水。念天南地北，相识今日，贤学长，愚学弟。

可叹琼崖游子，复何堪、几多回忆。红楼二载，燕园年月，风流云聚。君役荒原，我生朔漠，共沾英气。把椰浆倒取，举杯同向，会心遥寄。

水龙吟　再别海南

二〇〇九年三月二十一日

朔方冰化开春，渐醒绿岛沉沉醉。闲居数月，足餐秀色，遍尝百味。碧海扬帆，沙滩浴日，忘情泉水。更寻幽访胜，观今觅古，赏心事，缤纷缀。

又要安排归去，问何能、忍悲无泪？离多聚少，本平常事，哀偏今岁。修整园芜，剪枝扫叶，草除虫退。待来年再见，金橘丰硕，竹高千倍。

寿楼春并序

祭李准

李准同志与余在『文化大革命』中哲盟宣传队相识，且同驻库伦旗，相处近一载，后又于其属下工作多年。二〇〇三年四月二十六日他不幸病逝，夫人华宣宇先其已逝，适值余旅居天涯，闻耗不胜哀痛。忽忽六载矣！读其遗著《风雨关东路》和生前所赠写竹，谨以小词为祭。

曾鸢飞乘风。共冰天跃马，闻彻沙鸣。几度长沟斜照，血泼冈陵。冬草白，春山青。踏莽原、烟孤云横。怅望问银河，盈亏日月，何处有韩荆？

思君梦，悲南溟。任光阴荏苒，难淡音容。最是刚肠嫉恶，敢附清名！遗晚作，关东情。笔阵强、集才从朋。每读劲节图，依稀似竹人又逢。

二〇〇九年四月四日

宴清都

云上行

湛湛青天路。行云上、眼前波滚涛吐。哪吒飞火，羲和御日，九霄仙怖。乘风万里茫茫，叹浩瀚、将何处去？且入梦、醉倒瑶台，花团锦簇无数。

游心玉榭金亭，银河目尽，星护芳树。清幽广殿，玲珑月桂，缀晶莹露。突闻乐班鸣奏，品赏久、箫韶曲住。一霎时、雾破云穿，朦胧夜幕。

二〇〇九年四月十日

西河

春柳

二〇〇九年四月十四日

春忽至，迎春最早谁是？堤边路巷遍川原，垂丝满地。东风乍起已先醒，忙睁芽眼心喜。冷冬雪，方化去，老枝历尽寒逼。只为岁月蓄精魂，可歌可泣。一朝应律布阳和，华滋头照春水。绿帘摆荡送暖意，不多时、桃绽连李，万木又到花季。见拍天柳浪，闻群莺语，当落场场苏苏雨。

虞美人

北京大学吉林校友会第二届校友大会

二〇〇九年五月九日

何由竟得重相聚？岁月驹飞隙。白山松水梦悠悠，不去梦中清影是红楼。先哲呐喊声虽远，百载何曾断！一堂笑语喜盈盈，好似未名湖柳度春风。

最高楼

母亲冥日六十周年祭

二〇〇九年五月十日暨农历四月十六

哀云泪，悲起寿明园。草木泣无颜。竟撇三子幽忧去，世怜人叹惜华年。又何辜，亲失幼？问苍天。忆朔漠、岭前寒冽土，望净月、水边蓊郁木。冥府祭，慰长眠。一篮花卉添仙座，一炉香烛奉心丹。敬萱恩，福荫世，厚德传。

醉花阴　红王子锦带

初见殷殷红王子，摇曳香风里。沉静小园边，共伴垂榆，久陷花篱寂。夜来骤雨敲窗急，定落红铺地。似倩影遥遥，锦带飘飞，能不长相忆。

二〇〇九年六月十六日

醉花阴　无题

光闪云空只一忽，知是雷公怒。轰响震天庭，回荡声声，寰宇遂翻覆。银河沸水蒸繁露，月魄魂浇神木。海面遍峰峦，倒竖楼林，花雨无重数。

二〇〇九年六月二十二日

沙寨子　萱草

自古于今佳话，观秀草，忘烦忧。喜见碧条茏翠，正花稠。久伫丛中凝望，花溅泪，鸟啁啾。梦里萱堂悠远，念楼头。

二〇〇九年六月二十四日

采明珠并序

伊通牧情谷

二〇〇九年六月二十六日

位于伊通县城东南六公里处之牧情谷，一湾碧水，三面环山，是以萨满文化与自然山水融合一体的旅游风景区。其核心主体为风情萨满园，有萨满神路、图腾林、文化展览馆、祭祀场、浴神湖等。曾任过黑龙江将军、盛京将军之清末名将依唐阿，即伊通人。当地传说，依少时从军离乡，临行送其女友云燕一玉石啄木鸟，并留一诗曰：『此乃通灵物，神威驱狼虎，他日三声啼，当归牧情谷。』此玉石现收存该展览馆展出，称其为镇馆之宝。诗句『当归牧情谷』即为这个旅游风景区名称的由来。

步石阶、叹问神鹰：何故妈妈九乳？异偶列层台，彩画图腾柱，探访崎岖路。更寻幽、草径盘旋，翠叶洒阴，瓦舍青苍，游云放牧情谷。　云燕女，焉知处，玉鸟证心许。人一去，碧水秀山，也期归侣。灯影空朝暮。至而今、口耳承接，把这好词美意，冠名佳境，唱传千古。

一剪梅

得悉木叶高考成绩为赋以寄

二〇〇九年六月二十八日

雨过云开满目新，花笑香丛，鸟舞琼林。天边虹影映晴空，山也高歌，水也长吟。　天上人间报好音，南可稍息，北可欢心。桂折还要跳龙门，海上乘风，浪里淘金！

踏莎行

无题

二〇〇九年七月十七日

闪电光劈，滚雷声动，风鞭乱雨云翻冲。今宵焉想夜何之，摘星揽月轰鸣梦。

水溢清池，香飘曲径，晴瞰大地干干净。若非雷雨荡尘埃，长吟那得芳晨颂。

塞翁吟

长春玫瑰园

二〇〇九年七月十九日

似锦飘园里，霞色动魄惊心。曲径满，赏花人，落片片游云。接春复夏朝和暮，来往攘攘纷纷。桃李去、也成蹊，此之为何因？

花魂！浓香烈、玫瑰艳冶，深浅紫、蔷薇素馨。日日丽、风流月季，却偏有、玉蕊琼枝，宝相精神。概是古久，统此三名，即美长春。

辽西行五首

虞美人

哭行弟

二〇〇九年七月二十四日

清晨电告家三走，走走何能久？霎时梦破始神清，直是断足切手戳心疼。

母亲冥祭才分别，寻母何急切！若携六十载中愁，天上人间多少泪交流？

破阵子　望海寺旧居

二〇〇九年七月二十五日

面目装束俱旧，层楼过道房间。片刻停留窗外望，苍宇飘飘云下蓝，依然海色妍。　四十年如一日，万般历历跟前。换了主人焉忍去，执手会心笑热谈，可怜再见难！

临江仙　马杖房小街忆旧

二〇〇九年七月二十五日

步履迟迟心事重，丝毫未见前容。招牌独留小街名。往来人不识，处处是楼丛。　土炕低屋杨树院，春花朗月秋风。登山入海放豪情。友朋常夜聚，畅饮到天明。

最高楼　笔架山头吊三弟

二〇〇九年七月二十七日

苍茫海，横笔架三峰。古久胜蓬瀛。当年健步飞山上，滑竿今日拽身行。仰天门，俯港口，撞神钟。　已隐了、那天桥曲影，忽现了、那长街石径。潮汐动，泪如倾。招魂不语哭三弟，喊山问海也无应。有谁知，安息去，暮云红。

夜飞鹊　笔架山五母宫

二〇〇九年七月二十七日

天桥石铺路，潮落时分。徒步过海登临。巍巍笔架碧波上，峻峰缭绕祥云。三清阁危耸，供齐儒佛道，特异山尊。芸芸信善，举香烟、顶礼宫门。　南面石窟城阙，由月洞通连，隔座真君。垂意金瓜悬世，舒心木果，食水亲民。土粮火菜，众生灵、饱腹炊薪。五行当推母，人间万物，恒久乾坤。

临江仙

送彦芳从油田过长返京

二〇〇九年八月五日

忆昔忧愁风雨里，是非颠倒营营。无诗病酒叹频仍。惺惺相惜日，雏幼放悲声。

二十年前如一梦，石家庄上重逢。为民呼鼓任西东。空巢当未老，犹自壮歌行。

少年游

致考取北大之通化一中学子李明阳

二〇〇九年八月九日

未名湖影柳妖娆，思念几魂销。红楼姿彩，地遥天远，恒久是心标。

百年依旧春光艳，相续有新骄。入室登堂，迎击风雨，翮展奋云霄。

长白山八咏

二〇〇九年八月十五日

破阵子

天池

峻立群峰围护，玲珑宝玉天悬。一似团光明朗月，缥缈凌虚云里边。相思在市寰。

披挂晶冰银雪，圣

洁难近跟前。只有晴阳来散雾，人世才能见玉颜。神魂惊破天！

青玉案　大瀑布

层峦崖壑飞流注，裹豪气、挟浓雾。谷口深沟喷湿雨。水冲岩进，声闻千里，迷目琼花舞。　乘槎池泄高天瀑，亘古东瀛绝奇处。分派三江欢唱去。银河垂挂，流连百遍，依旧频回顾。

鹧鸪天　温泉群

热气蒸腾飘若云，深山谷底响声闻。清泉汩汩翻花涌，温水条条逐浪吟。　来地下，出岩根，火山熄灭到于今。甫能沐浴三生幸，大长全身精气神。

忆秦娥　绿渊潭

林密麓，千层映影澄潭绿。澄潭绿，一轮皎月，镜开幽谷。　天池圣水清流入，长河倒挂飞银瀑。飞银瀑，悬崖陡栈，断魂夺目。

离亭燕　地下森林

昔往天公裁剪，功就令人惊叹。莽莽碧林生地下，叠叠层层铺远。万古秘深藏，溪水腾欢无断。　巨木根盘苔藓，禽兽竞奔鸣啭。栈道步梯八百级，尽数自然奇险。举目白云飘，瀑布飞流天半。

拜星月慢 美人松

耸立高山，冰霜寒雪，却见神姿秀菀。眼是明星，月圆成颜面。驾云雾，不休、朝临瀑水梳发，暮照灵池装扮。万缕斜阳，看霞衣光灿。

莽林间、袅娜横天半。谁知道、冷艳何心愿？远望五岳八峰，在相呼相盼。叹苍天、起落江河怨；遥岑梦、不尽干戈乱。众姐妹、一种情思，隔千年未断！

木笪 岳桦

白山岩岭见，苍莽临风遍。曲背弯腰童子面，然双睛看细，铁枝虬干。

大惊兴叹，身处奇寒惯。历几多冰刀雪剑。铮铮筋骨硬，怎可摇撼！

苏幕遮 大峡谷

远天边，岚岫里。熄火山岩，岩上长林碧。两壁巉崖龙似起。峻峭层坡，莽莽连云翳。

谷幽深，刀剑迹。万绿绵延，迤逦清流底。百鸟群飞啼不已。秀美奇峡，世上当无几。

行香子

张林兄用东坡『其身与竹化，无尽出清新』诗意制竹幅贺《梦回芳草》付梓为赋以寄

竹化其身，世有何人？当真是、劲节空心。精英气质，俊朗风神。任迅雷击，严霜打，酷寒侵。　竿头百尺，枝侧相寻。出无尽、一脉清新。萧萧凤尾，细细龙吟。看丛篁幽，青青叶，荫深深。

二〇〇九年八月二十四日

小重山

自意

一自塾师闻啸吟。晓风拂柳岸、润童心。婉约豪放渐牵魂。燕园梦，天远障烟云。　碌碌隔重门。绕行余事久、奉知音。宜修要渺苦追寻。桑榆晚，烂漫有斜曛。

二〇〇九年八月二十八日

吉林八景赋

二〇〇九年九月五日

临江仙

长白仰雪（长白山景区）

戴雪冰峰开玉鉴，闼门落瀑飞龙。登临眺目上天庭。峻岩沟谷见，千眼热泉腾。　山火停喷留胜迹，派分三水东瀛。洪荒万古傲寰中。有虬身岳桦，长伴美人松。

锦帐春 王城遗韵（高句丽古迹）

巨石王碑，金字陵塔，掩多少尘封史话？守丸都，离国内，破山城月下，悬车束马。 土墓高丘，隶碑神画。看当似秦刻汉瓦。历风蚀，经雨打。古遗风大化，赏来惊诧！

小重山 深宫尘史（长春伪满皇宫博物院）

偏处城隅气象森。炮楼枪眼密，护墙门。线提傀儡唱云云。倭寇笑，狰狞祸藏心。 罪梦泣孤魂，河山成地狱、骨磷磷。楼台庭院亦蒙尘。亡国恨，杨柳剩啼痕。

浪淘沙 鸡鸣三疆（防川景区）

入海大江行，口岸潮平。青天碧野意蒸腾。一眼竟收三国界，虎啸三惊。 云影带熏风，笑语邻朋。湖山胜景自相迎。正是金莲开烨烨，酒热花红。

鹧鸪天 冰湖腾鱼（查干湖冬捕）

大雪泡天万絮纷，难分午夜与黄昏。破冰人拽湖心网，挑灯车拉岸上鳞。 飞笑语，酒清醇，捕捞痛饮效先民。今番剩把陶樽了，已是晴空霜冷晨。

南乡子　向海舞鹤（向海景区）

是否到江南？满眼风光此不凡。亮闪湖沼汪秀水，潺潺。苇荡林丛缀草原。　百鸟好家园，鹰雁飞鸣鹤舞天。道骨仙风声一唳，欢欢。香海葱茏魂梦牵。

最高楼　寒江雪柳（松花湖吉林雾凇）

松湖水，寒雾吐无休。浩浩大江流。玲珑百里琼枝岸，晶莹千座玉花楼。乍惊心，春烂漫，鸟啁啾。　请勿叹、岸边飘落雨，请勿叹、柳前飘落玉。皆已是，梦中游。琉璃世界瑶台处，雪冰天地白银洲。乐人寰，诗涌浪，韵悠悠。

家山好　净月神秀（净月潭景区）

彩珠环翠亮城头，莹莹玉，落瀛洲。当如一片皎皎月，度云幽。露颜面，足风流。　可人清景风神秀，四季友朋稠。隆冬瓦萨，冰山雪道凯歌遒，钟声唤胜游。

最高楼　六十年大庆感赋　二〇〇九年十月一日

逢花甲，天地放长吟。四海尽同欣。阅兵步武声威壮，狂欢焰火绽缤纷。舞翩翩，歌浩浩，荡神魂。　岂可忘、献身先烈血，岂可忘、怎来今日夜。前后事，湿衣襟。乾坤再造凌云志，远航彼岸见朝曛。渡汪洋，穿阔浪，近芳晨。

临江仙

蛟河红叶谷

二〇〇九年十月五日

似又重回年少日，眼前秋叶殷红。香山非也是关东。谷幽深百里，一任美林中。

白桦镕金枫举火，彩霞疏影青松。五花错落势峥嵘。赏游人已醉，溪水自淙淙。

行香子

庆岭瀑布

二〇〇九年十月五日

溪响叮咚，路陡崆峒。行崎岖、隐隐闻声。层峦叠翠，林木疏清。印桦枝黄，松枝绿，枫枝红。

远如图画，近似云腾。顺崖壁、飞走游龙。银湖水落，珠撒波兴。溅满山雨，前山露，后山风。

鹧鸪天

冬访牡丹园

二〇〇九年十一月十八日

国色天香齐献琛，至今犹记绽如云。中原本是倾城者，塞北移来醉众魂。

冰厚厚，雪深深，睡酣一梦到阳春。

酷寒姚黄和魏紫，五彩斑斓扬异薰。

少年游

赋得别格遥致客居南溟王晓苏

二〇〇九年十一月三十日

椰花飞雪，冰天梦雨，遥念复何言！岁月千秋，几篇几页，曾共度风烟？
多惆怅，那堪回首，虚掷是华年。剩有微躯，趁心未死，全力自加鞭。

长相思

题雁宾贺赠《大岭听松图》

二〇〇九年十二月五日

山也松，坡也松，一路攀登不住听，涛声峻岭清。
天也清，地也清，霞蔚云蒸晓日升，双双引颈鸣。

摸鱼儿

大雪雪中依辛韵为赋

二〇〇九年十二月七日

似云中、海天无限，苍茫将欲何去？空庭千万琼花绽，多少玉龙难数。行未住。眼前是、冰清凝雾寻诗路。静听韵语。见劲挺青松，银装素裹，簌簌落丝絮。
轻声叹，节令时来不误。当然天意谁妒！山川大地铺盐白，已掩水流低诉。燕雀舞，尔岂懂、鸿鹄翔远巢新土。其求好苦！就此雪纷飞，寒光冷色，独立断肠处。

踏莎行　风雪念远

二〇〇九年十二月十三日

遍地冰封，空庭雪舞，南溟行影知何处？朔风凛凛起烟泡，欲穿望眼频回顾。　朝沐椰风，夕餐蕉露，阳光海浪寻新句。安能银柳驾流云，不随愁去随情去。

莺啼序并序　西拉沐沦河

二〇〇九年十二月二十二日

生吾故土内蒙古赤峰林西县地，历史悠久。新石器时代就有人类活动于此，县城南锅撑子山即为我国著名新石器文化遗址。唐代所设松漠都护府，即在本县南濒西拉沐沦河之岸边。

西拉沐沦河，发源于克什克腾旗西南部近平地松林之源水头。河源处有沙丘下陷形成之盆地，东裂为谷，谷底泉涌，汇而水泊，东泻成河。河行五十里，峭壁对峙，河道狭窄，悬崖叠起，水流湍急，轰若雷鸣。当年乾隆皇帝巡此，赋诗曰：『欲笑拘墟李谪仙，匡庐当目便茫然。飞流讵止三千尺，绝胜银河落九天。』西拉沐沦河中下游，于绵延六十余里垂直壁立之玄武岩上，遗存七千年前之岩画。所画以鹿、牛、马、羊等动物为主。构图精巧，线条流畅，描绘先民『畋鱼以食，皮毛以衣』之生活劳作场景。又有于二十米高石壁上之『鹿影』图，尤为生动逼真。

该河古称潢水，乃西辽河上游也。建立辽朝之契丹族自古相传，昔有男子乘白马、女子驾青牛浮水而下，至木叶山相遇为夫妇，所生八子，族属渐盛，分为八部。木叶山被契丹视为民族发祥地，故在此建始祖庙，春秋皆祭，兴兵必告祭。史书记载山在永州。今人踏查、考证认定，木叶山即翁牛特旗之海金山，所在为辽之永州也。辽景宗皇帝射猎之伏虎林亦于此之近处。

契丹国初，利用潢水水中石岛为基架设石桥一座，为从上京临潢府通往三京（中京、南京、西京）渡河咽喉。北宋苏辙（苏轼弟）等使辽达上京，皆经过此桥，遂使潢水石桥名扬天下。辽金以后，此桥年久失修，已经倒塌。至清朝，两度因有公主下嫁巴林部，石桥两次得以修复，因之民间称之为『公主桥』。该桥于一九一二年和一九三零年，被洪水冲毁。日寇侵占时期，曾千方百计修桥而未成，现仍残留十个桥墩于水上，成为其侵略罪证。

中华人民共和国成立后，于潢水石桥遗址附近之陈家营子处重修一座『公主桥』，近年于与之相距不远处比邻横跨地又建起一座从赤峰通往大板之高速公路桥。双虹齐卧，已是古老西拉沐沦河一幅最为壮丽之图景。

西拉沐沦河，幼记乡音为『石拉漠河』。一九四九年，母亲溘逝，父辈参军南征，毛头少年携幼弟，洒泪涉水，过河离乡远行。悠悠六十载矣！此间曾几度返乡，得以从桥上瞭望大河之壮阔景观。今悲之，叹之，歌之，喜之，聊为长调，遥寄思念耳。

天来巨流滚滚，过巴林广土。岸盘曲、苍莽长滩，一望无际灼目。怅恢廓、洪荒万载，黄沙白草孤榆树。忆兴亡，涛响波翻，向谁倾诉？　壮也潢源，地裂水涌，泻清泉汩汩。渐河现、穿壁鸣雷，盛观弘历为赋。更绵延、长岩古画。鹿图石、丰神驰逐。问丹阳，光照煌煌，怎禁惊怵？　男乘白马，女驾青牛，会合乃始祖。庙木叶、石桥松漠，远渡三京，铁马金戈，永州伏虎。桥浮岛上，沧桑年老，重修佳话遗香泽，至而今、众口说公主。先民胜迹，烟云破散无踪，水空影断今古。　悲哉昔往，十座桥墩，记寇侵痛楚。雪恨辱、欢天挥手，傍石陈家，再造通途，复活公主。新篇更写，霓虹横卧，霞升松漠游子泪，浪滔滔、潢水飞高速！遥岑平地松林，塞外江南，已经遍处。

卜算子

荧屏重看京剧《穆桂英挂帅》

二〇一〇年一月三日

雪落满春城，猎猎寒风夜。喜见荧屏艳丽梅，犹伴丝弦乐。　忆昔广和园，赞誉红诸界。岁月蹉跎五十年，依旧鲜无谢。

冬游集

临江仙
雪天过京乘地铁漫游

二〇一〇年一月二十日

雪落京城城似玉，宽街阔路晶莹。乘游地铁避寒风。重温多少梦，站站是熟名。　昔往燕园仍依旧？石狮红柱新容？前门古道怎留踪？晨钟和暮鼓，何日再闻声？

踏莎行
车过郴州怀秦观

二〇一〇年一月二十六日

滚滚车轮，迢迢大路。眼前山水森森树。闻说闪过是郴江，少游孤馆无觅处。　缅缅情怀，沉沉思愫。千年留有衣冠墓。今朝幸得暂停车，一掬悲泪因风去。

最高楼
乘粤海铁路列车渡琼州海峡

二〇一〇年一月二十七日

天涯路，茫远梦遨游。隔海有何愁！星黑月暗狂风夜，明灯亮火岸稍休。坐车中，闻浪语，思悠悠。　俱不见、漫天冰雪雾，俱不见、满山花果树。霎时间，列车收。如临丰美华堂宴，似登霄九赏重楼。莫吃惊：椰遍地，达琼州！

行香子
致天来泉拳友

二〇一〇年二月九日

水出泉开，共悦心怀。安辜负、路远南来。池餐秀色，岸赏花乖。忘年和忧，波俯仰，兴优哉。　洞居晨静，拳起瑶台。星迟睡、暗窥良才。神惊玉宇，气扫尘埃。渐朝阳升，熏风畅，净烟霾。

虞美人

表弟俊杰携家小南游过海口欢聚

二〇一〇年二月十七日

冰天雪地知何去？一霎南溟绿。遥遥万里喜相逢，欲语泪先流也进杯中。　连声爆竹隔窗响，不是家乡放。几回长梦漠河间，弟幼少年涉水望乡关。

临江仙

重访海大

二〇一〇年二月十九日

昔往几曾年过日，紫荆霑露婀娜。清湖鸥鹭唱欢歌。苏苏春雨里，心事向谁说？　重访嫣红莲未睡，碧池椰影婆娑。小荷尖角沐阳和。穷经无近路，白首问东坡。

长相思

椰城红灯

二〇一〇年二月二十一日

楼挂灯，街挂灯。大路长桥挂彩虹，夜来灯火红。　花影红，椰影红。人海车流灿若星，夜深城沸腾。

巫山一段云

再至海口白沙门

二〇一〇年二月二十五日

昨日荒沙地，于今万木园。花繁叶绿映长天，鸥影没云端。　赏翠寻幽径，翻波戏浪船。童颜鹤发步椰滩，谈笑度悠闲。

最高楼　海南江村夜

二〇一〇年二月二十八日

佳图幅，流水绕江村。落日敛余曛。小楼庭院灯初上，儿呼窗外牧归人。圈鸭鹅，鸡进架，犬看门。　饰阔路、是葱葱绿树，伴住户、是周围碧竹。榕月下，更温馨。轻扬乐奏皆何处，摇篮曲儿隐约闻。舞频频，歌阵阵，夜沉沉。

小重山并序　雪中访杏花村

二〇一〇年三月十日

南游归来，虽近春分，仍是雪大风寒。探访杏花村，去春杏花怒放时节，有如今日之雪花，玉树银蕊，盖地铺天，落英缤纷。念此，沉吟雪树下，油然为赋。

去岁春临骋壮怀。小园香蕊满、净浮埃。杏花疑是雪花来。冰清玉，独自赏徘徊。　今也未堪哀。琼枝镂剔透、竟谁裁？雪花疑是杏花开。盘空舞，素萼落池台。

南歌子（双调）　春分

二〇一〇年三月二十一日

近日连连雪，晶莹玉树林。风寒地冷雁无音，能不生疑节令已春分？　但见兰君子，窗台占早春。盆丛蹿箭蕾清新，依旧花开如火欲夺魂。

醉翁操并序

木叶山

建立辽朝并存在二百余年之契丹人，相传以驾青牛之仙女与乘白马之神男为始祖，因之于木叶山建庙以祀之。史载山处两河（西拉沐沦河与老哈河）汇合地。但此处并无山。今人考证发现，翁牛特旗之海金山即木叶山，山不高，远望酷似埃及金字塔。登其顶，极目北望，一脉大川，自西而东，浩浩荡荡；南望，沙丘连绵起伏，无际无边。最近在海金山又发现有疑似古建筑遗址之类。此山果真乃木叶山耶？

二〇一〇年三月二十八日

沙原，丘连，飞鸢。远天蓝：青山！突兀矗空立巍然。一登如塔峰端，金字尖。望莽莽长川，雾霭流荡飘野烟。

两河汇聚，真是兹山！史书记载，营建煌煌庙殿。崇马牛而神仙，祭祖先而绵延。阶台荆棘间，寻觅当攀缘。但见乱云翻，契丹人去谁得还？

诉衷情

感事

二〇一〇年四月二日

一从擎起染旗旌，万紫与千红。江河浪滚流韵，阵势踞关东。 闻若远，处清空，借秋风。湿衣微雨，落地闲花，无见无声。

青玉案　踏青

二〇一〇年四月五日

此时雪化冰消路。水浸湿、如流雨。闲步踏青何所去？柳枝眉绽，草根芽露，但找春来处。

晴阳暖暖连番顾，布谷声声唱无住。花信风来将几度？看迎春早，又丁香吐，桃李纷纷树。

曲游春　归雁

二〇一〇年四月十三日

由雁回峰过，列字形长阵，飞渡云府。喜在归程，忽心生疑惑，不知何去？万里长途苦，到此际、旧居多故。目眩晕、瑟缩盘桓，偏又大惊迷路。

顿悟！青青林木，已遍地连天，楼厦无数。蔓草芳菲，伴山姿水影，美哉乡土！巨变招倾慕，众鸟雀、远来朋侣。赶紧落脚家园，岂还却步？

一剪梅　国哀日

二〇一〇年四月二十一日

肃穆旗红已半垂，玉树哀伤，天地皆悲。三江之水水之源，一脉相连，万古同辉。

多难兴邦不惧危，

重整河山，再竖丰碑。信知珠泪化雄风，壮我神龙，啸傲腾飞。

临江仙

题大林美术学校美术作品展

二〇一〇年六月一日

欣喜艳阳呼好雨，盎然芳树繁英。嫣红姹紫眼刮明。流连香阻路，馥郁醉酩酊。

妙手图成花烂漫，动心惊魄丹青。清于老凤众儿童。园丁欢笑里，艺海度春风。

高阳台

紫丁香

二〇一〇年六月十日

连夏接春，花繁叶吐，小园幽径溢香。生恐香消，几番醉意徜徉。虬枝曲干华滋露，酿清芬、齐付青阳。燕初归、细语呢喃，懒找檐梁。

何由尚记当年事，见如云紫萼，同唱弦堂。心结相交，多愁岁月迷茫。如今已解同心结，赏清景、影照篱墙。步踟蹰、风信无期，蝶落蜂忙。

临江仙并序

省沽油

二〇一〇年六月十二日

省沽油乃原产于长白山之一树种，现见于我国北部和中部及日本等地。其为灌木或小乔木。夏季开黄白色花，花香而美丽。二十世纪八十年代初，一位老园艺工作者在长春苗圃发现仅有的一株省沽油，并把它移植于儿童公园漱芳园水池边。悠悠三十年矣！至目前它仍是长春唯一的一株省沽油，已经枝繁叶茂，花香四溢，而知之者、赏之者，除当年移植它的园艺家李淑芳，怕已无多了。

玉立小园何所梦？潺风寒雪池边。花开默默几经年？从来无问询，不似在人间。　绿叶成荫春已尽，树高枝壮花繁。暗香飘动更堪怜。只因唯一好，双泪落君前。

宝鼎现并序

日月潭与净月潭

二〇一〇年六月三十日

报载，位于台湾南投县之日月潭，与长春东南部之净月潭，同为著名风景名胜区。日月潭卧伏玉山和阿里山之间，周长三十五公里，景区占地面积七十六平方公里，水域面积九平方公里。净月潭景区占地面积九十六平方公里，东西长七公里，南北宽一公里，水域面积十点三平方公里。两潭地理环境相似，人文气息相宜，堪称姊妹潭。传说，天上七仙女，不喜天庭，向往人间，不觉间落下两滴眼泪，一滴落台湾成日月潭，一滴落长春成净月潭。姊妹双潭，遥遥相望，互相思念而不得相见。今瓦萨冰雪天使，手捧瓦罐，将清澈之日月潭水缓缓注入净月潭中，此对姊妹潭紧紧交融一起。其时，『日月潭号』游船亦在净月潭上起航，使民间美丽传说终有完美结局。

四围山翠，曲岸林碧，澄明潭丽。储日月、光华高美，独占倾心宝岛绮。净月玉、嵌春城银项，波闪茫茫映碧。两姊妹、隔云万顷，恚念无穷悲泣。

忆昔重九娇仙女，守空庭、沉寂无味。观宇内、龙楼凤阁，舞榭歌台皆厌弃。二景处、却神驰情去，珠泪交光两滴。竟化作、南溟旖旎，妩媚遥遥北地。

风色一样双潭，天远雁稀何时已？忽飞来青使，欢把清流入水。似梦醒、喜今联袂，鼓奏箫韶起。任海上、浪涌涛翻，怎阻相融厚意！

鹊桥仙

行弟周年冥祭

二〇一〇年七月二十四日

失亲幼小，无能兄弱，尝尽人间悲苦。才约相携访南溟，却怎么、忙归冥府？

足疼手断，心潮血注，哭送先行侍母。当隔六十载重逢，止不住、滂沱泪雨。

唐多令

《梦回芳草》付梓 二〇一〇七月二十六日

时日苦淹留，只缘求无休。赏清佳、词笔高丘。残月晓风杨柳岸，摄魂魄，梦楼头。

偏是逆行舟，新愁又旧愁。放歌哭、海沸江流。剩得一泓沧浪水，不洗濯，且遨游。

卷四

近年新作

好事近　红叶谷

二〇一〇年九月十六日

霜叶胜于花，尽染艳红山色。沉醉卧霞深谷，有绮思千百。

傍溪小路伴欢歌，迤逦上空碧。已将美秋留住，地不分南北。

望海潮　秋游

二〇一〇年十月六日

从菊铺野，金风拂地，萧森淡淡飕飕。寒嫩乍霜，枫林尽染，闲心俊赏清秋。曾几次遨游。记明瑟山水，携侣登楼。雁阵南征，远天时看总回眸。

重来碧甸芳洲。但荷枯盖老，芦白亭幽。群鸟啭鸣，翻飞不已，空疏草木梢头。遥望暮云收。忽大湖浪起，横岸孤舟。落叶纷飘，尽随波去伴浮鸥。

南歌子　黄君金海拳友赠盆草青锁龙赋以自寿

二〇一〇年十月十日

遍体青环锁，周身锦片鳞。既盘舆地又攀云，携我激情澎湃驾征轮。

不论冰寒日，焉辞暑热晨。尽皆小草赤诚心，敢练太极武当剑拳人。

南歌子

挽佟敏

远去同窗梦，重逢古稀年。几多往事在心间，待到回归辽锦纵情谈。滚滚寒流逼，飘飘落叶丹。白山松水泪潸潸，梦里音容依旧似当年。

二〇一〇年十月十二日

南歌子二首并序

悼国臣

二〇一〇年十月二十日

刘君国臣，一九五七年锦州高中毕业，入东北师大化学系学习，毕业后到吉林市做中学教师，直至退休。君为我高中三载同班学友，情好甚密。高二时期，班里排练京剧《野猪林》之一折，在学校新年晚会演出后，参加市里会演获得二等奖，还曾到工厂、农村演出。剧中我饰林冲，现已故肖君凌生饰鲁智深，现在北京的杜君焕生饰董超，而饰薛霸者即国臣。高三上学期即一九五六年十一月，时已寒冬，我北奔赤峰探望病危祖父，国臣让我穿用他的大衣以御寒。多年来，我们各处吉、长两市，离得很近，比其他同学联系得较多。一年夏天，我们漫步松花江边，忽发奇想，定要下水一游。在他的鼓励下，我从临江门，顺浩荡江流，一直游到东关大桥。江沿上，国臣抱着我的衣物，一路小跑伴我畅游。如此述说不尽之往事，突被勾起者是噩耗：昨日晚六时五十分，国臣因给上学孙子送饭，途中被狗扑倒，惊吓致心脏病复发，经抢救无效而离世。闻讯愕然怆然，终日悲痛难禁；其笑貌音容如在目前，而历历往事亦不断浮上心头。遂出小词两阕，以为之祭，伤之哀之耳。

一

昔往弦歌壮，当年旭日升。噩耗来袭忆音容，忽入同窗三载梦魂中。　未有君衣暖，何堪北地风！一生四海五湖行，犹带心心相印手足情。

二

大野迎风跃，松江击浪游。岸边伴我乐悠悠，此景此情镌刻在心头。　顾念承千痛，先行断百忧。由朝及暮思无休，但见一钩残月冷云陬。

望海潮

赋秋菊贺《置业周刊》创办两周年

二〇一〇年十月二十五日

秋深寒嫩，浓华佳色，缘何惹梦牵魂？金蕊冷香，冰肌玉骨，由来引发长吟。心脾沁清芬。饮朝坠珠露，除却俗尘。荡气回肠，夕餐英落见缤纷。　花丛似有灵均。竟悲风万里，千古播熏。三径就菊，悠然靖节，东篱自是幽心。今思俱遗馨。正傲霜凌雪，凝浥芳芸。七彩当空，管弦鸣奏唤阳春。

风流子　立冬后大雪有寄

二〇一〇年十一月十日

连番瑞雪降，秋光转、又是壮哉冬。遍楼覆缟衣，路铺琼砌，放花银柳，镶玉青松。怅清廓、木摇风瑟瑟，泉断水淙淙。湖面敛波，岸边舟锁，倦飞林雀，寒肃霜空。

昔时初期许，曾经几聚散，总是匆匆。焉可忘忧年病，还赖天公。叹南溟北地，凄风苦雨，冷冰冻雪，此与谁同？肠断那堪回首，遐思无穷。

阮郎归　长春漱芳园银杏树

二〇一〇年十一月二十五日

丰冰堆雪满芳园，池台空自闲。独家仙树立廊前，亭亭复赫然。

边塞地，酷寒天，南来已几年？茁枝粗干报平安，严冬眠正酣。

清平乐二首　冬日银杏树

二〇一〇年十二月十日

一

芳园深院，落雪堆积满。廊外漏窗欣喜见，峻美山石相伴。

茁茁秀干枝丫，莹莹润玉光华。一树堪称朗日，青杨翠柳花发。

二

皎洁明月，照影铺银雪。细玉琼条真切切，笑看寒星冷夜。　梦中枝叶婀娜，天然姿彩婆娑。应许世间情爱，爱多亦是情多。

满宫花

再赋银杏和岳南

二〇一〇年十二月十八日

夜更深，星影悄，一任梦飞人老。叶黄簌簌落八方，明日尽皆芳草。　昔往多，焉可了，常记城楼鸽哨。当年欢舞玉桥前，银杏于今同好。

附岳南《满宫花》词：

云飘飘，思渺渺，一树银杏同老。游仙涂涂踏叶来，吟唱梦回芳草。　春虽去，情未了，何时再吹柳哨？忽觉饭香近午时，回来下厨正好。

兰陵王并序

二〇一一年二月八日

兰陵王高肃（五四一—五七三年），字长恭，为北齐神武帝高欢之孙，北齐末期文武双全名将，先后被封为徐州兰陵郡王、大将军、大司马、尚书令等。世称其为兰陵王，而名不为人熟知。《北齐书》《北史》载他『貌柔心壮，音容兼美』。《旧唐书·音乐志》谓其『才武而面美』；《隋唐嘉话》言他『白类美妇人』。可见兰陵王之美确是超凡脱俗，有一般男子所不具备之俊美容貌。因其面貌清秀，当两军交战时他要戴一凶恶面具以震慑敌人。兰陵王因战功显赫而招致皇帝（其堂弟高纬）忌恨，终被毒酒赐死。其墓位于今邯郸市磁县城南五公里处。墓冢高大，周围透花围墙，墓地有碑亭。原墓碑尚存，一九八八年被国家列为重点保护文物。

公元五六四年冬，北齐重镇洛阳被北周十万大军围困，守军弹尽粮绝，形势岌岌可危。在此危急关头，一将军骁勇异常，加之狰狞面具给敌人心理之震撼，北周军队竟然拦挡不住。他率领五百精兵在北周军队中杀出血路，冲到洛阳城下。此时城内守军疑心有诈，不敢贸然打开城门。他们要求这位将军摘下面具，亮出本来面目。将军摘下面具以后，城内守军顿时欢声四起，因为这位将军不是别人，正是兰陵王。于是他们协力夹攻，大败周军，解洛阳之围。当时庆祝胜利，武士们编《兰陵王入阵曲》，戴着面具边跳边歌，歌颂高肃的英勇善战和辉煌战绩。

《兰陵王入阵曲》这支乐曲，悲壮浑厚，古朴悠扬，自诞生后在民间流传很快。隋朝时被正式列为宫廷舞曲。盛行于唐代，为假面舞蹈，表现兰陵王指挥击刺之作战英姿，为带有情节之男子独舞。南宋时期又演变为乐府曲牌名，称为《兰陵王慢》。《樵隐笔录》云：『绍兴初，都下胜行周清真咏柳《兰陵王慢》，西楼南瓦皆歌之，谓之《渭城三叠》。以周词凡三换头至末段，声尤激越，唯教坊老笛师能倚之以节歌者。』今以兰陵王为题材之作品有诗词、电影、书籍和戏剧等。

《兰陵王入阵曲》在我国久已失传。唐时传入日本，至今日本奈良元月十五日『春日大社』举行一年一度日本古典乐舞表演时，《兰陵王入阵曲》仍作为第一独舞表演节目。日本人将其视为正统雅乐，格外珍视，对其保留和传承有一套十分严格的『袭名』与『秘传』制度，使得我们有幸在千余年后，仍能欣赏到原汁原味、壮怀激烈之兰陵舞曲。一九八六年，河北磁县文物人员通过日本专家找到此曲。一九九二年九月六日，也即此曲问世一四二八年之际，由邯郸市文物人员组织日本奈良大学教授笠置侃一率领雅乐团到磁县兰陵王墓前演出《兰陵王入阵曲》，此曲得以回归故里。

《兰陵王》词，一百三十字，分三段，第一段七仄韵，次段五仄韵，末段六仄韵，宜入声韵。现以《词林正韵》三部入声韵赋之。

思高肃，千古悠悠独馥。分明见，骁勇惯战，绝代英华竟颜玉。风摧折秀木。残酷，奇功赐毒！空悲愤，心壮貌柔，生就贪杀帝王族。援城显威魄。起入阵歌舞，深赞殊略。倾情之曲声名卓。虽失传良久，但曾东去，昂扬激烈竟似昨。幸哉返乡陌！堪喜！甚悽恻。本俊妙音容，凶具遮饰。豪雄对敌皆寒栗。叹丑陋容貌，假遮光熠。今当相反，比此事，暗作哑。

好事近　断九日依秦韵

二〇一一年三月十三日

虽断九犹寒，冬去尚留余色。残雪小园林隙，见落鸦成百。眠中银杏梦阳春，独自向苍碧。恨不一如嘉树，却念南思北。

画堂春　早春

二〇一一年三月二十五日

忽堆云絮聚轻阴，一番细雨纷纷。小园草木醒芳魂，喜又逢春。湖畔冰澌化水，梢头鸟雀声闻。牡丹亭上放歌吟，应者何人？

临江仙

题赠久珍阁珠宝行

二〇一一年三月三十一日

玉阁凌霄盈紫气，馨香荡漾嘉祥。飘飞彩练舞霓裳。天风龙影动，四海放歌长。

翠户临门昇旭日，晶莹闪烁珠光。华堂幽室熠辉煌。仙家齐祝颂，寰宇赞同芳。

临江仙

赠牛纪喃

二〇一一年四月二日

昔访鹤乡无数遍，阅经春夏秋冬。黄沙雨雪草原风。洮儿河水酒，每每醉酩酊。

瀚海云飞常入梦，故交犹见音容。忘年情谊是新朋。晓风杨柳岸，拳剑寄余生。

临江仙

题赠尹大海校友台湾茗茶店

二〇一一年四月六日

记客南溟邻宝岛，久闻隔海佳茗。高山众品见春城。甘醇生禹岭，阿里更青青。

正是梨山三月雨，花开阵阵熏风。新茶浸染郁香浓。弟兄虽两岸，举盏吐深情。

临江仙　赠姚思图校友

二〇一一年四月十日

四十年前铭岁记，库伦绕梦牵魂。冰天跃马逐流云。千沟安代舞，荞麦诱人亲。　往事遥遥挥不去，而今又识姚君。即为校友此同心。故乡时探问，慰我信音新。

临江仙　小园迎春花开

二〇一一年四月十二日

水面残冰初化尽，和风波闪粼粼。湖光山色望中新。金英开一朵，报道满园春。　岸柳枝摇方睡醒，连青小草怀欣。流泉飞瀑又长吟。百花临次第，银杏赏芳魂。

临江仙　重到白城

二〇一一年五月一日

又见欲飞双鹤塔，依然振翅凌霄。何来遍处众楼骄？风沙八百里，明媚是今朝。　二十余年如一梦，几多功业昭昭！华严寺上火云烧。席间无酒力，游赏却嫖姚。

临江仙

题乌兰浩特山庄旅游度假村

二〇一一年五月二日

白马扬蹄穷碧落，招徕无数宾朋。柳杨桃杏草原风。赏心鱼蹦跃，游步鸟啼鸣。蒙古包中餐美宴，奶茶炒米香浓。长歌劝酒舞娉婷。今宵赢一醉，何日再重行？

临江仙

成吉思汗庙

二〇一一年五月三日

柳绿松青绽野杏，蕊寒香冷明霞。九穹方殿矗山崖。仰遥千万里，俯近万千家。竟有新城连地起，楼街闹市繁华。天骄庙下展奇葩。正逢春日好，边塞乐无涯。

临江仙并序

哭鄂华

二〇一一年五月十五日

惊闻鄂华学长病逝，忆及几十年与其密切过从，潸潸然而泪下。翻日记载：『晚下班前，到省电影公司宣传科，程庆华亦至。陶文涛约至其家，小饮达夜深，送程步行至建设街，与之分手而归。』（一九七九年一月十三日星期六晴）此情此景，如在目前。去年出词集《梦回芳草》，其为序长达四千余字。今泪洒遗文，哭之，悼之，哀之，伤之。

泪忆陶公招夜饮，扶归醉问星空：银河欲坠柱谁擎？冥冥皆不语，闪闪益迷蒙。敢为烧天偏盗火，未名博塔通红。咖啡美酒伴无声。遗文浇泪湿，君影去如虹。

临江仙

郁金香

二〇一一年五月二十九日木叶生日

一自信风应律唤，满城花事繁忙。人人见说郁金香。争相来俊赏，朝夕映霞光。卉海香波何阻步，万千茎顶琼觞。斑斓五色闪辉煌。今春双占得，依旧牡丹王。

临江仙并序

银杏树

二〇一一年六月八日

长春市儿童公园漱芳园西南角，于碑廊前试栽银杏树一株，几年中均已安全过冬，获得成功。银杏亦名白果树、公孙树。其为落叶乔木，叶扇形，秀丽美观。果仁和叶入药。此树在我国虽然栽培较广，南方多有，而北方则少见。至于长春，从前见所未见。而今虽有几处栽植些许，但也长势不佳，唯有儿童公园的这一株几度战胜冬寒，日渐直薄云天，弥足珍贵了。银杏生长较慢，寿命极长，可达千余年。但愿其永远能顶住每年半年的寒冷，生长百年千年，尽览世间之沧桑风雨。

画阁廊前维一树，牡丹芍药丛中。春来小叶绿方浓。欣然今试问：几度越寒冬？　冷气霜天冰雪地，酷寒战胜堪惊。无双独立即豪英。君能千百岁，尽览世间情。

行香子

酬贾傑先生制印贺《雪泥爪痕》付梓

二〇一一年八月三十日

命运谁操？与石神交。起宏业、一代风骚。丹青妙手，铁笔金刀。羡梦中人，人中石，石中骄。　巴林胜赏，尽付镌雕。篆书印、泉涌诗潮。龙飞云海，凤舞层霄。赞醉斋师，师斋艺，艺斋豪。

踏莎行

中秋感赋

二〇一一年九月十二日

草木微黄，空庭初肃，轻云驾坐茫茫路。几曾俯首见苍溟，浪翻涛滚能何顾？　霭霭朝晖，沉沉日暮，流年逝水悲相诉。天南地北度秋风，但期直到三山处。

调笑令

忆少时在外祖母家新林镇之鹿山

二〇一一年九月十八日

甜梦，甜梦。竟夜儿时幻境。青青草蔓连天，呦呦鹿逐玉山。山玉，山玉，甜梦巴林石煜。

调笑令　忆儿时在林西县大水波罗

遥忆，遥忆。大水波罗草地。苍苍广宇飞云，茫茫阔野马群。群马，群马，犹记奔腾入画。

二〇一一年九月二十一日

南乡子三首　寄木叶

一

岁月又披霜，万里秋风思念长。蕉影椰林何处是？汪洋。浪滚波翻已断肠。少小绕身旁，学语牙牙唤月娘。单手单音琴始练，悠扬。今忆琴声泪湿裳。

二

处处好秋光，却怕重行更感伤。以往相携游胜地，茫茫。地北天南各一方。恍惚已还乡，会面爷孙喜欲狂。无语无言原是梦，彷徨。只恨天明梦不长。

三

素手任清扬，椰果琴音两浸芳。苏子湖边歌乐日，锵锵。靓丽青春凤鸟翔。遥望影匆忙，可忘儿时淡饭香？奇甸南溟风色好，堂堂。且把他乡做故乡。

二〇一一年九月二十四日

江城子

小园之秋

二〇一一年十月十三日

染霜木叶胜花明。目丰盈，满园中。落红铺路，忍顾不堪行。专为浮嚣添静美，心已醉，净尘风。临湖回望水清澄。白云停，百花生。亭台楼榭，彩绘似围屏。世上万般看倒影，非境幻，是真形。

江城子

秋日银杏

二〇一一年十月二十日

夜来风冷降严霜，隔园墙，漏明窗。悠然银杏，潇洒换新装。密叶繁枝相覆盖，金闪闪，一身黄。日前园里赏幽芳。傍檐廊，叶青苍。一树亭亭，玉立向朝阳。喜又寒风冰雪烈，筋骨壮，万年长。

江城子三首

故乡

二〇一一年十一月二十一日

一

遥遥何处是乡关？朔风寒，起泡烟。白草黄沙，谷雪映冰川。多少相逢皆幻梦，惊觉醒，望星天。

二

风光满眼似江南，旧河山，换新颜。处处楼林，大路上云端。不恨归来时日晚，歌故土，唱年年。

三

迟迟步履忆绵绵，雪飞天，套林间。野味山鸡，母子度新年。少小别离今鹤发，还认否，大乌兰？

好时光

寄远

二〇一一年十二月十日

万木空疏凝冷，山石望、远云重。流水落花无限事，堪惊白发生。岁月终不老，厚雪下、草青青。网寄梅枝到，似已沐春风。

临江仙

观中央电视台空中剧院播出北京京剧院所演之新编京剧《宋家姐妹》为赋以寄树义

二〇一一年十二月十八日

几派名家荧幕上，见闻翻演新声。国之瑰宝壮铭旌。丝弦扬大义，辙韵赞亲情。记否当年开晚会，我班和乐融融。欢心齐唱借东风。清音犹绕耳，依旧动三更。

寿楼春

哀杨光

二〇一一年十二月二十二日（冬至节）

适逢金轮回。竟惊雷噩耗，突袭心扉。可叹昨犹清晤，笑谈时绥。孰料想，今成悲！泪纵横、空招魂归。任气冷风寒，摧折秀木，难耐壮年垂。

名门友，何夔夔。昔龙湾击水，拨浪相随。最记倾情公务，事操精微。担主笔，竭能为。积疾劳、哀哀衰颓。赋长调当哭，连同祭酒浇一杯。

倾杯令

绮君华诞

二〇一一年十二月二十四日

游冶榆关，登临崇阁，访胜探踪衡岳。窗外京华秋月，怀忆昔年风雪。

天荒地老何曾别，放长歌、悲声如铁。倾杯小词遥祝：快乐平安此夜！

江城子

答陈吉军学兄

二〇一一年十二月二十八日

闻言多愧枉为诗，自当知，寄相思。老来常梦，湖柳袅晴丝。岛岸石鱼浮绿水，俯塔影，仰清姿。

莘莘学子惜花时，绽新枝，伴书痴。文苑翰墨，亲授拜名师。今忆临湖轩上月，君共我，寸心驰。

谒金门

除夕

二〇一一年十二月三十一日

风寒慄，人少路空车疾。瑟缩疏林冰雪地，满城残照里。　灯彩霎时四起，淡月稀星无几。处处楼堂歌不息，一元除竟夕。

临江仙

迎龙年春节寄吉军学兄

二〇一二年一月十八日

只为耆卿杨柳岸，遍寻南北西东。无情岁月总多情。未名湖畔梦，隐隐复清清。　隔海隔洋今寄意，适逢临瑞祥龙。望穿冰雪忆音容。已然年月好，归来坐春风。

最高楼

壬辰春节

二〇一二年一月二十三日

悠悠岁，难尽数年轮。万象即更新。酷寒肆虐余威烈，坚冰厚雪散萧森。岂悲凄，阳气转，待东君。　忘却了、此生多少酒，忘不了、此生多少友。沉醉里，放狂吟。琼枝秀木扶疏叶，青天朗月皎晶心。笑声声，长梦醒，对芳春。

忆秦娥

赏《六世情歌》

二〇一二年二月十四日

烟泡雪，无情刮碎寒窗月。寒窗月，梦回芳草，断肠春夜。
天南地北莺啼咽，黄泉碧落声声血。声声血，长歌六世，不曾言别。

如梦令三首

冰上渔猎

二〇一二年二月二十日

一

多日朔风寒透，百里水泡冰厚。谁竟点天灯，清夜亮光如昼。呼酒，呼酒，都是捕捞身手。

二

冰面砍凿窟窖，下网连连成套。号令响高声，盘索起锚开绞。风啸，风啸，惊破晓星晨觉。

三

旗舞把头挥汗，绳动绞盘飞转。网出跳银鳞，车拽马拉无断。千万，千万，喜煞大家春宴。

踏莎行　春雪

二〇一二年二月二十三日（农历二月初二）

放眼弥天，举足漫地，飘飘洒洒嗟何及？一冬无雪酷春寒，可堪偏又随人意。素裹金镶，红妆玉砌，朝阳晴霁蒸腾起。老龙今日正抬头，世间万物皆欢喜。

杨柳枝十首　小园早春

二〇一二年三月十一日

一

亭耸山头向碧苍，玉栏俯望白茫茫；早春二月惊蛰雪，素裹楼群似海洋。

二

冰雪融融淌水流，万千涓滴不回头；莫愁远去无消息，化作春云降雨稠。

三

园里阳和度暖风，一湖冰解浪波兴；岸边小艇冬闲过，正待游人水上行。

四

银杏亭亭玉立姿，挺拔枝干叶萌时；又经北国冬寒酷，一点茁芽一句诗。

五

消雪亭台现盛装，玉栏金瓦映斜阳；晚来忽亮霓虹彩，灿烂辉煌是夜光。

六

湖畔青松水面风，漫天飞雪尽迷蒙；顿然丽日当空起，扫却阴云玉宇清。

七

阴冷依然柳色明，小园终日雨兼风；夜来月走飞云里，似是无晴又有晴。

八

杨柳梢头泛嫩青，杏枝桃木鸟飞鸣；苦心处处寻春意，且喜梅榆一点红。

九

冰雪封遮已一冬，水滋湿润露新容；更因几日东风暖，草色连青遍地绒。

十

风信频频已几番，雪消冰化艳阳天；眼前即是三春景，卉色花光挤满园。

临江仙　无题

二〇一二年三月二十六日

处处楼林迷倦眼，摩天万丈堪惊。长街人海度升平。楼高压地陷，倾倒有谁擎！且趁好风明月夜，金迷纸醉灯红。车流似火映霓虹。人间天上事，浅唱也风生。

青杏儿　扫墓

二〇一二年四月一日

堪叹近清明。一年年，去日匆匆。东君反复无常客，前天飞雨，昨天飘雪，却又寒风。碑字尚留红。映林山，白雪青松。金菊一朵心香瓣，消人世苦，消离世泪，告慰幽冥。

青杏儿　春之诗效阮好问体

二〇一二年四月十六日

何必怨春迟。信风来、当有花时。阴晴雨雪寻常事，枯茎折了，千条落了，待长新枝。万物润华滋。且听谁、壮句雄词。青阳不惜殷勤意，水泉响了，柳梢绿了，却怎无诗？

附阮词：

朝镜惜蹉跎。一年年、来日无多。无情六合乾坤里，颠鸾倒凤，撑霆裂月，直被消磨。世事饱经过。算都输、畅饮高歌。天公不禁人间酒，良辰美景，赏心乐事，不醉如何？

青杏儿　春之银杏

二〇二二年五月一日

榆叶绽梅红。一团团、影照澄泓。穿行柳陌桃蹊上，垂丝阻步，萼香袭面，沉醉东风。　银杏睡方浓。看廊前、直薄云空。琼枝玉干听眉吃：春来梦好，春归叶放，不与谁同。

青杏儿　无题

二〇二二年五月十二日

春短岂长春。雪才融、夏忽来临。鹅黄淡绿知何去，莺歇草盛，风雷电闪，树雨泉喷。　何必苦沉吟。任年时、转瞬行轮。俄然暑往寒来日，南国赏海，冰天跃马，醉与谁论！

青杏儿　与健身恩晖王志田明吴白茶聚贝子轩

二〇二二年五月十六日

今到又花时。蕾重重、缀满繁枝。游观碧叶层相叠，幽从泻翠，清和入画，玉树琼姿。　添韵华堂诗。恰都为、字癖书痴。良辰好景焉能弃，清茶品味，生民论道，天意谁知！

卜算子　次韵吴白词以谢志贺

二〇一二年五月十八日

余事为诗词，自忖难通达。婉约清空不入流，怎敢拼争姹。　世事久经磨，方得知高雅。画意诗情荡梦魂，寻遍全天下。

附吴白《卜算子·贺志达诗词集出版》：

芳草梦回吟，矢志诗词达。雪月风花尽入格，自是花中姹。　老墨百回磨，挥洒足风雅。为体花间觅句新，平仄知高下。

卜算子并序　和吴白

二〇一二年五月二十六日

今春长春早春，气温高而无雪。但突降大雪，且雪后奇寒，牡丹园之牡丹，大部分受此冻害而枯萎。今于园中所见，虽已至百花盛开时节，但尚存之牡丹，枝叶枯萎，小蕾稀疏，不堪入目矣。园中工作人员说，欲赏往年牡丹花开之盛况，明年可待。特奉和吴白词赋此。

闲步牡丹园，犹未花争姹。已是群芳斗艳时，疏蕾羞相下。　春暖雪来寒，伤冻期难达。谁起天香国色吟，当解耽心怕。

附吴白《卜算子·致志达先生》：

昨夜雨纷纷，今见丁香姹。当谢相知美意浓，吟诵娇枝下。词癖笑骚人，气韵推敲达。若诗诗心浪漫时，旧律没啥怕。

行香子

端午感怀

二〇一二年六月二十三日

角黍飘香，艾叶含芳。浪花溅、舟竞龙塘。行吟泽畔，自沉罗江。忆昔年事，千年泪，万年伤。

深思高举，洁白昭彰。怎敌得、虎豹豺狼。奸谗令尹，昏馈怀王。但今犹恶，人犹害，世犹殃。

卜算子

自遣

二〇一二年六月三十日

我本塞边人，柳岸风残梦。不慕虚名不羡仙，词赋由情性。

昔不计工拙，今任神来兴。再访南溟返故乡，敬奉升平颂。

临江仙

庆祝八一建军节

二〇一二年八月一日

一自南昌枪响起，夜空照亮红星。工农亿万斗顽凶。推翻原世界，新建国旗升。

百炼千锤钢与铁，保疆卫国真雄。有谁没尝试刀锋？跳梁风浪鼓，看我钓鱼翁！

高阳台五首

长东北生态湿地公园

二〇一二年八月二十三日

北湖

穿绕街衢，伊通猛汛，滔滔蓄水成湖。多少年光，处城东北沦芜。任凭四季轮番过，叹荒郊、洪野如初。
更凄凄、浥冷烟波，湿屿空孤。
倏然水木今明瑟，起长桥跨越，塔望嘉图。桦柳塘堤，扁舟近赏荷芦。
当能已续西东梦（杭州西湖和武汉东湖），借轻车、胜境斯夫！正倾情、亭榭琼林，酒肆当途。

春感

燕子呢喃，交相畅述，几番煦煦和风。百草萌芽，坡丘野甸青青。鹅黄嫩绿长杨叶，柳丝垂、帘幕娉婷。
美芳林、梨白如霜，杏粉桃红。
寻诗最是熏风径，步层阶曲榭，水秀花明。眺览波光，悠然五过桥亭。
苏杭不再天涯梦，比名园、俊美多情。试遨游、春晓湖堤，柳岸闻莺。

夏日

依傍城边，池连湿地，柳林荫下风凉。更是亭前，花光忽闪荷塘。承珠翠盖接天碧，慢悠悠、叶底鱼翔。
溽烦消、气爽神清，游兴徜徉。
迢遥水路船何去？见迤逦岛远，苇密齐樯。荡冷波心，菖蒲散放幽香。
穿桥过洞禽鸣处，暂停棹、但待斜阳。莫惊骚、浮卧天鹅，嬉戏鸳鸯。

秋韵

才过三伏，风微气爽，淡云无迹天高。苇白枫红，金黄片片蓬蒿。老荷独有篷房立，伴睡莲、妩媚妖娆。五花林、落叶纷纷，水面飘摇。

狂潮乐起流清韵，遍坡堤港岸，奏响松涛。寒蛩浅唱，应和殿阁鸣铙。岛边宿鸟湖中雁，唱九歌、笙管箫韶。最强音、虫叫唧唧，蛙鼓频敲。

冬魂

林木披银，苍天寥廓，望中桥影横空。覆雪长堤，重经五柳连亭。秋光旖旎今何处？剩干荷、兀立坚冰。似闻言、既必春来，何畏严冬？

翻飞忽刮烟泡雪，彻寒园灌冷，万物迷蒙。晴日风歇，琉璃世界堪惊。塔楼洲岛着装素，寄幽思、尽赏晶莹。且豪游、神会湖魂，心领深情。

临江仙

儿童公园银杏树被台风刮倒巨柳砸伤

二〇一二年九月七日

昨日婆娑银杏树，枝弯叶碎堪惊。倒倾老柳竟无情！砸身兹独木，祸害是台风。

一十五年长住此，未屈冰雪寒冬。毁伤喋血亦豪英。根牢强主干，当望更峥嵘。

江城子（单调）

贺海口卓乐琴行开业

椰林蕉影起新声。似钟鸣，动心旌。琴笛箫鼓，演奏响其中。急管繁弦流美韵，卓雅乐，令人倾。

二〇一二年九月十日

忆旧游并序

一九四五年『八·一五』光复后，父亲参军离家。母亲带我弟兄三人，在林西县城无以为生，于一九四八年春流落到县北部之大乌兰沟里。整整一年时光，母亲为少小三子糊口活命，在饥寒交迫中积劳成疾，溘然而逝，年三十有三。

二〇一二年九月十八日

记春荒怎度，野菜剜光，榆树摘钱。炮火连天响，念南征父辈，又失家园。苦熬断粮长夏，蔬薯饱餐难。待谷麦方熟，车拉马拽，远路支前。潸潸，暗流泪，叹土屋薄墙，焉挡风寒。最是严冬里，竟坚冰豪雪，封堵门檐。弟哭母病愁惨，悲戚过年关。忆峻岭深沟，悠悠往事犹泫然！

一剪梅

校友会宴聚得会家在内蒙古林西克旗右旗喀旗的北大选调生全林郑帅男宋春立白凤姣

二〇一二年九月二十三日

犹带燕园湖畔秋，慰我离怀，寸草难酬。白山松水绘新图，妙手来仪，众里才优。

一语闻声泪欲流，切切乡音，缕缕乡愁。水杯当酒举频频，致敬红楼，致意饶州。

一剪梅

自寿

二〇一二年十月十日暨农历八月二十五

月日阴阳今正逢，复始空蒙，散淡平生。浪花随水任飘零，多少悲鸣？多少痴情？

曾几逍遥东海行，幽赏蓬瀛，游沐仙风。乘桴当又去南溟，韵步诗翁，调借词卿。

破阵子

观《学者书家吴小如书法展》

二〇一二年十一月九日

一室天高地阔，行云流水如歌。似唱皮黄传美韵，又见娟洁人楷模。耄耋健胜昨。

有幸书斋拜握，无情岁月蹉跎。开讲诗词听课事，铭记而今犹未磨。塔姿映绿波。

水调歌头

雪柳

二〇一二年十一月十九日

六出万花舞，四顾白茫茫。冷园林木繁枝，皆已褪秋黄。犹自湖边兀立，密密层层绿叶，碧玉复银镶。胜似仲春丽，明艳更清苍。

任絮飞，踏冰路，近身旁。寒天冻地，欣看娟秀美容光。既伴青松未谢，又早生发新嫩，不枉赋辞章。披雪添潇洒，岂畏酷冬长。

浪淘沙慢

月下之忆

二〇一二年十一月二十九日

夜凝冷，冰生冻水，亮泻明月。窗满银霜暂歇，行来一路踏雪。叹百转愁肠千遍结，尽留下、苦痛诗页。有扯肺撕肝泪多少，殷殷拭心血。

长别，屡经潺热寒切。似地陷天崩如隔世，杳杳音信绝。嗟旧恨无涯，与谁诉说？自期万叠，唯梦中、魂又华年时节。

燃炬成灰烟飞灭。云霄里、雁行续越。放悲唱、铜琶长调阕。岂能够、忘却幽怀，面碧落，空余往昔团圞月。

最高楼

诗词集出版告竣

二〇一二年十二月二十四日

翻新卷，悲喜尽其中。聚散类飘蓬。柔风细雨回归燕，孤云大漠响驼铃。岁悠悠，思荡荡，忆平生。

叹竟是、

径边多阻步，叹竟是、水边多冷露。何所惧，岂曾惊。明山秀水重游梦，南溟奇甸动才情。莽苍苍，浮碧海，浪蒸腾。

卜算子

致吴白先生依原韵

拙作奉君前，不弃同回梦。芳草何曾有自折，弥久知天性。南北往来游，只为多幽兴。携伞荷衣过雨林，小唱黄昏颂。

二〇一三年一月十二日

附吴白词《卜算子·世界末日读志达先生集外词存填字》：

君汇四方辞，唱也追冬梦。已是蹉跎白发吟，常叹难足性。玛雅算偏颇，误我神来兴。芳草回头处处多，顺祝平安颂。

临江仙

立春日怀远

二〇一三年二月四日

才过小年开六九，年前即立新春。轮回四季不饶人。风华余韵在，朗朗壮诗魂。一自入冬多降雪，寒潮凛凛来频。丰冰厚雪久为邻。夜惊南国梦，相见泪沾襟。

破阵子　有怀

二〇一三年二月六日

绘彩廊檐珠幕，通幽曲径花坞。忆昔同游年正少，塔影迷离雨落苏。一歌①尚记无？　漫漫人生长路，画图千万难足。好似扁舟浮四海，岁月茫茫歌与哭。举杯亦此夫！

【注】①歌：『夕阳衬白塔，轻舟荡碧波，昔日同游此，今朝赋一歌。』

踏莎行　壬辰除夕

二〇一三年二月九日

凝冷寒枝，铺冰长路，群楼淡影朦胧雾。立春依旧是严冬，夕阳何况沉沉暮。　雪洒空庭，鸟栖霜树，人稀巷静车流住。连宵团聚渐颓颜，畏闻爆竹寻词赋。

临江仙　祝申兄八十寿

二〇一三年三月七日

众弟兄中君是长，首尊八十仙翁。白山松水放欢声。春风冰雪化，喜酒万千盅。　忆昔同窗多少事，隔年越久犹清。青春岁月叹频仍！古来仁者寿，挽臂共攀登。

临江仙　无题

二〇一三年五月一日

漫忆平生曾到处，名山名水名城。风光无限动心旌。草原星坠落，海上浪拍空。　数十年长如幻梦，多歌多泪多情。千诗万句写无赢。生前身后事，杯酒尽其中。

临江仙　迎春花

二〇一三年五月七日

一树金黄灼倦眼，忽惊时令迎春。纤条垂柳色清新。那堪冬日久，多雪彻寒心。　且看疏枝萌小蕾，林梢淡嫩连云。阳和送暖怡神魂。不悲将耄耋，但待步花阴。

临江仙　蔷薇花

二〇一三年五月十七日

雨润阳和开渐盛，卉光嫩蕾重重。每逢此际醉酩酊。蔷薇花架下，细细品香浓。　忆昔街旁池里树，曾经迷恋芳丛。花名自古是城名。长春花不败，岁岁笑春风。

临江仙　观初佩君大安行掠影

二〇一三年六月七日

依旧房前盐碱土，父亲两手白白。柴门破也有人来。灶锅空盖冷，羊犬叫声哀。　患不均然贫亦患，慈悲救苦为怀。公平世界赖谁开？大安行一路，善也复伤哉。

临江仙　端午前日神十飞天

二〇一三年六月十一日

自古人飞多幻境，乞灵得道成仙。广寒宫里月光寒。万年长梦醒，几度九重天。　水舞山欢天地笑，神州又射神船。太空浩瀚任回还。汨罗闻喜讯，屈子赋新篇。

临江仙　木叶始飞

二〇一三年六月十二日

绿叶成荫春又夏，杨花柳浪拂风。青天万里望南溟。美兰添绮丽，雏凤始凌空。　荔影椰姿飞彩翼，茫茫大海欢声。扶摇直上太阳红。当知非是梦，老泪已纵横。

绥芬河四首

临江仙

赴绥芬河车中会海波

二〇一三年六月二十七日

滚滚铁轮东去急，雨飞星宿潜踪。悠悠阔别又重逢。无情悲岁月，岁月泪多情。　水击船头船击浪，饱餐湖色山风。京华游赏记犹清。滔滔谈往事，健朗已堪惊。

踏莎行

初到绥芬河

二〇一三年六月二十八日

霭霭云低，霏霏雨注，边城一望模糊路。谁泼淡墨写青山，四围纱幕层层雾。　熠熠灯辉，离离岸树，楼林倒影沉迷目。优游入夜雨初歇，云开月美微微露。

行香子

姨姑舅表兄弟聚会并出席光远侄结婚盛典

二〇一三年六月二十九日

叔舅姨姑，兄弟无疏。行千里、不畏长途。车驰树退，雨落烟浮。喜日欢聚，夜欢饮，午欢呼。　小侄良辰，日午之初。阳开泰、爆竹飞珠。英才俊秀，挚爱贤姝。正施宏愿，酬宏志，展宏图。

最高楼

别诸弟和诸妹

二〇一三年六月三十日

临行酒，杯举尽皆倾。怎忍别离情。至亲兄弟天然近，一朝团聚胜宾朋。总离分，思念久，恨无穷。　问大地、雪飘多少雪？问浩宇、月临多少月？挥泪雨，洗边城。天遥路远须珍重，车行欲动瞩叮咛。水高吟，山劲唤：

再相逢！

临江仙　夏日净月

降落高天仙界境，环湖大路幽长。密林蓊郁蔽骄阳。车行穿绿洞，人过步清凉。　雨沛潭丰波浩渺，轻舟自在徜徉。客来依恋忘还乡。春城因净月，举世更芬芳。

二〇一三年七月四日

临江仙　藤

错节盘根长蔓出，悬藤左右攀升。大园哀草望其雄。纠缠崖壁上，争斗动无声。　养分吸干唯瘠土，渐非茎叶青青。根须溃烂即颓倾。本当如此势，岂可怨天公。

二〇一三年七月五日

临江仙　致学友

忆昔同窗年正少，一堂弦唱情深。别离愈久愈思君。平平些小事，回想尽成珍。　莫叹时光如过隙，白头霜鬓丰神。重逢酣畅话风云。举哀悲逝者，相与赏斜曛。

二〇一三年七月七日

临江仙

重返锦州

二〇一三年七月九日

黯黯云空凌落雨，为谁轻洗哀伤？长街游走意茫茫。先人皆去矣，朋辈散四方。六十余年如一梦，人非物故沧桑。城鲜水秀美楼房。云飞桥上望，古塔换新装。

临江仙

北行飞途

二〇一三年七月十三日

又是凌虚云上走，日轮随步同行。神兵天遣御长风。园村凝极目，唯见茂林丰。世事堪嗟徒喟叹，血涂肝脑无功。遨游且把小词哼。此番如不返，天国佑苍生。

京华行四首

南歌子

游天坛

二〇一三年七月二十七日

盖地圜丘阔，接天御路长。皇穹峻宇九龙翔，殿阁祈年可否振家邦？古柏森森绿，深阴爽爽凉。夕晨老幼醉如狂，歌舞剑拳赢得寿而康。

踏莎行　金水桥

二〇一三年七月二十八日

滚滚人流，桥头挤入。缘何引得盯盯目？欲知金水可波清，厉声禁止稍停步。

水已污浊，飘浮败腐。木然直向皇宫墓。何时金水变清清，自由自在频来去？

点绛唇　王府井

二〇一三年七月二十八日

车水人流，于今款步宽天路。比肩楼矗，银杏镶街树。

店铺千间，时尚男和女。乘爽步，尽消溽暑，兴起深宵舞。

最高楼　谐趣园

二〇一三年七月二十九日

寻诗径，曾几梦中寻。相见上青云。东来紫气迎朝日，赤城霞起待披曛。过玄关，忙走向，小园门。

看曲径、复廊描彩绘，看水榭、碧莲开玉蕊。谐静趣，逸心神。知鱼桥下金为色，堂前涵远意深沉。久盘桓，沾美韵，溉诗魂。

行香子　荷花生日

二〇一三年七月三十一日暨农历六月二十四

绿抹穹苍，碧透澄塘。参差举、摇曳播芳。千张笑靥，映日煌煌。聚牡丹美，春兰雅，蜡梅香。

朝餐坠露，

夕沐霞光。凌清波、仙子徜徉。污泥不染，玉立轩昂。正花中魁，人中秀，世中王。

浪淘沙三首　大连行

大连城

二〇一三年八月十六日

碧海矗青山，曲岸银环。城分交错海山间。撒落珍珠皆宝岛，鸥鸟盘旋。石虎卧金滩，惊看人寰。夏凉冬暖度悠闲。海市蜃楼非幻影，处处花园。

星海广场

二〇一三年八月十七日

华表立巍然，玉柱摩天。今番又见竟何堪。忆昔飘摇风雨日，一晃十年。商贸起楼盘，占地缩边。已非宽广旧容颜。莫叹恢宏成过去，且盼清官。

大连港

二〇一三年八月十八日

苍莽大连湾，海阔天宽。白帆云影望悠然。心伴健鸥飞去也，银链沙滩。曲岸绕青山，深港金船。远洋游弋始回还。要想安宁需利甲：母舰神鸢。

临江仙 《女权运动先驱唐群英》题跋

巾帼能文能武者，任谁不赞群英！打翻封建树丰功。女权声浪劲，天地鬼神惊。　一卷钦虔呈奉敬，后生恭阅音容。精神气质荡心胸。芳姿潇洒立，笑对艳阳升。

二〇一三年八月二十八日

浪淘沙 长春百花园

袅袅又秋风，四野飘蓬。偏偏此处更青青。六色五颜齐绽放，堪喜堪惊。　闲步百花丛，姹紫嫣红。春光烂漫眼前呈。一朵幽兰香入梦，醉倒园中。

二〇一三年九月三日

浪淘沙 登鲅鱼圈观景台

大海起层台，天外云来。遨游驾坐九霄开。雾扫霾除空寥廓，焉有尘埃。　下界却多哀，几度兴衰。防污治垢乏奇才。公主鲅鱼撩素手，略表幽怀。

二〇一三年九月七日

浪淘沙

双阳水库泛舟

二〇一三年九月十三日

一坝挡汪洋，浩渺苍苍。天边绿色系高墙。远水舟行波浪阔，所向何方？

湖面映山光，云影鸥翔。翻花鱼跃恋秋阳。彼岸禾稼黄穗壮，风送馨香。

浪淘沙

吉军学兄将远行招饮春园赋此为赠

二〇一三年九月十五日

久已未相逢，又是秋风。萧萧木叶转飘蓬。塔影湖光常入梦，此与君同。

校友胜亲朋，招饮深情。春园杯举壮航行。虽越大洋千万里，电脑飞鸿。

长春（亦名引驾行）四赋

中秋赋

二〇一三年九月十九日

晴霄晶透，薄云淡扫翻宁静。饮风丝，步苍翠琼林，驻足芳径。清兴！遍野卉迟开，唧唧虫语醒迷梦。转目尽、盈盈秀水，自多情、赏倒影。

佳境。诗人天地，日月星辰相并。任壑丘峰峦，江河沼海，纵情驰骋。灵性。惯妙思深咏。渔吟樵唱见心性。沐爽气、冬春夏后，再歌弦诵。

词赋

词为何物？峥嵘万木风中柳。正阳春，忽垂挂柔条，动如醒酒。知否？现淡绿鹅黄，俄然枝叶舞长袖。映碧水、婆娑弄影，起清歌、一首首。

佳构。兴微言也，感动相因灵秀。洎体之为词，宜修要渺，尽皆高奏。名手。数婉约秦柳。苏辛豪放陆游偶。一帜树、流觞饮水，韵池吹皱。

二〇一三年九月二十二日

冰雪赋

快哉时也，寒天冻地霜风酷。骤然间，竟云涌涛翻，沉阴浓布。飞舞！雪片片如席，周天搅得乱迷目。待霁色、晴阳放彩，尽寰中、遍缟素。

银树。梨花玉绽，叹赏玲珑翘楚。更挺拔青松，琼雕抖擞，令人思慕。佳谱。画砌冰长路。楼林凌柱挂心属。忽漫卷、烟泡四起，雾凇无数。

二〇一三年九月二十九日

伊通河赋

秋风波涌，园林偎岸蜿蜒去。意悠然，步堤上方砖，亭台宽路。花木，伴白石栏杆，龙行水畔无重数。赏玉带、镶红缀碧，戴城身、壮绮愫。

回顾。多年堵塞，肆虐洪灾堪苦。况恶倭欺侵，污流内泄，草枯荒渚。伏虎！赞地翻天覆。江山再造奉词赋（河西岸听涛阁近处两块长方形巨石分别镌刻《伊通河赋》与《伊通河记》）。水映岸、无边柳色，母河万古。

二〇一三年十月四日

采桑子

初度

二〇一三年十月十日

风霜雨雪秋高日，未见斜阳；又似斜阳，草木山川奏妙章。

王公将相钧天乐，不是皮黄；但唱皮黄，一段昆腔卧醉乡（高中时曾饰演《野猪林》中的林冲）。

虞美人

送云玉松榕赴琼海

二〇一三年十月十二日

金风送远高朋会，痛饮当无醉。昨闻征雁掠长空，可惜群群犹不过回峰（衡阳有回雁峰）。

鸢飞超雁凌琼岛，拳友捎声好。天来泉水念悠悠，但待驾随云锦向南游。

谒金门

重阳节

二〇一三年十月十三日暨农历九月初九

金风起，山野五花堆砌。独自登高天似洗，远寻良久忆。

载酒分糕曾记，此刻焉知何地。但看黄菊秋静寂，待春芳草碧。

醉乡春 念木叶

倦否驾云飞走？遥念望南良久。雾霾重，影朦胧，知必素心依旧。

雨落雪飘风骤，夜永衾凉梦又。盼相见，不相逢，醒来已是身寒透。

二〇一三年十月二十五日

好事近 秋水

澄澈一天秋，画出半园风物。终竟影消波碎，落飘飘黄叶。

金风刮过复平波，独映冷残月。待到岸空舟锁，赏水融初雪。

二〇一三年十月二十九日

醉花阴 秋叶

红褐青黄林遍布，五色迷游目。自打露为霜，千叶丰神，再度花开树。

西风昨夜雕花木，飘叶嚓嚓路。静美去无存，但望寒枝，正酿梢头绿。

二〇一三年十月三十一日

天仙子

答吉军学兄

依旧清晨开电脑，得知君更闻鸡早。重洋远隔获回音，拙技巧，过称道，翘首深情遥问好！

二〇一三年十一月二日

解佩令二首

寄木叶

二〇一三年十一月十六日

一

晨习拳路，昏磨剑术。岁寒知、青松如故。举手投足，逐朔风、蝶飞莺舞，雪花飘、似春及暮。南溟远目，

词传尺素。凤离巢、舒翮苍宇。喜雨祥云，翼比鸟、天高奔赴，理连枝、地宽眷顾。

二

椰林列列，风光奇绝。尽遨游、三年长别。盛夏无冬，已错过、诸多佳节，叹离怀、即将耄耋。昭昭日月，

青青木叶。玉冰清、真纯双洁。翠玉天成，望海岛、容欢心悦，盼福音、此情切切。

解佩令

雪中

二〇一三年十一月二十日

冰枝瑟缩，园林寒堕。野凫飞、声凄魂破。缓缓闲行，踏积雪、路皆埋没，倚孤松、静心思索。飘飘雪落，

渺渺天末。叹恢恢、千般无那。一色乾坤，面对着、苍茫空阔，又如何、自身剖白？

最高楼　寒夜游吟

二〇一三年十二月二日

冬寒夜，疏木冷枝枯，园内步踟蹰。风嘶暴卷烟泡雪，冰湖亭阁影模糊。望寰中，如雾里，尽虚无。　忽一片、岛溟奇甸海，又一片、北疆凝紫塞。甜入梦，喜而呼。曾游冠绝知天下，遥遥松漠盼归途。罢长吟，风雪住，日方初。

最高楼　读家彬《诗题照》佳作

二〇一三年十二月八日

隆冬夜，飞雪舞窗前，心绪涌波澜。丽词佳句流清韵，美图好景怡衰颜。画中诗，诗里画，倍鲜妍。　昔往事，渐如消散露，又至事，却如迷漫雾。唯癖好，日弥坚。兴观群怨皆随欲，晨昏拳剑总悠然。待明朝，吟大作，暖寒天。

菩萨蛮二首

感事

二〇一三年十二月十二日

一

楼林崛起如迷雾，空闲多少人何怒！泡沫颂升平，似乎闻有声。官征农用地，商转收高利。口喊为人民，最终谁受贫？

二

盐花撒落千千万，剑花多少头流汗！晨起苦练功，处身冰雪中。天公飞雪授，飘下无薄厚。地面此悲夫，望观贫富殊。

菩萨蛮

吉林雾凇

二〇一三年十二月十四日

坝墙穿过冰湖水，隆冬不冻何奇美。百里雾腾腾，淞花两岸盈。晶莹迷众目，盖地玲珑玉。一现似昙花，曾经如彩霞。

最高楼　嫦娥落月

二〇一三年十二月十六日

登明月，长梦数千年，今喜得初圆。嫦娥奔去终临月，金轮玉兔下虹湾。五星旗，红映日，照人寰。　未看见、广寒宫殿影，未受到、桂花香气冷。何处有，老吴仙？眼观八极穿重宇，劲足察踏遍群山。敢巡天，双百愿，怕何难！

一剪梅　冬日小景

二〇一三年十二月二十日

大地茫茫披白袍，冰已层层，雪又飘飘。霜天万里美凇花，虽是天工，疑似人雕。　展翅翱翔下雪坳，飞越山头，滑过坡腰。湖冰圆舞靓英姿，连理春枝，比翼双骄。

临江仙　冬游净月潭

二〇一三年十二月二十九日

白雪连天天似雪，洪波碧浪何方？疏林山野尽银装。夕阳斜照影，彩画万千张。　百里环行冰雪路，纵情饱览风光。晶莹峻宇傲穹苍。坚冰承广厦，一望叹辉煌。

临江仙并序

怀念张伯驹先生

一九六一年秋，余由京抵长春就业，住省电台小红楼宿舍。时初到吉林的张伯驹先生和夫人潘素，常到此宿舍与亦刚从北京调来的省广播文工团曲艺家马忠翠、花莲宝等聚会。于一晚宴，余忝列末座而有幸结识张伯驹先生。席间说唱谈艺，悲愤和乐，百感交集。先生看出我喜唱京剧，当场允为我师，教唱《空城计》。翌年春，先生客居庭院，杏花盛开如云，我多次往访求教。后省电台同事潘廷孝，邀请先生撰写稿件，讲述学习书法事。稿为宣纸小楷手书数页，广播编发后，我特要来保存。孰料于『文化大革命』时，此件随部分书籍和物品丢失，久觅不见下落。近阅报载评介先生长文，复读《张伯驹词集》（中华书局一九八五年五月出版），忆及昔年师从旧事及其才品风貌、谆谆教诲，因填是阕。

常记小楼初识夜，聆听艺事融融。皮黄清唱拜师从。叹同沦落此，寄意望寒星。

捧读华章怀旧影，杏花庭院音容。千金散去转飘蓬。劫中遗墨宝，绝世一词宗。

二〇一三年十二月三十日

踏莎行

元旦夜

闪闪群星，茫茫远月，寒光不见浇冰雪。此宵欣喜念蟾宫，分明也是迎新夜。

妙舞长歌，丝弦鼓乐，

二〇一四年一月一日

人间天上同欢节。但期玉兔驾金轮，仙翁载酒回凡界。

最高楼

有感

二〇一四年一月二日

生民幸，堪属大工程，房暖乐融融。多年百姓寒冬苦，取之民力用民生。惠穷人，零涕泗，政德声。可看看、几多爬类舔，再看看、几多贪腐占，填众口，是残羹。户枢不蠹无忧患，除贪伐罪始公平。打苍蝇，抓老虎，带根清。

临江仙二首

梦回海甸岛

二〇一四年一月十四日

一

又到南溟奇甸处，酩酊沉醉椰风。人民桥下浪波兴。港门潮水涌，海甸倒溪东。重历春花芳馥夜，岸灯长路通明。渔家小唱起三更。钟楼无眠睡，报点响声声。

二

一霎飘然临旧境，椰姿榕影清风。金龙楼顶海云生。白沙门浪里，奋力挽涛平。老爸红茶街角店，晨昏品味香浓。谈天说地乐无穷。遥遥东北望，思念尽其中。

定风波

莲花山滑雪场

二〇一四年一月十四日

雪满高山树挂冰，寒云如盖冷风凝。试问苍鹰何处去？知否，竟飞白燕下银峰。展翅滑翔鱼贯落，萧瑟，精神抖擞自从容。回望陡坡冰雪路，游目，莲花万朵映长空。

定风波

冰泉

二〇一四年一月十六日

数九隆冬凛凛风，泉流蹿涌结冰凌。百丈倒垂莹似玉，晴煦，一层皎洁一层情。点翠飞花喷亮水，优美，晶莹身化更玲珑。竟在酷寒增绮丽，英气，温凉冷暖任平生。

踏莎行

赋君子兰

二〇一四年一月十八日

雪覆亭廊，冰封水月，如君那顾西风烈。冷冬数九却花开，红霞热火燃冰雪。吐蕊香幽，弄姿韵绝，偏偏赶好迎佳节。蜡梅此际并多娇，群芳广界双高洁。

破阵子

寄旅居三亚文魁连池学兄

远赴天涯海角，享餐绿色阳光。塞外只因冰雪酷，夏短冬长半载霜，候鸟尽别乡。我辈身延此世，暮年尤念同窗。但盼飞琼相见日，海上观音足下江，胜游且共享。

二〇一四年一月二十五日

临江仙

夜航过武汉

不辨大江何所在，灯河密网成方。当知三镇创辉煌。长桥肩比起，峻宇傍风樯。昔有腾飞黄鹤去，龟蛇不胜凄惶。行吟阁下集华章。星空摘几把，奉敬吊屈殇。

二〇一四年二月二日

踏莎行

返琼海天来泉居

窗下磁阶，园中砖地，遮阳伞盖金桌椅。四围绿色布阴凉，静心小憩沉沉寂。乌亮垂灯，温柔粉壁，天来泉水蒸腾汽。一程沐浴净埃尘，万般回看频频咂。

二〇一四年二月四日

浪淘沙

重游澄迈永庆寺

二〇一四年二月六日

忽忽已三年，今又游观，殿堂斋院俱依然。但见围墙椰子树，郁郁齐天。

古刹废兴间，佛脉奇缘，宦谪苏子赞诗传。信众如潮香火旺，盛世空前。

最高楼

海口居处阳台海望

二〇一四年二月八日

天谁洗？朝日断云收。看海上楼头。水天一色蓝无际，白帆远影往来稠。岸边椰，滩下浪，奋飞鸥。

那顾得、暖风适意醉，那顾得、鸟声惊梦碎。台阁里，境清幽。嫣梅墙外逍遥笑，锦鳞池内任欢游。骤然间，琴奏响，曲悠悠。

长相思二首

博鳌『海的故事』咏

二〇一四年二月九日

一

千盏灯，万盏灯，落下银河一片星，人来数不赢。

浪千层，浪万层，燃起沙滩是孔明，红灯挂海空。

二

古旧船，破旧船，船木长桌列海边，酒吧在此间。
涛声喧，乐声喧，酒绿灯红度空闲，悠游不夜天。

相见欢

琼海会王仪王飞

二〇一四年二月十一日

遥遥北国南溟，跨云空。冰雪骤然长夏、绿丛丛。
万里路，岂拦住，为何情？自是赤心长在，水长东。

菩萨蛮

元夜重返海大于坡翁塑像前
起点处为木叶德昭放孔明灯

二〇一四年二月十四日暨农历正月十五

悠悠一别多风雪，清湖尚记玲珑月。鸥宿岛中沙，紫荆堤岸花。
坡翁欢笑夜，同贺情人节。起点孔明灯，远行方启程。

浪淘沙

海口访张国昌同志

二〇一四年二月十七日

海甸岛清晨，雨落纷纷。且行且忆找楼门。昔日陪观池圣水，晴朗无云。
一别几多春，南国温馨。暖

冬长夏更宜人。我住金龙无故旧，幸有芳邻。

行香子

海口近海瑞墓处水云天小区会王晓苏

海供街前，君住湖边。清澄处、碧水云天。儿孙探问，保姆相看。正天年寿，新年乐，晚年欢。

无尘室静，吐馥花鲜。几多事、娓娓倾谈。乾坤气正，岁月沉酣。叹人生曲，今生壮，往生艰。

二〇一四年二月十八日

菩萨蛮

木叶出闺成礼

南溟奇甸春来早，椰姿海浪风光好。欣喜赋瑶筝，花间群鸟鸣。

良辰吉日幸，地久天长庆。举酒祝昭昭，云龙金叶娇。

二〇一四年二月二十一日暨农历正月二十

满江红

夜宿三亚南山会馆

浪涌滔滔，闻声响、星空残月。梵寺影、奏鸣钟鼓，磬传清夜。三面观音沧海立，玉金菩萨福身玦。叹信众、膜拜尚无休，诚深切。

会馆所，盘绿岳。灯火亮，飞歌乐。竟何因何类，扰民修业？天下名山皆净土，

二〇一四年二月二十三日

南山却乱僧俗界。当敬请、海上那观音，除尘穴。

临江仙

三亚会文魁德昇等伉俪

二〇一四年二月二十六日

忆昔青春年少日，同窗密友三人。天涯聚首梦成真。感时花溅泪，恨别鸟惊心。

三亚湾前通海巷，椰风海韵摄魂。晚年共赏海疆云。此生何所愿？一见胜千寻。

如梦令

别天来泉

二〇一四年二月二十七日

榕竹影摇窗外，泉水木缸澎湃。浴罢汗淋漓，即起远归寒塞。长叹，长叹，至此又将何载？

如梦令

别椰城

二〇一四年三月一日

不负丽城名号，椰树蔽天遮道。久享果汁香，别去更思佳妙。回见，回见，挥手上机长啸！

行香子

早春

二〇一四年三月二十日

乍暖还寒，将息安然。冬方去、霜退冰残。信风阵阵，溪水涓涓。看鸦儿飞，雁儿过，雀儿欢。

忽飘清雪，驱散尘烟。一霎时、盖地遮天。青阳化雨，坡草萌鲜。渐桃枝红，柳枝绿，杏枝弯。

沁园春

春雨

二〇一四年三月二十七日

才过春分，昼夜初匀，势欲化冰。访亭皋风冷，阳和赐暖；小园林木，隐隐枝青。鹊鸟营巢，亦飞亦唱，野草冬眠可唤醒？春迟也，叹边城时节，尚未清明。

天公何此多情，竟骤尔云来大雨倾。看时停时续，有徐有急；水流成响，物润无声。雾色方开，清新气爽，不似年年此际冬。当须等，莫厚装脱去，怕倒寒生。

沁园春

致泉城

二〇一四年四月五日

历下亭中，漱玉池边，几度徜徉？忆千佛山望，齐烟点点；名泉赏遍，珠跳煌煌。四面荷花，一城山色，湖水穿城柳影长。临高阁，凭朱栏游目，立尽斜阳。

追思丽景难忘。至今日佳图荡热肠。念当年朋辈，切磋事业；双双学友，亲密同窗。别后堪悲，旧人已逝，岂料吾身余朔方。清明节，愿心神交好，莫过哀伤。

莺啼序二首

海南黎族民间竹木乐器非遗传承人黄照安

二〇一四年四月十四日

一

南溟保亭美境，忆黎族往古。采青叶、吹奏欢歌，乐器皆竹和木。几千载、传承不断，能歌善舞民族俗。照安谁？人世奇才，乐坛翘楚。　远近黎村，乃祖号手①，育天资禀赋。父传授、吹打弹拉，谙熟黎乐幽素。继家传、民族血脉，乐之器、叮咚箫鼓。最倾情，八大名件②，振声今古。　民间乐器，散布无闻，宝珠埋没土。访寨户、集蒐询问，万落千村，冒雨经风，逶迤长路。巍巍五指，悠悠陵水，苍苍全县黎家遍③，有心人、未负千般苦。发掘散失，收藏尽是奇珍，胜堪万贯财富。　先民记忆，古老文明，叹乐声灌注。放胆改、音阶音域，响动提高，量色增强，伴长歌舞④。发明创造，精思超妙，椰鸣牛角弯演奏⑤，动心旌、激起深情愫。轻轻吹罢黎音，竹木椰壳，赏心悦目。

二

家中满盛乐器，似宏博大户。令人叹、观览魂惊，怎不花眼迷目。几十载、收藏制作，发明整理无其数⑥。竟痴狂、心血昭昭，纵情倾注。　不枉收存，几百乐器，尽躬操独步。美旋律、吹奏弹拨，动心惊魄新谱。曲清幽、弦拉击打，任随手、声传金缕。喜登台，候鸟天涯，浪飞钦慕⑦。　传习办所，老少潮来，训培永绿树。赞远虑、组八音队，演练黎音，竹乐扬播，世风高举。亲教弟子，青年男女，呀诺达与槟榔谷，景区中、演奏黎族曲。丹心耿耿，终生美梦非遥——黎歌响遍寰宇。　南行北往，演示黎音，进最高乐府⑧。竹木器、存留原始，珍贵弥足，列入非遗，国家保护⑨。专集出版，惊人音画，鼻箫声里听美乐，与民歌、黎曲同传布⑩。南溟奇甸奇才，竹木熏风，乐坛永驻。

【注】①黄照安祖父黄世彩为黎胞皆知之牛角号手。

②黎族传统乐器主要有八大件：独木鼓、叮咚木、口弓、哩咧、哔哒、口拜、鼻箫、灼吧。

③多年来，黄照安经常深入黎家村寨，收集、挖掘黎族民间乐器，目前收藏约有五十多种、一百多件。

④叮咚木、郎灼等来自黎族生活用具的乐器，经过黄照安改良后搬上舞台，收到很好的效果。后来这些乐器先后为海南大型歌舞剧《达达瑟》《黄道婆》伴奏，反响热烈，已经成为黎族乐器打击乐的主要角色。

⑤椰鸣，一种用椰壳制作的吹奏乐器；牛角弯，是把两只牛角绑在一起，经磨制而成的一种新乐器。皆为黄照安所发明。

⑥黄照安家里存放着他收集、发掘、整理和发明制作的黎族乐器，准确数目，他自己也数不清，大约有五十多种、二百余件。

⑦在二〇一二年三亚天涯候鸟春节联欢的舞台上，黄照安演奏了叮咚、哩咧、树叶三种黎族乐器，受到热烈欢迎。

⑧为传播黎族竹木器乐，黄照安曾到海南师范大学、海南大学以及五指山中学讲课，二〇一三年应邀为中国音乐学院授课一周。

⑨ 黎族竹木乐器被列入国务院二〇〇八年六月七日公布的第二批非物质文化遗产名录。

⑩ 二〇一三年，广东音像出版社出版《鼻箫声声呼唤她》DVD光碟，收有从黄照安创作和改编的六百首歌曲和器乐曲、收集整理的三千首民歌中，各精选出来的七首和八首。全部内容以抒情为艺调，以演绎黎族传统文化为灵魂，用音画结合的形式保留了一份黎族民乐和民歌的珍贵遗产。

行香子　春雨

乍暖还寒，雪化冰残。景兴怀、四顾云盘。苏苏细雨，渺渺轻烟。看牛儿奔，羊儿叫，马儿欢。

泽被原野，水满河川。雨湿身、一梦天蓝。青杨绽叶，绿柳垂帘。渐桃枝红，杏枝粉，李枝弯。

二〇一四年四月十八日

临江仙　无题

莫叹丘头肥劲草，自然天道茁生。花团锦簇沐东风。蜂忙窝酿蜜，蝶乐舞娉婷。

众口一词春色好，无关富贵贫穷。小园清夜赏清平。湖光移月影，吟唱到天明。

二〇一四年四月二十五日

临江仙

《田园诗人陶渊明》读后致艾杰

二〇一四年五月三日

少小学诗知靖节，采菊篱下悠然。寄托理想桃花源。辞官归去赋，每读动心弦。
一帙宏文五柳传，超卓勤苦十年。浓情笔蘸颂先贤。师承袁夫子，硕果望新篇。

十六字令六首

致木叶和昭昭

二〇一四年五月九日

一

飞！地阔天高所欲随。奔无限，舍我尚其谁。

二

飞！拨雾排云探日晖。歌晨曲，扬袂喜回归。

三

飞！舞步琴音上翠微。遥遥望，泪举祝福杯。

四

飞！宝马香车日月催。男儿气，立地顶天魁。

五

飞！万众平安达九逵。长磨砺，甘苦笑微微。

六

飞！邪恶从来畏虎威。心神壮，何可不攀追？

破阵子并序

悼吴小如先生

二〇一四年五月十二日

顷悉九十二岁国学名家吴小如先生十一日晚于京逝世，含悲忍泪，忆及茫茫往事。

一九五七年，余入北大中文系学新闻专业，从文学专业同学处得知，他们有吴先生所开可以选修的古典诗词课。我对此虽有兴趣，但由于专业不同不能选修，于是斗胆到吴先生家求教，并获允有时间可以去听他的课。先生的当面教诲，听了几次讲课，有关词的词体、词人、词集、词史、词话等得悉很多知识。尤其先生所谈『词之要妙，意绪为旨』，所留印象颇深，但直到于今才领悟其一二。

先生曾受业于朱自清、沈从文、冯文炳、游国恩、林庚等著名学者，跟随俞平伯先生数十年。在中国文学史、古文献学、俗文学、戏曲学、书法艺术等方面，先生都有很高造诣和成就，公认为『多面统一的大家』。

先生评价自己说：『唯我平生情性褊急易怒，且每以直言嫉恶贾祸，不能认真做到动心忍性、以仁厚之心对待横逆之来侵。』如他批评道：『电视、电台、报纸都是反映文化的窗口，人家看你国家文化好坏都看这些窗口，结果这些窗口漏洞百出、乱七八糟。』似此直言，所以有学生说他『到处受挤兑碰钉子，一生坎坷』。

多年来一直未得机会拜望先生，但时日愈久而感念弥深。二〇一二年吉林省博物院举办《学者书家吴小如书法展览》，填小词一阕以抒观后所感。今闻噩耗，悲痛难禁，稍得镇定，复看前词，依韵漫成一阕。遥远之以往，向先生求教学词；现以拙作谨致哀思，并送先生驾鹤西去。

忽得燕园哀讯，萦思无限悲歌。多面大家学者范，师表为人一世模。国花谢尽昨。　界域直言横逆，平生终未蹉跎。六十五年前教诲，意绪填词着意磨。未名荡浩波。

行香子　北海之忆

二〇一四年五月十八日

白塔巍巍，琼岛恢恢。忆当年、挽手相随。夕阳砌败，残月垣颓。叹前人远，故人去，今人谁？　苍波横渡，长岸低回。步踟蹰、旧迹堪悲。春阴碑在，重见何为？向知心旅，说心事，敞心扉。

行香子

题北京星湖园

石柱凌云，飞瀑湖滨。穿幽径、胜赏园林。楼台掩映，花木芳馨。有春桃艳，夏荷媚，秋菊芬。　京畿绝境，一见倾心。来游也、怎不销魂！温泉浸浴，餐饮精勤。更听丝竹，观星月，忘嚣尘。

二〇一四年五月二十日

行香子

银杏树幼苗自家养盆中移栽春霖房前小园

苗幼纤纤，叶碧翩翩。屋温凉、度过冬眠。从盆移出，栽种窗前。谢费心力，用心护，爱心间。　冷冰冻雪，凛冽奇寒。迎风立、骨硬身坚。经冬春发，历夏秋憨。见一年长，明年壮，百年仙。

二〇一四年六月一日

阮郎归

剑拳曲

香消花谢送归春，园中处处阴。剑挥拳起趁晨昏，世间已忘闻。　循套路，舞周身，气行水木魂。繁星晓月挂高林，剑拳相伴吟。

二〇一四年六月三日

阮郎归　忆昔

二〇一四年六月四日

滔滔潢水放哀吟，闻声拭泪痕。背乡离土少年心，远行别故林。
情切切，苦深深，哭天谁与论？六十五载历风云，大悲到而今！

阮郎归　咏史

二〇一四年六月六日

辽天幽燕影飞无，千年空自呼。契丹毡帐草荒芜，谁人识旧途？
潢水断，木山孤，新词意绪枯。巴林明月照穹庐，壮哉不尽书！

阮郎归　寻梦

二〇一四年六月八日

京华迷梦影模糊，寻诗迳上哭（颐和园谐趣园有寻诗迳碑）。北花湖畔待河图，蹉跎久笑无。
烟雨癖，怎消除，魂回芳草初。玉蜓飞起落三都，秦七一望舒。

江城子三首　述怀

一

少年凄惨过潢河，水悲歌，泪滂沱。母亡家破，兄弟怎能活？喊地哭天都不应，奔命去，别乡郭。

二

恨离游子似飘蓬，任西东，叩苍溟。远云无迹，堪叹此浮生。几度回眸温旧梦，庭院改，换新容。

三

寒冬凉夏更春迟，几多诗，有谁知？南溟奇甸，吟月赏椰时。潢水阴山长梦里，明晚照，待归期。

二〇一四年六月十二日

行香子　感事

巍峨大厦，画阁接云，江浪遥闻。响鞭炮、彻夜纷纷。非年祭鬼，非事求神。见大贪垮，小贪怕，不贪贫。

腐烂全身。蚁营穴、溃败慇慇。补天炼石，斩草除根。正万人盼，平人愤，获人心。

二〇一四年六月十五日

行香子

寄许曰东兄

胜赏惊魂，凤舞行云。清思丽、美韵扬芬。如多卷帙，古朴卓群。正诗知情，集知雅，墨知人。
焚香洗手，展卷沉吟。未曾识、堪可同心。事词癖好，幸遇文君。共登高山，仰流水，得知音。

二〇一四年七月十八日

行香子

北京菖蒲河公园

河偎墙边，绿淌波间。白菖蒲、落此何年？宫城映照，金水相连。信春飘香，夏长叶，秋飞天。
亭廊桥榭，林木芳园。躲街后、静谧幽然。人稀疏影，无不悠闲。且张游目，放游步，做游仙。

二〇一四年七月二十二日

风入松六首

辽南行

海边客居

二〇一四年八月七日

群星木阁落山坳，花草气香飘。临崖下喘苍波水，奔无际、浩渺洪涛。天问羁居仙馆，神思腾卷云霄。
岸边晴日赏岩礁，夜枕浪声高。当知正是潮来大，惊魂魄、梦破深宵。不羡千帆飞渡，乘桴浮海逍遥。

黑岛海祭

剑锋入海护平安，祭甲午双年。昔时倭寇知何处？逞凶恶、炮火硝烟。势弱才能挨打，涛鸣黑岛礁前。

山亭远望泛狂澜，丑类枉欺天。海疆千里雄关壮，今非彼、来此无还。殉国英魂长在，舰沉历史翻篇！

二〇一四年八月八日

乘船游览鸭绿江

鸭头水色水清清，江上泛舟行。游观两岸风光异，分霄壤、触目堪惊！秀美安谐粗陋，荒芜岂比振兴。

迢迢一线界边明，船进浪花生。忆曾击水天池里，怎分开、江水江风？桥断遥遥相望，高楼大厦丹东。

二〇一四年八月九日

丹东街路银杏树

通衢大道起江滨，处处老城新。轻车街巷驰驱过，怡游目、路树如云。碧叶风中低唱，绿荫影下花裙。

何棻姿彩似氤氲？银杏布芳茵。满城蒲扇晶莹玉，廿年后、恰便公孙。生长珍稀奇迹，寿星户户临门。

二〇一四年八月九日

关门山之夜

山开两面启天门，天外客来频。今宵迎送南溟旅，相邀约、亮满金轮。列位仙家归座，众星捧月光临。

熊熊篝火没薄曛，烈焰万颗心。山形水影浑如画，一张画、一寸千金。狂舞呼天欢地，放歌夜已沉沉。

泛舟关门山水库

绕山绕水放轻舟，激起浪无休。一泓苍碧来天上，收云雨、大小河流。浩渺烟波澄澈，蓑翁竿挑湾陬。

高墙巨坝立山头，好景美幽幽。画船载取方离去，竟思念、红叶之秋。想那枫王鲜艳，只能梦里遨游。

二〇一四年八月十日

昭君怨

去年今日曾访百花园有《浪淘沙》词今又来游

有绿有红香遍，无蝶无蜂花艳。疑不是金秋，百花稠。

曲径凭栏凝望，倒影花枝湖上。入梦到阳春，醉芳馨。

二〇一四年九月三日

风入松

北海唐花坞

凭栏朝雨晚云晴，斜照记前情？池荷出水莲蓬小，映纷面、玉立亭亭。默默无言听雨，心潮激荡难倾。

花开花落总生生，旧事瘗无铭。天南地北多隔阻，几聚会、残梦晓莺。竟夕坞廊惆怅，秋虫且任低鸣。

二〇一四年九月九日

临江仙

悼伟光

二〇一四年九月二十一日

浪打波颠兴大业，钱权运作功成。明公名嘴护清名。居高声自远，何必借秋风。

铁一燕园同四载，京

华几度重逢。盛筵招饮在春城。哀哀悲不禁，泪送赴西溟。

霜天晓角

题《才艺林——全国青少年优秀书画作品选》

二〇一四年九月二十八日

国学高艺，万紫凝千碧。神往运毫能手，墨彩宝，辉天地。　今逢春仲季，花开何典丽。书画怡心夺目，呕心作，芳魂熠。

南国行五首

临江仙

南行有感

二〇一四年十月十一日

昨夜寒流来势猛，风雕黄叶萧萧。尚非寒露雪花飘。金黄加雪白，百态又添骄。　南国炎炎仍盛夏，红花绿树窈窕。飞来北雁避寒潮。全身如溃败，何处救吾曹？

鹧鸪天

木叶婚典

二〇一四年十月十二日

洁白云纱飘地裙，正直良善一颗心。泪流慈父相扶持，送上华堂成大婚。　爷宝贝，好孙孙，牙牙学语至而今。乘飞天下宾朋喜，劳苦时时牵我魂。

踏莎行

回琼海天来泉别墅

二〇一四年十月十五日

远望槟榔，近观椰树，台风肆虐仍安固。篱前丛竹翠阴阴，小园野草忙除去。

过室清风，滚珠玉露，来从海上亲和睦。矿泉屋内水流温，数天小住淋漓浴。

南歌子

海口观澜湖温泉浴

二〇一四年十月十七日

竹木长廊过，山岩瀑布飞。喷珠吐雾壮声威，星月彩灯天地共争辉。

水浅池温热，泉深泡细微。良宵沐浴竟皆谁？歌起赏花戏水不知归。

菩萨蛮

别天来泉别墅

二〇一四年十月十九日

绿茵窗外蕉椰院，槟榔树下遮阳伞。泉水自天来，汩汩温我怀。

每天泉水浴，今日将离去。榕叶采多枚，早些飞伴回。

柳梢青并序

寄王仪

二〇一四年十月二十七日

前些时，同王仪、王飞和他们儿子耀頔，于海口短暂晤面。北归后旋即告之。他得信寄来《盼师归》词：『秋风起兮白云飞，草木黄落兮雁南归。碧云天，黄花地。西风紧，北雁南飞。晓来谁染霜林醉？盼得亲人回，酬我离人泪。』遂填此寄之。

竹影椰风，天来泉水，沐浴家中。佳处同游，热肠遍访，古道豪情。匆匆一晤回行，再复返、当然梦萦。王氏田园，加积鸭味，尚待诗评。

柳梢青

寄赤峰林西诸亲人

二〇一四年十一月五日

往返南溟，云中几度，望断红峰！潢水松山，遥遥万里，梦影新容。魂牵故土亲情，别离久、乡愁愈浓。广厦高楼，于今何处，昔日园庭？

唐多令

立冬日有感

二〇一四年十一月六日

才见雁南行，几番凛冽风。柳枝枯、松尚青青。节令虽然时日到，没有雪，更无冰。凡事失平衡，老天看不公。戴翅官、狗盗鸡鸣。纵有万钧挥铁臂，能扫尽，小苍蝇？

行香子

读报感赋

二〇一四年十一月二十四日

画笔今闲，阔论高谈。奇才也、诗出连篇。隆恩浩荡，颁授时贤。赚盛名扬，诗名振，骂名冤。　一株朽木，岂辱燕园。百多载、厚土高天。汩汩热血，脉脉薪传。正情如湖，心如塔，志如山。

破阵子

再赋冬日银杏树

二〇一四年十二月二日

久历年年冰雪，酷寒无数撕磨。昔日幼苗堪弱小，今却顶天立地歌。严冬其奈何！　劲挺身躯玉骨，琼枝姿影婀娜。待到春回花草盛，一叶千诗祭汨罗。和声处处多。

浪淘沙慢

致金恩晖学兄祝贺《打牲乌拉志典全书注释及其研究》出版

二〇一四年十二月十五日

昔年忆，湖光晓日，塔影新月。学子燕园热血，诗情满腹乍阕。叹花蕾初开香未烈。暴风雨、忽忽摧折。嗟一代英杰有多少，遭逢几番劫！　百叠，痛歌唱彻心结。入故纸堆中无人处，慧眼珍典阅。偕会晤川君，足见卓越。众尊意惬，察有清、存下明晰篇页。　工役平生荒词业，填长调、共赴耄耋。贺行世、全书方志绝。正兹季、气冷风寒，浅唱也，低吟簌簌隆冬雪。

行香子

致书道痴家费乐群

二〇一四年十二月二十三日

笔墨多情，书道独钟。四十年、铁杵针成。缩微经典，身带随行。苦铸心魂，长心智，壮心胸。　居高声远，岂赖真功。守清寂、不慕虚名。卷长小楷，触目堪惊。正格高洁，气高雅，韵高峰。

西河

雪思

二〇一五年一月三日

飞雪谧，空庭撒落铺地。无边布幔罩山川，声消动息。挂银缀玉遍楼林，玲珑恬静沉寂。　御寒骤，何悚溧，烟泡滚滚掀起。迷离混沌顾苍茫，魂惊魄悸。酒吧戏院荡笙歌，犹存清梦凝碧。　朔风凛冽忽忽急。扫残痕、寰宇晴霁。但北返鸽天际，向朝阳五彩流霞嘉礼，翻看层霄云成绮。

人月圆

屋暖如春

二〇一五年一月六日

缘何屋暖驱冰冻？楼旧裹厚衣。每年一半，长冬酷冷，竟似春时。　大德浩荡，济贫救苦，座位高期。

千恩万谢，南溟丽景，岂慰相思。

人月圆 再访寒梅

满园冰雪寒窗里，绰约现丰姿。骨清婉美，萼红似火，蕾细如诗。卅年未见（昔年曾有访梅词），重逢恨晚，鬓染霜丝。幽香逸韵，虬枝秀句，好赋新词。

二〇一五年一月八日

拜星月慢并序 星月之恋

报载，天文工作者称，一月八日，木星和月亮将相距很近地同时出现夜空，且比其他星体明显光亮，形成少见的奇特天文景观。按，木星俗称岁星，太阳系九大行星之最大者，并自有十多个卫星围绕其运行。是日，夜幕降临，晴空中皎洁月轮升起。在其上方近处，木星被能看得见的四颗卫星环绕着，亮光闪闪。观此星月相伴交辉图景，油然为赋。

夜扫余绮，天张银幕，碧海苍茫浩瀚。月起青冥，正娉婷光灿。幸奇巧，远远、星王急赶飞倚，不舍跟随相伴。怕人间难见。月姑娘、秀婉雍容范。星王子、有卫围身畔，闪闪递送秋波，众星辰称羡。美婵娟、

二〇一五年一月十一日

劲舞云霄殿，迎佳配、磊落光明恋。奈感喟、列宿多情，胜春花烂漫。

天仙子

剑拳曲

二〇一五年一月十四日

冰月降寒风灌冷，夜幕剑劈霞散影。奋身挥汗几多时？威势猛，凭豪兴，躲闪跳挪神入境。

雪落小园银掩径，太极乐扬拳舞弄。迎来冰雪化春风。朝日映，姿英挺，鹤发又温年少梦。

踏莎行

预作早春词

二〇一五年一月十七日

雪剩幽亭，冰残僻路，东风应律阳和布。翻飞鸟雀唱梢头，春来已忘年迟暮。

柳荡柔枝，坡浮淡绿，湖边采韵填词赋。冬装乍去一身轻，把春拽下留春住。

踏莎行

水仙赋

二〇一五年一月十八日

水玉微波，盏金传酒，几多思念春归后。南溟北地忆幽香，历经风雨心如旧。

挺翠含娟，凝姿约秀，年时屋室芳馨透。唯只雅客信高洁，绝清神骨天赠寿。

踏莎行　复高中学友郝春雅

二〇一五年一月十九日

三载同窗，一世如故，离多聚少悲难数。填词拈韵我清闲，悬壶济世君泽布。盛事欢游，赏心悦目，雨中迷路寻无处。北山凌水友情深，回眸时望须倾诉。

蝶恋花　和家彬蟹爪兰词

二〇一五年一月二十日

百卉何堪寒肆虐，息影潜踪，只剩茫茫雪。独有奇花红惨烈，隔窗来伴孤高月。劲健螯头能击铁，擎起仙葩，冬酷当消解。虽见冰城张秀靥，尽谁为此吹笙篇？

附家彬《蝶恋花·蟹爪兰》：

户外隆冬施暴虐，举目萧然，处处皑皑雪。窗牖呻吟风凛冽，长空瑟瑟伶仃月。漫道严寒浑似铁，一朵花开，顿把心冰解。皓齿明眸飞笑靥，于无声处闻笙龠。

蝶恋花　致家彬并和词

二〇一五年一月二十一日

家彬：诗词本余事而为，余年无非随兴之所至，难成『方家』，你过奖了。又和一阕，一时凑成，于言内意外之旨当无大义。你所用韵较为难押，咱俩就此打住可也。关于『诗题照』事，我没忘记，异日奉上一二，请阅。冬祺！

岁月蹉跎淫雨虐。雷暴风狂，竖子心如雪。痛饮何能呼酒冽，寄托心事观明月。

碧落空蒙星阵铁。旷远银河，奥秘谁能解？当赖回归轻粉靥，大千差可鸣新籥。

附家彬《蝶恋花·和志达》：

拙作『诗题照』《蝶恋花·蟹爪兰》寄给志达兄斧正。志达，诗词方家也，当即唱和一阕传来，又对拙作多所鼓励，指出不足。余深感其热诚与卓见，乃不计工拙，再草一阕，奉和并请教正，并答『尽谁为此吹笙籥』之问。

岁岁年年冬酷虐。绿水青山，无奈冰和雪。闻道琅琊泉亦冽，灵台自在明如月。

不恨青娥心似铁。权作苍灵，且把坚冰解。一曲难工星靥靥，周郎顾我调笙籥。

临江仙　大青沟

二〇一五年一月二十四日

忽入漠荒塌陷处，鸿沟阔野葱茏。饮足万绿醉晕中。飘飘如梦久，缓缓步穹窿。

倒转银河流水暗，浓荫蔽岸花红。飞禽走兽影追踪。乘舟沙海进，回返望青松。

临江仙二首

题琼台白梅照

二〇一五年一月二十七日

一

一朵冰花枝上挂，已非长夏无冬？椰城可是广寒宫？动摇犹不语，问话亦无声。

性本绽开飞雪地，标格冷对寒风。今同万绿是高朋。仙葩歌海韵，伴我感真情。

二

素蕊银萼青绝骨，新芽重蕾茁生。玉雕蜡塑傲南溟。乘飞春彩翼，袅袅北方行。

百卉虽然鲜日日，清澄皎洁难能。馨香播远送和风。明天枯萎去，后日更晶莹。

如梦令

晨起

二〇一五年一月二十九日

晨起两三寒雀，伴我打拳刨雪。笑语闹叽喳：撒米有谁昨夜。应谢！应谢！除害昔年余孽。

临江仙

立春

二〇一五年二月四日

节令又逢新起始，偏当送马迎年。窗前屋顶雪光寒。冬将呼啸去，春即悄声还。

忆昔南溟如此际，红

街绿树花山。楼头望海碧接天。仿佛双美骏（木叶和月心皆属马），展翼白云间。

如梦令　和家彬

雪地狂放挥写，倒四颠三潲血。后世看糊涂，不辨鬼神吴越。功业，功业，罪孽赎愆谁谢？

二〇一五年二月六日

附家彬《如梦令》：

一句穷白书写，六亿奔腾腔血。谵语定乾纲：日跨廿年超越。鸿业，鸿业，敢问前愆曾谢？

临江仙　雪寄南溟

二〇一五年二月十六日

忽聚阴云花绽放，飘飘荡荡空庭。我心随舞返南溟。爽风来海上，椰酒醉酩酊。　雪打窗棂佳节近，斜瞥夜色迷蒙。苍茫混沌寄街灯。天涯游子梦，地角奉离情。

临江仙　雪中感赋

二〇一五年二月十七日

洒洒飘飘双昼夜，轻轻落地积堆。扫除无尽市尘灰。冷天寒不足，腐秽岂崩颓。　冰冻雨浇难洁净，苍蝇依旧横飞。雷鸣电闪也霏微。兀然观雪景，叹尔亦无为。

附家彬和词：

新正玉龙频贺岁，挟来瑞雪纷飞。江山万里共清晖。银装素裹，萧索也葳蕤。 权且登临观胜景，管它雪底污灰。蝇窝虺洞正崩隤。奔雷过后，拭目看春归。

临江仙 除夕水仙

二〇一五年二月十八日

玉骨仙姿银盏举，根扎清水无求。凝神对坐意相投。年宵钟鼓响，伴我忘前愁。 放彩红灯摇倩影，素馨别样风流。香连双岁是良俦。一词权敬诺，再见孟陬头。

临江仙 雪梦

二〇一五年二月二十一日

雪树银花如玉制，万枝千叶玲珑。天工可叹胜人工。小园冰路上，疑入水晶宫。 闪亮琉璃连广宇，云阶处处相通。亭台楼阁布苍穹。梦长因寥廓，日照满天红。

临江仙　初春晨兴

暖意已觉消剩雪，自然幻化无声。却闻耳语是和风。低音摇热血，浅唱动心旌。　普度世间冰雪地，山川春水奔腾。长吸爽气更身轻。松旁高柳下，剑舞日东升。

二〇一五年二月二十四日

临江仙　望雁回

朗朗晴阳来雁字，何时归去同飞？梦中故土万千回。乌兰沟谷里，野菜命活谁！　六十年前离别去，少年弟幼堪悲。披风戴雨奉芳菲。松林平地望，潢水映慈晖。

二〇一五年二月二十六日

点绛唇　早春漱芳园

依旧春寒，满园白雪冰遮路。曲廊碑屋，寂寞无人顾。　房暖花开，却被门关住。银杏树，玉姿凝竚，在唤千枝绿。

二〇一五年三月二日

点绛唇八首

乌兰沟之忆

二〇一五年三月七日

一

大小乌兰，天偏地远迢遥境。别情离景，总是当年影。清响汩汩，泉水来山岭。林木盛，野花交映，今日仍苍劲？

二

坡草方萌，老牛撒放青青处。挂钱榆树，爬上春荒度。炮火连天，哪是回家路？夕阳暮，小村飘雾，鸦绕飞无数。

三

幼弟哀啼，野蔬果腹娘亲泪。断粮饥饿，长夏哭新穗。垅亩葳蕤，筋骨多劳惫。尝百味，血热心沸，喟望秋实美！

四

北雁南飞，背扛谷穗铺场院。马拉轳转，枷举浑身汗。囤满仓高，再不糠麸咽。吃饱饭，美于开宴，慈母愁肠换。

五

雪地寒星，粮车鞭响前方去。打援强旅，决战拿豪举。年少悲风，急赶牛奔路。听告语，送需如许，军士皆称誉。

六

可叹乌兰，入春照旧犹多雪。竟寻欢惬，沟里罗山雀。岁月悠悠，记忆难磨灭。心急切，惨凄寒夜，绳拽陪孤月。

七

旧去新来，矮门雪打接年暗。烈风房颤，母子何期盼？无画无联，灶火充灯盏。荞麦面，野鸡成馅，吃下心凄惨。

八

如雾如云，杏花开遍南行路。老天相误，夺母家何处？清泪涟涟，三子津门赴。山无数，几多风雨，少小频回顾。

虞美人

早春园游

二〇一五年三月九日

静观积雪流春水，入画何其美。桥堤杨柳眼芽萌，只为青阳应律荡和风。

暖房梅坞随潮涌，游赏繁花众。码头仍锁步清幽，尚待冰湖开冻放扁舟。

最高楼

数清讴

二〇一五年三月十七日

空灵境，高谷底幽深，山顶过流云。月残杨柳风拂晓，伤情灯火又黄昏。梦秦七，寻柳永，渡迷津。

有几度、饱餐松上雪，有几度、目凝椰上月。吟秀句，润心神。婉约要眇彪千古，文苑为体韵惊魂。数清讴，三叹唱，赏柔新。

调笑令六首

故居之忆

二〇一五年三月二十一日

一

回忆，回忆，又现当年故里。前门后院厢房，门楼影壁谷仓。仓谷，仓谷，接济八方困苦。

二

杨树，杨树，十载浓荫洒路。金梁玉柱三楼，鸽飞鸟唱破忧。忧破，忧破，光复终除大祸。

三

深井，深井，岁岁园田茂盛。七夕喜鹊声闻，黄瓜架下水盆。盆水，盆水，牛女相逢热泪。

四

年夜，年夜，上供祈福下界。张灯结彩贴联，新衣叩首敬天。天敬，天敬，清梦皆都愿景。

五

秋祭，秋祭，孔圣书香品第。焚香沐浴尊师，青烟袅袅诵诗。诗诵，诗诵，传世虔诚奉供。

六

离去，离去，少小悲凄四处。天南地北西东，风风雨雨告终。终告，终告，烟灭灰飞剩笑。

踏莎行

抚松仙人桥温泉浴

二〇一五年三月二十九日

雪化林山，泉腾沸水，晴天丽日何奇美。浇身热瀑爽心神，悠然放目青松翠。

仰泳清池，枕波小睡，

梦闻冰落崩声碎。见惊高谷鹞鹰飞，已随云走沉沉醉。

临江仙

抚松返长春道中

二〇一五年三月二十九日

畅浴泉池归路急，春回大地蒸腾。道边沟坎有残冰。遥遥七百里，半日疾驰行。

四野堆堆明火起，烧荒正待春耕。浓烟薄雾怎分清？夕阳如碧血，映火红更增。

一剪梅

四十年前张志新沈阳大洼刑场血土已安放于中华世纪坛

二〇一五年四月五日

试问割喉是何刑？天不回答，地也无应。弄权灭法逞凶狂，倒悬烝民，屠害精英。

世纪坛中土血凝，断一人声，发万人声。无边岁月放高歌，烈女遗风，志士豪情。

临江仙

送友人旅美

二〇一五年四月十八日

剩雪残冰融去渺，来迟春意方萌。轻风细雨又新晴。开怀时令好，杯满莫辞倾。

忆昔年光如乱梦，醒来更见高朋。隔洋隔海不隔情。当非迷异域，邦国有蓬瀛？

生查子　杏花

独立小园中，曲干枝丫老。众木始甦醒，一树花开早。不伴牡丹骄，不羡蔷薇巧。香蕊向云空，先报阳春到。

二〇一五年四月二十四日

点绛唇　紫丁香

雨住云飞，风吹杨柳摇新绿。暗香清吐，紫蕊播薄雾。遥想当初，尝叶知其苦。寻诗路，虬枝无数，相伴朝和暮。

二〇一五年五月十二日

卜算子　和岳南

昔往醉熏风，今梦巫山雨。塞北天南任性飞，听奏安魂曲。杨柳岸风眠，残月相知遇，三变秦七李易安，婉约多佳句。

二〇一五年五月十八日

附岳南《卜算子》：

时节玉鸣风，约旧南来雨。若木长弓饮酒泉，四特杯中曲。无影路隔山，鸿尾洋相遇。方丈何时驾莅临，填就舒心句？

蝶恋花

岳南寄来新作（附后）引起乡愁遂有记

梦忆一九四九年弟兄三人母亲病故之况

二〇一五年五月二十日

松漠故乡常梦境。泪眼相逢，山水模糊影。唯有一声惊欲醒，母终哭送伤情景。

边地春来风还冷。炮火连天，遍野花开杏。幼小弟兄悲苦命，喊天赴远天无应。

附岳南《蝶恋花并序》：

中午小丫驾车带我去州府。在名为高原的中国超市购『中茶』黄印熟普洱饼。消解乡愁，茶比酒疗效好。

午后茶凉知晚了。静默紫砂，伴长荒心草。驿路多歧悲旧好，且逃风雨枝巢妙。

酒醒余生烟水钓。撞撞跌跌，霜降残篇稿。有梦多猜无梦少，榆荫舒阔昏和晓。

菩萨蛮四首

重逢故地

二〇一五年五月二十五日

林西城

鸢翔万仞高天醉，人归千里乡关泪。潢水浪无休，几回桥上愁。

故园何处觅？云起楼林立。街路阔纵横，新城非旧城！

上黑水

傍山临水林荫密，秧苗茁壮河滩地。往昔远边屯，于今楼一群。
韭春鲜炒蛋，卷饼儿时饭。热泪湿乡音，久离人更亲。

鹿山

当年赞叹惊心处，高山壁影神奇鹿。今见态哀鸣，呦呦闻有声。
雄伤敌手箭，雌鹿年年盼。盼死未回家，化身留石崖。

大水波罗

壑深峰险山雄峻，草原碧水流清韵。景色记犹新，连番曾梦临。
林间听鸟唱，草地沉灵爽。多少野花开，芬芳装满怀。

南歌子　暮春感怀

二〇一五年五月三十日

水上漂飞絮，阶前遍落红。恼人天气与春同，忽热忽寒归去总匆匆。
翠叶披银杏，虬枝挺碧空。管它南北往来风，自是晴阳明月向无穷。

最高楼

净月山眺望

二〇一五年五月三十一日

惊心也，冰雪本昨天，一忽碧无边。植松昔日风沙烈，而今翠障护澄潭。忆前情，栽树易，树人难。

草径是、野坡山菜老，草径是、谷粱青杏小。春邈邈，夏翩翩。绿荫浓郁琼林气，烟波浩渺水云连。伫钟峰，图画丽，醉方酣。

画堂春

南渡江边

二〇一五年六月五日

巨流浩渺水悠悠，蕉风椰树朋俦。南溟望远上层楼，绿染云头。

傍晚安闲独步，凭栏临岸凝眸。金鳞斜照篓中收，回港渔舟。

画堂春

万泉河上

二〇一五年六月七日

浪花推桨向何方？槟榔倒影连樯。船窗赏画画廊长，岸上风光。

如醉沉沉入梦，椰林化作刀枪。红军娘子着红装，在水中央。

菩萨蛮

悲悼志鸣弟

二〇一五年六月八日

红山神木心哀碎，英金河水流悲泪。已老欲还乡，未还哭断肠！
一生茹苦命，不去缠身病。惜未送君行，空余兄弟情。

临江仙

连山哀思

二〇一五年十月二日

痛忆龙湾逢夏日，海蓝城绿交辉。今番游此尚缺谁？龙回头上望，好景亦堪悲！
可叹失亲年幼小，骑兄脖颈学飞。一生坎坷才智摧。阴阳隔六载，泪洒墓前碑！

霜天晓角

《诗歌皇后萧观音》初稿成

二〇一五年十二月二十四日

冰天万里，雪锁寒林碧。幽雁独飞何去？不知累，无歇息。
探寻千古秘，垄空无玉迹。哀曲痛歌寰宇，遍松漠，悲声起。

鹧鸪天

立春

二〇一六年二月四日

凄紧霜风已失威，长空奔涌彩云飞。春阳朗照乾坤镜，青帝镌刻岁月碑。天浩浩，地恢恢，轮回节气正频催。时光虚掷何须叹，少壮情怀犹可追。

踏莎行

春晚

二〇一六年二月七日

亿万人家，一台晚会，欢欢乐乐皆陶醉。荧光屏上看通宵，辉煌盛大焉知累。除夕迎新，接年守岁，千家万户何为贵？吾身三省重修齐，治平之志才纯粹（指『修身、齐家、治国、平天下』）。

临江仙十二首

南溟小记

二〇一六年二月九—二十九日

抵南溟

白草黄沙清梦杳，醒来已是南溟，乡音冰雪漠松情。椰林蕉影媚，苦笑又相逢。滚滚江流波溅溅，似闻潢水涛声，南来北往度余生。几多离别恨，谁可予抚平？

海口南国威尼斯城

曲曲弯弯三十六，静闲南渡奔流。江边峻宇亮城头。九霄飘五彩，大地傲千秋。一望楼林崛密密，人家水上清幽。蕉椰阴绿画中游。无冬长盛夏，候鸟耄耋留。

威尼斯城米兰园

小叶青青花似米，丛丛闪耀金黄。身边榕榈巨无妨。水仙姿色美，未敢比芬芳。小院毗连家户户，整齐短做围墙。园名城内亮堂堂。温良恭俭让，处处溢幽香。

幽居

椰盖前廊高举起，随风蕉叶微吟。米兰篱内漫清芬。隔窗摇竹影，脉脉韵流馨。万绿丛中居静寂，诗情画意晨昏。幽思多少梦缠魂。深宵江月好，渔唱远相闻。

水城游泳

绝美瑶池天上落，满盛玉液琼浆。红花绿树做围墙。澄明清透底，风吹散芬芳。翻波戏浪谁泳者？耄耋相伴儿郎，其中有我显轻狂。稍息池面卧，仰笑对骄阳。

威尼斯城小住

远眺云层纱幕罩，楼林裹雾湔湔，沿江细雨湿衣衫。繁花频泣露，浅草自愁烟。召唤舟来活蟹买，钓翁临岸垂竿。水城江畔遍悠然。乘桴浮海上，岂比此人间！

三亚一聚

三载同窗分别后，漫长岁月多艰，无边惆怅复何言？离多重见少，地远往来难。六十年来如一梦，梦醒鹤鬓皤然，今番相聚却童颜。天涯明月好，不忘此宵欢。

三亚逢故人

奇甸无冬只有夏，孤悬海外荒蛮，如今宝岛火人间。频频飞彩翼，驾梦上云天。滚滚白云千万里，人生一世千难，观音圣水救黎元？青松当不老，沾溉在南山。

重返天来泉

一座金泉腾热水，谁知来自何方？银河疑或是泉乡。天来名号美，宝岛早传扬。小住别墅阴万绿，热泉家浴兰汤，年年此际赏滂滂。窗前椰落果，慰我久离肠。

加积紫荆花

岁岁古镇曾造访，长街阔路花发，金英玉叶漫天涯。春风迷醉里，几度赏流霞。往复去来非复旧，连云楼起清佳，耄耋候鸟伴芳华。博鳌江海好，奇树奉仙葩。

再访北仍村

曾记天来泉住日，近邻闲步晨昏，丽枝佳果亦无闻。小村藏绿海，少见往来人。今已乡道如画幅，民居古朴清新，庭堂馆舍列缤纷。夫人光顾后，游客聚如云。

别南溟

感叹人生多聚散，才刚相会南天，谁教倏尔又飞还？见时流热泪，分别默无言。碧水蓝天长夏绿，焉需肚挂肠牵，别时不易见无难。冰霜筋骨硬，何惧路途艰！

临江仙二首

丙申清明　二〇一六年四月四日

一

滚滚烟尘云影乱，大小车辆连绵，相衔首尾漫坡湾。阴宅逢盛日，祭扫竟摩肩。二十年来徒步此，短松今已勃然，归途回望泪难干。疾风刮阵雨，何处眼前山？

二

已是残冰积雪化，乱流横淌无声。时寒时暖晚来风。稀疏春雨里，凄切过清明。　忆念亲朋仙逝者，我身如剩飘蓬。云游南北度余生。剑拳江海碧，诗酒草原青。

行香子

唐群英家风赞

二〇一六年四月二十六日

诗满门庭，德厚家风。振湘岳、遐迩声名。扶危济困，善举频兴。义架乡桥，筑乡路，建乡亭。　青云直起，紫气充盈。升朝日、鸟唤晴明。情怀家国，浊世精英。正光如日，洁如月，亮如星。

巫山一段云

《若木词》付梓

二〇一六年五月二十日

连雨芳春远，晴阳炎夏深。时光荏苒不留人，转瞬雪纷纷。　繁露欺衰草，风鸢笑断云。南溟奇甸纵游魂，朔漠寄冰心。

卷五

若木词续

行香子五首

赏于雁宾画马系列

雄骏威灵，群骑精英。驾云飞、气壮蹄轻。巡天行地，洗雨追风。令叹其神，赏其态，惊其鸣。

鄙于钓誉，不屑沽名。高标格、岂借秋风。墨泼心血，笔洒浓情。正展奇才，献奇艺，登奇峰。

二〇一六年八月十六日

贺王孟林教授获『世界绿色医疗成就奖』

古有岐黄，今有良方。神疗法、四海传扬。疑难救治，力挽危亡。本采民间，解民痛，为民享。

继承祖业，又创辉煌。赞医术、绿色荣光。蜜人搭起，康健桥梁。贺会开盛，伴美唱，奉辞章。

二〇一六年八月二十八日

会明井先知伉俪兼赠彦中

昔慕红楼，一载何求！铁狮府、血沥心呕。清遒岁月，敢忍回眸。有熏风怡，朔风恶，秋风幽。

高山流水，黄鹤悠悠。南溟丽、难解离愁。覆翻天地，旋转春秋。任尽情笑，纵情唱，放情游。

二〇一六年九月五日

刘鑫湘怡大婚志喜

飒飒风清，静静波澄。骄阳丽、五色丰盈。亭台岸柳，水面莲蓬。映松苍翠，芦花放，染红枫。

良辰美景，典礼规成。天之合、鼓乐齐鸣。贤能佳配，似锦前程。正望空碧，晴千里，举飞鹏。

二〇一六年九月二十日

宇明招饮与英格维宏岳南同聚

二〇一六年九月二十三日

漫忆年前，聚首言欢。非豪饮、不似当年。高歌助兴，举必杯干。竟醉昏睡，天昏沉，地昏暗。　捧心奉赠，若木词篇，事拙作、止酒头斑。几多意绪，泪喜其间。供记相知，时相念，忆相缘。

八六子并序

八十自寿

二〇一六年十月十日于三亚

母亲生前居室供奉观音菩萨，迁居林西县北大水波罗亦如是。一九四八年，解放战争炮火连天，父辈远征，母子四人无家可居，逃至县城北之大乌兰沟里觅生，无处请观音圣像，命于红纸条上写『南海大士』四字在蜗居壁角供之，点灯碗代替香火以过大年。今日于南山寺拜谒观音殿，进圆通宝殿登海上观音莲座摸佛足，祭祀母亲，为同胞弟兄及家人祈寿祈福，度八十寿诞。

步莲台，忆飞天海，滔滔浪滚奔来。叹朔漠愁凄往事，历经风雨霜寒，笑堪暗哀。　圆通居海门开。宝相九重云顶，三尊一体南陔。竟记得，菩萨圣名牌位，素餐诚奉，碗灯香火，怎知此日金刚座上，虔心膜拜焉哀。怆乎哉，慈航永铭我怀。

临江仙三首

梦回南溟

二〇一七年一月九日

一

白雪化云飞海上，飘飘万里南溟，朦胧泪望又相逢。椰林蕉雨里，叶绿醉酩酊。

浪困星乏残月影，何来隐隐钟声？车流潮起唤霞升。寒消人不寐，犹忆冷霜冰。

二

碧叶苍苍浮阔海，浪环南北西东，巨龙跃起震长空。波翻涛滚滚，曾母暗沙红。

我放高歌航母上，人人尽是英雄，银鹰飞落赖神功。远洋游弋归，镇守国门钟。

三

海甸岛头观逝水，随潮涨退无声，港湾渔火亮深更。乌舱犹小唱，杯内两三星。

临此境中温旧梦，溪沟流月风清，花香榕影阻人行。长堤椰树路，十里照明灯。

拜星月慢并序

悼念冯其庸老师

二〇一七年二月五日于南国维尼斯城

避寒南溟，惊悉冯其庸老师于一月二十二日仙逝，悲痛难禁。忆昔在中国人民大学，老师给新闻系同学讲授古典文学课，多次到其居住系所在之铁一号红楼宿舍请教，谆谆教诲，获益匪浅。当时，知师居窄室而号宽堂，深感襟怀。后来迁居，为铭记幼年衣食不给，名居处曰瓜饭楼，更敬佩师之情操品格。每到京拜望，均不吝赐教，并先后惠赠水墨画卷、《春草集》《论庚辰本》等著作，拜读珍藏于今。省吉剧团晋京献演，随之报道，邀请老师观看演出，著专文《含泪看〈赔情〉》供本报刊登（载一九七九年一月十九日《吉林日报》）。为编辑《曹雪芹家世红楼梦文物图集》，老师专程来长春，命我陪同到省博物馆拍摄曹寅画作《楝亭图》。借此机会，报社请老师做报告，讲述红学研究成果。其治学精神使同事们深受教育启发。余编诗词集，老师允于康复为序，痛哉已为憾事矣。哲人已去，后辈徒悲，历历往事，倍增哀思；谨奉小词，以寄泪雨，遥天无隔，缅怀我师。

北漫阴霾，南淋淫雨，噩耗传悲泪溅。忆昔宽堂识楼名瓜饭。怎能忘，课室、诗文导引肠热，教诲谆谆心粲。水墨鸿恩，挂书房为念。看赔情、走笔长文赞。寻珍绘、得赠庚辰卷，演说探讨红楼，令求学成叹。序拙词、有待身康健，南溟泪、祭送千秋憾。怎数尽、缕缕哀思，阻云天岂断。

踏莎行五首

告别天来泉

竹掩纱窗，椰遮小院，荒园败草疏篱乱；室幽灯暗已堪哀，细尘桌椅轻声怨。
采叶夹书，填词入卷，年年此际清泉畔；今来作别竟成诀，余生有梦当难见。

二〇一七年二月一日

海师大桂林洋校区

碧海扬波，大园闪翠，绿云峻宇娇娇媚；湖光树影正凝眸，睡莲绽放皆谁醉？
寂静空楼，火红新岁，假休年节消劳累；莘莘学子沐阳和，木棉花落英雄泪。

二〇一七年二月十日

棋子湾新居

海望窗台，波翻白浪，犹闻滚滚滔滔唱；可堪竟夕彩云飞，水天一色霞光放。
栉比楼高，回折路畅，扶苏花木岂名状；新巢候鸟绿盈门，严冬度夏何能忘。

二〇一七年二月十二日

又到金龙花园

看海登楼，寻幽过径，晓来飞鸟时惊梦，缀花棚架绿荫凉，清池喷水鱼儿弄。
鸟语清音，花香妙境，年年俊赏佳园胜，金龙未老老游仙，天涯有幸谁无幸？

二〇一七年二月十三日

南国维尼斯城小住

二〇一七年二月十六日

跨海东临，滨江南渡，林中别墅休闲住；披霜戴雪唤寒春，却逢凉夏多云雾。漫步花间，穿行竹路，晨风暮雨频相顾；松林朔漠望迢遥，天涯游子悲难诉。

浪淘沙

春城春雪

二〇一七年二月二十四日

雪片舞空庭，飘落无声，铺天盖地满春城。万物世间皆一色，谁看分明？毕竟暖阳升，化雪精灵，随风逃遁扫残冰。可叹入冬重又至，转败为赢。

最高楼二首

记前携徐家及外戚弟兄探寻林西故园遗址

二〇一七年三月一日

惊心也，门院迹皆无。往昔是佳图：两厢正屋砖墙面，八株杨柳荫成初。灌东畦，甜井水，润苏苏。岂喟叹、隐身装警伪，岂喟叹、举旗除恶鬼。人散去，故园芜。鹤归父祖应无怨，儿孙拜谒放歌呼。祖德煌，家国业，世堪殊。

记忆　　二〇一七年三月八日

心铭记，提饭送牢监，可叹少儿年。焉知先辈燃烽火，驱除倭寇自揭竿。对凶敌，无所惧，日光残。总痛看、铁窗混沌月，总痛看、铁窗寒冽雪。神泣鬼，地惊天。望穿边塞山河绿，草原笼翠逐欢颜。一杯杯，频举起，酹前贤。

临江仙

上巳节　　二〇一七年三月三十日

昔往流传佳节古，蟠桃三月初三，西天王母会群仙。无情时尚涌，冷落鬼门关。忆访兰亭风物好，流觞曲水先贤，圣书集序古今传。敬天翻日月，法祖倒坤乾。

临江仙

藤　　二〇一七年五月十七日

一自梢头骄慢甚，狂言傲语矜矜，讥讪地草不为群。陶然迷富阔，不见过流云。众木葱茏生大地，却无直立腰身，攀爬匍匐一时亲。风波摇荡后，茎断落纷纷。

若木词续

天香

贺王磊学兄九十大寿

二〇一七年五月二十四日

染绿黄沙，涂青白草，历数年华堪忆。梦境燕园，沧桑岁月，目尽高天风厉。草原情厚，泼热血、不离无弃。虚掷光阴过客，沉吟行暮学弟。

曾经瘦园梦里。看诗翁、已然飘逸，挥洒豪情万丈，似椽刀笔，书满茫茫大地。北边土、苍松挺立，气节精神，酣歌可泣。

踏莎行

内侄孙一鸣满月

二〇一七年六月十三日

五月端阳，三金襁褓，眠床安睡丝丝笑。耳如兰瓣嘴如菊，青青胎发额前罩。

小看华年，传家至宝，一鸣直上苍苍昊。九天折桂信风回，云行四海龙门跳。

浣溪沙

黄君金海招饮赵景立王培经魏玉芳同席

二〇一七年八月十八日

美酒葡萄劝莫亏，真醇味道久相违，厚情剩饮带家回。

十载剑拳常做伴，一年魔病探都谁？夕阳霞彩胜芳菲！

临江仙四首

二〇一七年九月二十二—十月十二日

海口海甸岛之忆

浪荡昔年栖甸岛，贩夫摊档为朋，渔娘港外卖声声。舟灯深夜灭，楼静自鸣钟。沙滩信步亲碧海，捕捉小蟹精灵，潮来戏浪更身轻。征云飞向北，时念雪飘冬。

又见紫荆花

又见金英开满树，落红成阵飘香，亦曾心动赋辞章。一从辞别后，几度梦徜徉。玉树长龙围广厦，长街一脉琳琅，花团锦簇赏容光。冰绡谁剪出？洁美胜仙乡。

雨中廊前

细雨廊前湿碧叶，窸窸窣窣潺潺，椰枝蕉扇静无言。江流帘幕外，遥望漫轻烟。坐久凝神方入梦，芭蕉摇首趋前：阴云散后响晴天。峥嵘生万木，百卉竞媸妍。

三十六曲溪

好似飞来苍浪水，接天浩渺悠悠，长沟九曲入江流。玲珑明镜月，万里送乡愁。目尽平波朝与暮，频频撒网渔舟，云山一线起群楼。沿江花满路，绿岸果林秋。

天香

母亲百年冥寿

雪覆琼林，冰封净月，共与穿麻披素。洒泪周天，捧心醇酒，敬奉松楸冥府。英年归去，夺命病、竟因何故？丢下子三少小，终生失亲凄楚。

贫穷出身幼仆，叹生时、未离乡土。菩萨乞灵大士，有谁能护！忧累悲哉万古！夜将晓、挣脱世间苦，羽化飞升，慈航永渡。

二〇一七年十一月三十日预作于乌鲁木齐旅次

西域行九首

二〇一七年十一月二十三—十二月一日

临江仙

会邵强

破雾穿云行暮旦，遥遥两地边城，阳关西出故人情。席间茶代酒，别久始重逢。

五十六年如一梦，同窗四载西东，音容笑貌记分明。两山（天山、长白山）池水望，松照影清清。

行香子

国际大巴扎

四海知名，今见心惊。恢宏处、峻宇高城。广场宽阔，巨塔摩空。看寺墙黄，舞台白，石榴红。

三千商铺，宴艺花厅。聚诸洲、万类奇精。人潮日涌，夜亮霓虹。正天空月，人间笑，巴扎灯。

破阵子　新疆大剧院观《千回西域》

一似冰山极顶，雪莲圣美灼灼。西域千回丝路去，漫漫风沙未消磨，盛世唱欢歌。

水幕声光电火，众族辟地城郭。昔日繁华全景在，骏马奔驰走明驼，天地舞婆娑。

鹧鸪天　上合文化园汗血马

西域奇珍数不赢，久闻汗血见园中：雪白形体修长尾，鲜亮皮毛秀美鬃。

蓝碧眼，宝石瞳，行空天马一银龙。秦王汉武应无恨，天下黎民跨称雄。（文化园主陈志峰创作的歌词《汗血宝马》开头句为：『秦王的气最霸，汉武的心真大，恨不能汗血宝马雄跨。』）

浪淘沙　同邵强登红山远眺楼

携手此攀登，缥缈云中，天山横亘闪冰峰。昔日贤能西域至，成就豪英。

望猛虎山红，眼底雄城，潮流市井显繁荣。丝路今天多远客，胜赏边庭。

临江仙　鄯善沙漠

鄯善（古西域国名，本名楼兰，故址在今新疆鄯善县东南若羌县，隋置鄯善郡，唐时称纽缚波，后没入沙漠）为名非故地，金山兀立连连，沧沧沙海浪无边。城前沙漠漠，沙漠漫城间。

我坐轻车浮海走，高低上下沙山，争如巨

浪过舟船。攀缘峰顶望，何处古楼兰？

行香子　交河故城

鸟瞰空中，柳叶金英。两河交、千古回声。车师都府，唐世精工。（此为古代西域三十六城郭诸国之一的车师前国都城，之后唐安西都护府即设于此。）历击金戈，驰铁马，传狼烽。　高台挖土，壮美雄城。长街巷、壁垒玲珑。清晰市井，寺院分明。抵冰山寒，雪山水，云山风。

鹧鸪天　火焰山

百里童山西复东，何时谁将染殷红？赤岩自古人无迹，秃岭由来草不生。　挥铁扇，逐妖风，烈焰扫灭见清平。火洲变得荒原绿，五彩祥云满塞空。

破阵子　吐鲁番葡萄沟

不见溪流奔跑，未观百卉垂枝，只有荫棚花孔屋，风晾葡萄绿似诗，浅尝人已痴。　汉回维族家户，葡萄干品堆时，佳果盛名传处处，狂舞高歌迎客姿，美哉天下知。

少年游

冬至节赋《诗歌皇后萧观音》改稿初竣

二〇一七年十二月二十二日

回归之日转金轮，时序亦更新。洪荒宇宙，开天辟地，风雨总纷纷。悠悠年月悠悠梦，惯浅唱低吟。一曲长歌，女中才子（辽道宗赞皇后萧观音语），流韵遏行云。

少年游

寿绮君

二〇一七年十二月二十四日

霜林飞雪满冰城，幽思已深更。寒窗望彻，蒙眬混沌，不见远天星。蹉跎岁月焉成喟，老去万缘轻。只把观音，长歌乡调，送予世人听。

行香子

读司马一孔新著《奔》

二〇一八年一月十六日

挥洒深文，偶出歌吟。九旬近、意欲何奔？自筹自画，自力耕耘。收有稀物，有珍玩，有奇琛。龙蛇走笔，引古酌今。绮思丽、狂放无群。恢恢天宇，地舆沉沉。叹亲人泪，友人谊，故人心。

临江仙

会谢文馥大姐

忆昔营城同走访，井深千丈煤层，感知卓绝众豪英。舍身挖地火，温暖万家庭。　半纪光阴如一瞬，倏然耄耋堪惊，蹉跎岁月去无声。诗魂游梦远，寒栗雪飘零。

二〇一八年一月二十一日

锁窗寒

怀念方起东好友

雪覆林山，雄碑伫立（今制长春石碑岭金代将领完颜娄室墓地神道碑），越穿今古。镌文制巨，一世战功铨叙（完颜娄室神道碑文）。故人书、字如珠玑，闪光熠熠辉寰宇。惜英年去后，研词问史，友师何处？　凄苦。哀君赋。本少小高才，受屈排五（年轻时被打为右派）。同兼理事（省旅游学会），指点求辽迷路。赏佳作、碑记太王，一篇释注知翘楚（集安好太王碑文）。念遗文、泪忆音容，又共歌金缕。

二〇一八年二月一日

南溟行十二首

临江仙

飞南溟

一瞬破云重九上，长空鼓翼飞行，遨游八极逛天庭。琼楼连广宇，玉树缀繁星。　可叹平生无数梦，亦

二〇一八年二月十七日

真亦幻堪惊，巡天勘地痴情。千冰堆北塞，万绿恋南溟。

踏莎行　微雨中

二〇一八年二月二十八日

细雨垂枝，芭蕉泄露，缤纷英落湿谁顾？大千世界静无声，唯闻绿叶低相诉。

曲径寻幽，繁花骋目，含珠碧蕊晶莹吐。一江烟雨忘生机，椰前往复轻停步。

鹧鸪天　琼山换花节

二〇一八年三月二日

巷巷街街挂满灯，云龙走马转鱼鹏，流光溢彩笙歌壮，人海涌潮激浪腾。

传古节，漾春风，几多游客醉南溟，俊男靓女追相换，一朵鲜花一片情。

鹧鸪天　椰树

二〇一八年三月四日

凤尾摇摇向碧空，高楼怎敢比其雄，顶天嫩叶年年壮，立地直干日日隆。

窗弄影，梦魂同，风来海上舞裳中，人间百味添佳果，道是汁水甘爽浓。

卜算子　定安冷泉

二〇一八年三月六日

地洞石堆间，汩汩清泉水，漫漫滩头似镜平，树影风摇碎。

冰冷贯常年，浅底鱼成队，咬脚游来莫怪惊，善待人陶醉。

踏莎行五首　柬埔寨纪游

吴哥窟

古老王国，恢宏石庙，丛林隐没无人晓。一朝呈现世皆惊，辉煌灿烂争夸耀。宝塔凌虚，幽廊绕道，城池倒影灵光照。礼佛膜拜敬焚香，洗贫戡乱吴哥笑。

二〇一八年三月八日

按摩女

眼亮如星，背垂长辫，没涂粉黛朱红面。可堪年少即离家，青春岁月多悲怨。扣拽轻轻，揉拍慢慢，按摩肢体周身遍。天生万类岂尊卑，互为汝我休成叹。

二〇一八年三月九日

洞里萨湖

陆地汪洋，天然水库，湄公雨季洪涛入。流经之地不遭灾，游船今日如云雾。踏浪登舟，迎风骋目，蓝天绿水茫茫路。大湖浮屋几多家，饮椰闲坐华商铺。

二〇一八年三月九日

大榕树民俗文化村

列队村门，欢迎街路，嫣红姹紫花开树。鼓吹弹奏敬嘉宾，小楼吊脚人家户。曲径幽幽，佛堂穆穆，清新院落消闲处。拾级屋室话沧桑，手工银品名声古。

二〇一八年三月十日

金边

二〇一八年三月十一日

古久闻名，而今称颂，街头无数楼台纵。进香寺庙闪金黄，大王宫殿游人共。夜市明灯，河边聚众，成群席地清风动。不知餐饮美如何，轻歌曼妙声声送。

临江仙

南国威尼斯城至棋子湾道中

二〇一八年三月十四日

放眼远山披墨绿，红花道上其间，两边林木密相连。清晨阴细雨，傍晌霭云天。路渐蜿蜒宽广地，农家疏落园田，木棉怒绽火如燃。插秧人不误，正月是新年。

浪淘沙

棋子湾

二〇一八年三月十七日

沧海在窗前，一片云天。夜闻涛响梦纠缠。竟自乘桴浮碧水，直达三山。独立岸波间，金色沙滩。水天接处远航船。踏浪纵身游去也，犹似当年。

浪淘沙四首

赋紫荆花致甚哲

二〇一八年四月一日

玉树列街边，碧叶翩翩，花开时节正春还。粉萼晶莹托紫蕊，陶醉流连。胜赏已多年，万里长天，加积老虎（甚哲自称老虎）更魂牵。幼蕾茁茁期绽放，光照人寰。

海上阅兵

二〇一八年四月十二日

战舰列汪洋，威镇海疆，银鹰猎猎掠穹苍，碧水蓝天方铸就——铁壁铜墙。统帅手挥扬，气勇兵强，群魔小丑逞疯狂，亿万军民回四字——固若金汤。

摘叶书铭

二〇一八年四月十五日

万木竞峥嵘，碧叶葱葱，千姿百态跃长空。七色仙葩开玉树，盘绕金龙。一片绿随从，夹放书中，南天北地见音容。胜似视频虚幻影，时入芳丛。

迎春花发

二〇一八年四月二十日

林木尚空疏，暖意还无，金黄闪闪亮如珠。一朵小花独绽放，占得春初。天道总酬孤，细雨苏苏，信风忽至物华殊。引领群芳开烂漫，乐见花都。

行香子

领命老董和邵强填是阕虽音节流美但不顾意绪粗陋呈群中诸位学友以博一粲

二〇一八年五月五日

芳树名园，雅塔湖山，波光滟、更胜从前。明陵筑坝，书馆偷闲。叹红当白，美当丑，是当年。

门庭狮护，楼院圈连，三载里、槐老花繁。读书虽少，活动喧喧。剩健游身，放游目，做游仙。

浪淘沙

刺梅花开

二〇一八年五月十五日

接夏送春开，天半云来，鹅黄万朵是谁裁？浓冽满园香阻路，阵阵扑怀！

四季傍拳台，伴我优哉，着花时节赏千回。总盼年年花更好，人世欢哀。

浣溪沙

致刘振敏及群内诸君

二〇一八年六月二日

威猛双狮列道边，门庭红柱映名园，旧国府里度华年。

四散纷飞超半纪，一群相见点摸间，欲活百岁已非难！

浪淘沙慢

纪念萧观音九百七十八周年诞辰

二〇一八年六月十八日暨戊戌年端午日

望边塞，云飞影邈，谷邃峰列。陵寝当初郁崛，林中配殿复叠。正屈死冤魂终洗雪，懿德振、泪雨民谒。历漫漫风烟地宫毁（历金、元、明、清、民国），经时寂湮灭。幽咽，梦中出世悲切（五日生女，古人所忌）。

叹少女王妃封皇后，貌美才艺烨。嗟作祟奸佞，谋害污蔑，玉崩惨烈。当恨他、无道昏君弦绝。辽代诗词称豪杰。回心院、婉凄激切。过千载、依然歌奏阕。汨罗祭、屈子怀沙，此际念、并陈李蔡辉光耀（陈端生、李清照、蔡文姬）。

采桑子

中秋月下和玲斋

二〇一八年九月二十四日

青天碧海悠悠梦，多少清秋。又是清秋，浮海乘桴登月游。

吴刚玉兔婆娑桂，岁岁多忧。不再多忧，喜送嫦娥消万愁。

附玲斋《采桑子·中秋抒怀》：

红衰翠减年光迫，岁岁中秋。今又中秋，目尽晴空万里游。

世路如今都看惯，得也无忧，失也无忧，月光如水涤闲愁。

采桑子

寄贵梁正心

二〇一八年九月二十九日

心随北雁南行去，过访金陵。曾访金陵，犹记故人又相逢。秦淮河上灯光灿，沉醉秋风。夜语秋风：好借友群传厚情。

临江仙

赋长春儿童公园白桦林自寿

二〇一八年十月四日暨农历八月二十五

蔽日浓阴遮曲径，朝朝暮暮闲行，常听碧叶雨敲声。优游驹过隙，不意岁时更。满目金黄明灿灿，铺天盖地精灵，林中喜见唱秋风。挺身洁白立，待放绿云腾。

踏莎行

赋晚秋银杏树寄远

二〇一八年十月十五日

萼萎花亭，珠凝草径，秋光奇绝谁为胜？三匝绕树赏高洁，萧萧落木凄清梦。姿彩绰约，风神豪兴，与松繁茂相肩并。严寒凋谢信如诗，一诗一叶枝遒劲。

临江仙十三首

蜀游纪胜

从长春飞成都

二〇一八年十一月三十日

一自起飞窗外望，茫茫冰雪晶莹，霎时云海雾蒙蒙。银鹰方降落，惊见锦官城。放眼四边风景异，花枝依旧娉婷，长街树绿草青青。忙寻宽窄巷，知久有声名。

眉州天府新区夜行

二〇一八年十一月三十日

大道天宽何处去？无边夜幕深更，车前闪过两排灯，高低坡不定，上下起伏行。百里长途如入梦，天河倒流群星，兴波光亮走银龙，眉州乘势起，迎我远来朋。

宿长岛天堂洲际酒店

二〇一八年十二月一日

闪烁灯光园静寂，登楼客舍清清，掀帘窗外满湖星。此来仙境住，一觉到天明。水畔消闲风细细，艳阳散彩徐升，花枝沾露叶青青。天堂人力造，不信远蓬瀛。

敬致马识途学长

二〇一八年十二月一日

马老寿星超百岁，朱颜鹤发童心，恭逢盛会众为尊，早年革命始，热血激风神。砚墨耕耘结硕果，如椽巨笔千斤，银屏佳作响遏云，病魔三战胜，博雅塔雄魂。

后记：一百〇四岁的著名作家马识途，早年投身革命，进西南联大做党的地下工作，毕业于中文系。从事文学创作，多年笔耕不辍，成果累累。据其原创改编的电影《让子弹飞》，家喻户晓。三次得癌症，以顽强意志写书皆战胜之。于眉州举行的北大校友会九届二次代表大会，马老与会，校友们兴奋异常，为其感到骄傲和自豪。

二〇一八年十二月二日

谒三苏祠

渴念祠堂来北地，园林已是金秋，簌簌落叶进门稠。千年黄葛树，笑待四方游。 亦访桄榔庵处见（苏轼被贬海南住处遗址，处儋州中和镇），残碑兀立污沟，眉州到来叹儋州。人生多坎坷，百代壮词留。

二〇一八年十二月二日

参观青神竹艺城博览馆

状似竹篮楼作馆，编织妙品争妍，花团锦簇尽奇观。不虚天府富，物产竟难贪。 一见竹编源自远，先人古久结缘，青神高艺广流传。竹藤文化节，世界共享年。

二〇一八年十二月三日

参观中国泡菜城博物馆

自古菜蔬为伴食，由来此菜人倾，蜀川物阜广驰名。罐坛天下走，户户赞欢声。 博物精工皆美味，形形色色纷呈，遍观一过醉酩酊。盛哉唯泡菜，壮丽起雄城。

访丹棱幸福古村

二〇一八年十二月三日

路转峰回磐石径，坡坡橙树披纱（每颗绿橙裹白纸待红），轮车提水响哗哗。深沟闻犬吠，古木见人家。

远望桥卧接岭坳，近前房舍花发，读书堂阔阅读娃。几席农家饭，游客竞相夸。

游洪雅柳江古镇

二〇一八年十二月三日

款步阶台行曲径，小楼商铺繁华，地方美食味堪佳，巷头榕树老（千年古木），根壮见惊讶。

水阔江宽林木岸，粉墙灰瓦人家，流连忘返日西斜，板桥长道窄，双向过肩擦。

登瓦屋山

二〇一八年十二月四日

索道悬空飘动走，迷蒙虚幻茫然，挺拔孤起见桌山。起伏阶石路，冰雪雾云天。

昔日登临唯老子（相传老子西出函谷关，入蜀寻找青羌之祀，来到瓦屋山，忽然云开雾散，老子为眼前景色所震撼，惊叹此山之灵气，从此定居于此，潜心修炼，得道升天。现山顶西端有太清宫），峨眉一望相连，太清宫殿处平巅。台端遥致祭，满眼荡云烟。

谒杜甫草堂

二〇一八年十二月五日

久梦浣花溪水畔，秋高风破茅庐，今见故地血苏苏，低回轻漫步，似有影相呼。

郁郁茂林修竹院，亭堂廊馆皆殊，名流尽是美题书，诗人千载在，圣者万年无。

祭武侯祠

昔往锦官城外处，已无老柏森森，于今车密过楼林。煌煌兹祀庙，懔懔祭精魂。为有茅庐天下计，不辞征战雄心，军中病死恸乾坤。祠堂三进院，风筱放哀音。

二〇一八年十二月五日

望江楼公园访薛涛遗迹

傍水古园风景丽，丛丛翠竹葱茏，诗人处处有遗踪，制笺留汲井，彩纸此开宗。纪念馆前人玉立，高洁雅正姿容，唱酬当世有诸公（有元稹、白居易、张籍、王建、刘禹锡、杜牧和张祜等），吟诗楼里见，听诉守情浓（有『闻说守边苦，而今到始知。羞将筵上曲，唱与陇头儿』等诗）。

二〇一八年十二月五日

踏莎行

纪念母亲百零一年诞辰

二〇一八年十二月二十一日暨农历十一月十五

雪满群山，寒凝大地，玲珑净月松楸祭，林中飞鸟唱哀歌，声声呼唤悲风起。海献冰山，天挥泪雨，观音菩萨常相忆，心香一瓣供平生，人间思念无涯际。

少年游

闻作舟安抵多伦多

二〇一八年十二月二十五日

询知遥送即飞行，忽告抵枫城。大洋万里，冰天雪地，只为子孙情。

平生聚少离多苦，况更似飘蓬。初梦燕园，风狂雨暴，堪看夕阳晴。

浪淘沙

赋林西县『北霸天』抗日斗争

二〇一九年一月二十日

悲愤忆当年，塞外烽烟，揭竿跨马扫倭顽，动地哀歌神鬼泣，号北霸天。

万众志弥坚，巧与周旋，铁蹄砸烂壮河山，蹈火赴汤国耻雪，敬奉先贤。

浪淘沙

闻林西县已脱贫

二〇一九年二月一日

潢水界南流，入海悠悠，兴安余脉盛千秋。恶水穷山何日始？土泣民忧。

泪眼望群楼，梦里神游，生身故地小康俦。骀荡春风来朔漠，一解乡愁。

水调歌头　未名湖之忆

二〇一九年二月四日农历除夕立春谢交

长记入学日（一九五七年九月入学北大中文系新闻专业，一年后转人大），乘夜访清颜。幽幽曲径环岸，芳草笼青山。天上团光博塔，水面团光博塔，相映影双全。大美未名矣，智海润燕园。慕盛名，负籍奔，正华年。蓦然惊骇，平湖雷雨涌云烟。才竟因言加罪，人竟因言成鬼，何以对前贤。树静风无止，不尽看狂澜。

临江仙二十首　南溟奇甸行

南飞途中

二〇一九年二月五日

跑道长驱连暮色，启航声响飞升，悠悠几跃破云层。忽扔人世累，缥缈得身轻。喜见夕阳天际照，遨游已在青冥，太空向往自由行。臂抬能揽月，手举可摘星。

海甸岛住处阳台

二〇一九年二月七日

步入自家田里垅，阳台微小花园，依依别去又经年。北国冬日久，常忆海云蓝。浅水仍观鱼笑乐，角梅醉脸红嫣，未花有叶米兰仙。归心闲胜赏，举目燕飞欢。

木棉花

树树琼花红似火，焰光烈烈腾腾，殷殷朵朵动心旌。当年泼热血，先辈尽豪英。

我过艳红花绽路，不时萼片飘零，轻风吹送语声声。三更春雨响，赞唱渐黎明。

二〇一九年二月九日

德昭生日

宝岛南溟奇甸美，青春渡海奔腾，小龙小马共山盟。观澜湖畔树，璀璨挂红灯。

秀丽美兰形象使，阳光大海椰风，安全卫士一精英。庆生人日乐，欢唱众亲朋。

二〇一九年二月十一日暨正月初七人日

三亚会馆客房内望海上观音

面对明窗观阔海，观音矗立中央，朝披霞衣夜发光。自由神圣女，是否过汪洋？

不断人流潮水涌，摸足膜拜焚香，求得安顺度慈航。人生多不幸，可靠乞灵方？

二〇一九年二月十二日

玉珍八十大寿

不老松和东海水，寿福八十今天，观音海上祝平安。北国香一炷，敬献在南山。

盛宴华堂流喜泪，儿孙行孝拳拳，慈航普度向百年。悬壶劳济世，圣手奉心丹。

二〇一九年二月十三日暨正月初九

同质钢与果华及女儿女婿明井与仙芝余携玉珍及女儿女婿聚会海口火车头海鲜广场

二〇一九年二月十六日

四载同窗离别后，不期而遇南溟，离多聚少总关情。虽然皆耄耋，康乐并安宁。　二位学兄偏爱我，提携长进心铭。频频杯举壮余生。果华珍万绿，仙蕙玉芝青。

回威尼斯小住

二〇一九年二月十八日

节日归来门对亮，字为木叶亲书，天增岁月满堂福。南国江浩荡，岸水近墅庐。　画壁窗前蕉叶静，海云椰雨苏苏，安适净室醉眠足。梦回芳草路，朔漠北天舒。

海口元宵节

二〇一九年二月十九日

大海翻波光闪闪，一轮明月东升，苍茫碧落暗群星。烟花虽不见，流水是车灯。　此际雪飞遥万里，春城不似椰城，观涛赏月沐清风。上元龙舞夜，花换到三更。

【注】琼山原有抢花习俗，现为换花节。

重游文笔峰

二〇一九年二月十九日

昔日玉蟾宫极顶，四观琼北葱茏，一峰突起傲苍穹。南佛和北道，海岛两家宗。　今上游车飞快走，环山盘古其中，泉流水泊竹榕松。阁门书院殿，信众进香红。

再赋紫荆花

二〇一九年二月二十一日

巷陌宽街无尽数，彩霞点缀琼枝，绽开粉萼正花时。年年迷醉日，早已盼归期。爱恋晨昏阴里路，一花一树一诗，当应不怪恐来迟。晨游红落阵，暮写馥芳词。

会王仪王飞及甚哲

二〇一九年二月二十四日

二十年中如远梦，往来北地南天，行吟览胜病纠缠。登山临碧水，扶助步悠然。又聚匆匆经一载，蒙童已与齐肩，老夫耄耋整八三。兴风真猛虎，狂啸待华年。

曲水梦

二〇一九年二月二十五日

浩浩清清溪水去，弯弯曲曲何方？入江进海断柔肠。遥知临彼岸，寄语意堪伤。水曲天成三十六，风传岸草芬芳，波心凝望夜苍凉。乘桴浮于远，月下浪涛狂。

文昌盐焗鸡

二〇一九年二月二十六日

海岛四桩名美味，文昌居首其鸡，遍闻天下尽人知。林中撒放养，椰树落花吃。不用蒸炸煎炖炒，盐焗妙法稀奇，鸡熟脱骨烂如泥。经营虽店小，入口化无欺。

众香国

二〇一九年二月二十八日

小巷大街红遍处，花开亮眼无遮，角梅艳艳叶婆娑。悠悠飞落萼，片片逐凌波。

更有木棉英气盛，燃烧似火高歌，紫荆唱和蕊婀娜。椰城原万绿，又是众香国。

留别木叶和昭昭

二〇一九年三月二日

苦练功夫和技艺，舞姿书画人鳌，琴音管响上云霄。抱膝当幼小，长大去离遥。

竹影椰风蕉打雨，金龙骏马双骄，巡天跨海起惊涛。年年虽见面，思念在朝朝。

又返棋子湾观海

二〇一九年三月三日

阔岸白沙银亮闪，海空漫漫苍苍，层楼又上看南疆。风平和浪静，未有巨涛狂。

远远渔舟如点墨，接连驶向何方？水天线外是汪洋。浮云飘淡影，落日彩霞长。

游海南红树湾湿地公园

二〇一九年三月四日

十里弯弯花栈道，尽收水面风光，从丛秀木照炎阳。潮来浮绿冠，潮去干枝苍。

美景盛观观不止，趣多浅底鱼翔，人堆火烈鸟池塘。稀奇真树丽，罕见怪驼羊。

别威尼斯水城

二〇一九年三月六日

每每朝阳临户牖，辉光照彻心扉，闲适一月已无谁。清风摇凤竹，诗意出相随。信步江滨花阻路，楼群影碎波微，沉沉落日看霞飞。恋恋今暂别，他日伴云归。

离海口北返

二〇一九年三月七日

雨打车窗如别泪，登机回望还流，为何离恨苦难收？草原怀骏马，阔海盼龙游。万里启航辞翠碧，浮云似水行舟，相随椰楝竹蕉愁。嗟乎春北去，南雁度幽州。

踏莎行 南梦

二〇一九年三月九日

坡满椰林，岸浮红树，卧游劲草萋萋路。山光海色复斜阳，如酒醉焉知处。愁梦揪心，烟云迷目，悬崖陡壁崚嶒竖。万泉河水转东山（海南有琼海万泉河上白石岭和万宁临海之东山岭），岭头词韵流无数。

破阵子 春分

二〇一九年三月二十一日

昼夜平分时刻，春秋两季发生。寒退暖来春已至，暖退寒来秋气横。转轮谁手擎？应律阳和遍布，忽来暴雪寒凝。道法自然天不等，万物均衡地不平。乾坤怎可宁？

行香子

赤峰

二〇一九年三月二十三日

血染红山，剑刺蓝天。挺英气、列嶂联翩。琼林点缀，鸣鸟盘旋。望河中影，影中美，美中攀。眼前画幅，辽远丘原。绿洲处、点点飞鸢。玉龙遥问：历几千年？见水滩清，沙滩碧，草滩蕃。

最高楼

故园祭

二〇一九年三月二十四日

潢河北，庭院小街旁。垂柳伴青杨。深宅影壁仓房满，垅畦井水菜蔬香。诵诗书，传理义，事农商。处国难、铁蹄压岁月，雪国耻、赤心拼热血。家竭力，抗强梁。驱倭北霸功昭世，故园鼎助写华章。念先人，寻旧址，乡思长。

满庭芳

寄恩晖贺《图书馆学文集》出版

二〇一九年三月二十八日

岁月留痕，燕园学子，鹤发更换朱颜。昔年情结，诚笃达今天。多少沧桑往事，怎堪忆、散似云烟。唯鹄志，图书治缮，勤读又精研。瞻瞻！积卷帙，书山径辟，学海心潜。幸得有名师，教诲薪传。耄耋不知体惫，集珠玉、喜出新编。同为贺，暖春来早，伴送避寒还。

浪淘沙

北归闲步小园

二〇一九年三月三十日

南正赏花繁，遍媲媸妍。春回北土步姗姗。园里凄清冬尚在，气冷风寒。林木空萧闲，霜退留残。凛澌湖面冻依然。最是夜来潮忽至，雪地冰天。

踏莎行

清明祭

二〇一九年四月五日

解冻湖冰，断云岩岫，晴和明媚东风又。小松今已塔摇铃，步行山路人如旧。泪溅心花，雨斟樽酒，百年先考祈冥寿。蓝天绿树府园清，共尊显妣观音就。

临江仙

咏诗词

二〇一九年四月十四日

大野江河流日月，高天绮丽云霓。长风浩浩响歌诗。抒情国度盛，叙事巨篇奇。海上三山晶亮玉，兰舟载满花枝。芳馨馥郁谱佳词。婉约多意绪，豪放少幽思。

最高楼

志明带病携任桐及雪琼雪飞自大连到长春赴寿明园祭奠双亲

二〇一九年四月二十八日

思亲恸，终老泪无干，抽泣振山川。奔波千里拖疴重，携妇将女祭椿萱。草原恩，深海孝，颂碑前。昔往也、累劳熬昼夜，一世也、苦愁悲日月。天欲晓，离人寰。鲜花朵朵濡圣洁，子孙辈辈厚德传。壮松楸，冥府静，哀绵绵。

临江仙

纪念五四运动百周年

二〇一九年五月四日

鼙鼓跶镗敲暗夜，一声唤起伏龙，风云叱咤舞长空。击博三十载，拂晓现霓虹。古国东方今鼎立，顶天亿万豪雄，江山破碎换新容。艳阳春日里，尤念昔贤功。

最高楼　木叶小长假随母亲归来乘其车驾游乐数日

实非梦，倏而到跟前，乘驾乐游观。春风得意兜不尽，春花开遍见媸妍。旧城街，车似蚁，挤其间。　正就是、上天追岁月，正就是、下凡驰世界。神气爽，做飞仙。云空舆地千万里，随心所欲过峰巅。谢铅华，眉淡扫，胜儿男。

二〇一九年五月五日

满庭芳　题贺郑立坚散文集《花的况味》出版

喜阅华章，万宁倩影，梦幻山水斑斓。古城明秀，神笔妙摹间。更有精英品貌，倾情也、颂赞鸿篇。跋涉处、南溟北地，名胜放歌传。　湛湛！能不忆，兴隆伴访，结谊多年。近知太阳河，主政芸编。久事砚田不辍，得赞誉、佳构篇篇。殷殷盼，重逢把酒，再续友朋缘。

二〇一九年五月九日

赤枣子十首

时茬苒

时茬苒，日西沉，无叹光阴寸寸金。雨后开晴霞散绮，翻飞五彩壮乾坤。

二〇一九年五月十日

闻淅沥

二〇一九年五月十二日

闻淅沥，见缠绵，雨落平湖奏管弦。一曲分明天外乐，心儿歌唱在当年。

花簇簇

二〇一九年五月十四日

花簇簇，叶青青，幽径飘香步步盈。昔日曾尝知叶苦，每临香阵醉酩酊。

山北去

二〇一九年五月十六日

山北去，水东流，遗梦千年处处愁。若唤诗魂活世上，佳人才子自当羞。

哀母泪

二〇一九年五月二十日暨农历四月十六

哀母泪，怎能干，抱恨抛儿弃世难。潢水滔滔七十载，寿明园泪洒年年。

送艾丰

二〇一九年五月二十三日

杯笑举，廿余冬，期重相聚恨已空。一似天池飞瀑水，送君西去泪流东。

云浩荡

二〇一九年六月十四日

云浩荡，野苍茫，能不悠悠远梦长。尚记风沙迷漫日，至今相隔是参商。

雷震震

二〇一九年六月十五日

雷震震，雨纤纤，云散星明晚照残。碧落只因神水洗，才托新月美如仙。

南去雁

二〇一九年六月十六日

南去雁，又飞回，雏鸟归巢喜且悲。怕是重逢只一瞬，恐期相见数盈亏。

年岁大

二〇一九年六月二十日

年岁大，病疾多，医院陪同剩空窝。一世无非生老死，茂林修竹复如何。

踏莎行

寄刘凤翥学长

二〇一九年六月二十六日

塔瞰群楼，水滋林木，当年乱象迷人雾。几番风雨几折腾，学堂筋骨仍如故。　治史精英，钩沉辟路，契丹文字识卓著。感君助我唱观音，鸢飞朔漠传千户。

临江仙

长春吟

二〇一九年六月二十九日

本是冬长春日短，偏偏叫作长春。美名安慰受寒人。茫茫冰雪里，久望艳阳心。　一自东风开五月，满城林木欣欣。大街小巷绿飘云。夏天虽转瞬，处处有浓阴。

浪淘沙

《诗歌皇后萧观音》稿竣

二〇一九年七月三日

望朔漠巴林，潢水沉吟，庆云山下绕悲云，岁月悠悠仍哀诉，一缕冤魂。才艺俱超群，万古诗心，长歌千句不足论，堪比女杰陈李蔡（清陈端生、宋李清照、汉蔡文姬），辉耀如今。

临江仙

夏梦

二〇一九年七月四日

节令天头方入暑，日晴夜雨常常，黄昏闷热早晨凉。滚雷声震醒，睡梦回乡邦。梦里观音千载泪，进潢流向汪洋，分享天下好辞章。其人虽已没，代代有余伤。

菩萨蛮五首

锡林郭勒大草原

坝后梦

二〇一九年七月六日

昔年仿佛听说梦，而今此梦才得醒。坝后望苍苍，隔山一道墙。奶品儿时趣，回味犹深记。喜见艳阳天，赶奔大草原。

初进草原

二〇一九年七月七日

弯弯曲曲清流水，堆堆伙伙游人醉。绿野撒羊群，蓝天渡白云。包房闲步去，绽放鲜花处。劝酒亮歌喉，草原星落稠。

野餐

二〇一九年七月八日

白云降落搭篷帐，草原绿地铺席炕。围坐宰肥羊，大长天共尝。击鼓传花令，激起欢歌兴。长调远山飞，夕阳剩散晖。

锡林浩特

二〇一九年七月九日

苍苍天际连城域，茫茫绿野崛楼宇。塞外亮明珠，人来惊叹殊。一片如河汉，入夜灯光灿。惬意梦神州，江山万里遒。

别草原

二〇一九年七月十日

飞车旷野登坡望，风吹草甸翻波浪。四处赏花开，郁香扑面来。绿海驰舟去，今夜知何处？此会是奇缘，担心再见难。

临江仙　读刘凤翥学长大作《契丹寻踪》

二〇一九年七月二十日

念古思今难抑止，频频激动心旌。随行顾影苦寻踪。我曾临岭下，空望永福陵。　致志绝学全力赴，碑刻死字重生。契丹远去响回声。天酬勤伉俪，名就与功成。

临江仙　哭中天

二〇一九年八月一日

病榻惊闻雷炸响，却疑听错传音。哀伤不愿信为真。吊针合泪滴，日后失相寻。　往事悠悠难回首，是非功过浮云。耄耋犹自笔耕勤。世曾司马在，一孔见精深。

浪淘沙　万宁郑立坚来晤

二〇一九年八月二十五日

万里总消磨，久戏风波，爽秋初肃尚清和。陋室欢心迎远客，绿叶婆娑。　岁月正如歌，往事皆昨，兴隆游赏唱梭河（在东南亚风情园同侨胞歌《美丽的梭罗河》起舞）。一十八年重聚首，大作花多。

行香子 游梦

百卉幽园，信步流连。醉沉沉、玉桂芳兰。风光收尽，堪爱堪怜。竟花如梦，枝如幻，叶如仙。

远岫无边，神绕魂牵，望游云、不尽关山。层峦叠嶂，锦绣花团。梦或其有，或其无，或其闲。

二〇一九年九月二日

最高楼 乡愁

哭松漠，年少泪离悲。回望母坟堆。城前白草风猎猎，水畔黄沙雨霏霏。去何方？乡恋念，信通谁？

怎可忘、院墙墙里井，怎可忘、鹿山山顶影。萱室暖，沐春晖。风云北霸驱倭寇，先人热血振国威。捧诗心，亲厚土，待回归。

二〇一九年九月四日

踏莎行 夜思

闪闪疏星，沉沉碧落，尘寰噩噩其如若。太空何必起纷争，人间天上同萧瑟。

耿耿南溟，恢恢朔漠，山河大地何宏阔。可堪寒热不同时，分明难得平春色。

二〇一九年九月六日

水调歌头

纪念碑

二〇一九年九月八日

兀立白云里，端顶湛蓝天。八方四面环顾，情系在人寰。北土风沙松漠，蓊郁南溟奇甸，热血洒其间。不懈展初志，履迹遍山川。

恸母泪，流故里，湿燕园。一生词癖，填作八百又八单。乡梓观音千古，咏唱长诗寄意，鹤发自华年。碑向银河水，永夜看狂澜。

虞美人并序

潢水之桥

二〇一九年九月二十二日

潢水，古亦称饶乐水等，即今西辽河上游之西拉沐沦河，主要流经赤峰地域。古代契丹族所建辽朝，曾在中京通往上京交通要道之河上建有石桥。苏轼胞弟苏辙等使辽路过此桥，并见于诗文记载，遂使潢水石桥名满天下。日寇侵占时期在河上建桥未完工即投降败逃，弃留水面的几个桥墩已成其历史罪证。中华人民共和国成立以后，河上先后建有公路、高速路和铁路通过的雄伟桥梁，为北国山河平添壮美景色。

石桥朔漠潢河处，佳话传千古。贼心倭寇未完工，罪证台墩今尚在河中。

接连公路升级又，高速惊昏昼。飞驰铁辇镇波涛，北国彩虹酣卧更多骄。

踏莎行

秋之况味

黄叶堆金，空庭闪耀，秋风吹得奔波老。梦回几度忆南溟，但悲朔漠松林邈（平地松林在故土赤峰北）。地育生灵，天怜衰草，霜寒露冷皆枯槁。雪压冰冻过严冬，春光总比秋光俏。

二〇一九年十月十九日

虞美人

读志明《心迹》

当年泥路车歪坠，命大惊人辈。历经悲苦更超强，心迹不堪回首著华章。愁云密布牛车慢，昔日山花现。不求闻达乐仙游，泪水一生都为母亲流。

二〇一九年十月二十一日

浪淘沙

大连长兴岛慧海湾小区

路速赏秋高，渡海虹桥，沙滩环岸缀岩礁。木色斑斓街市阔，车水滔滔。举目望云霄，慧海掀潮，楼林错落住仙豪。蟹肥虾蹦参硕壮，美味逍遥。

二〇一九年十月二十七日

破阵子

长大高速公路途中

二〇一九年十一月二日

汹涌奔驰流水，蜿蜒千里长河。两岸萧疏飘落木，一片高天海云多。散淡复如何。
遥望青山连海，水天无尽苍波。是否山前深水港，停靠国之战船窝？梦闻唱军歌。

浪淘沙

再登长兴岛

二〇一九年十一月三日

一似海中簪，秀美波间，登临壮阔好河山。白浪拍空环曲岸，人恋银滩。
俊赏步悠闲，秋意田园，五花金叶竞媸妍。山果海鲜楼市上，游客腾欢。

忆秦娥二首

萧观音之一

二〇一九年十一月十八日

寒鸢痛，庆云山上冤魂供。冤魂供，泱泱青史，契丹名重。
草原帝国长歌诵，辽天辽地诗情纵。诗情纵，女中才子，人人称颂。

萧观音之二

塔玲珑，山光云影林重重。林重重，冤魂不去，岁月陵空。　契丹词笔惊苍穹，婉约豪放皆其中。皆其中，文姬漱玉，一样情浓。

二〇一九年十一月十九日

最高楼二首

致诗人杨罡

诗之梦，天坠乱花间，幻境断风烟。老来寻觅得求索，含英咀韵赏鸿篇。季虽冬，犹未雪，雨绵绵。　且莫叹、海天辜负竹，且莫叹、朔沙辜负柳。长调赋，古乡关。诗人鼎力深情助，小书借重倍增颜。望京华，拳抱举，唱契丹。

二〇一九年十一月二十五日

贺邵强八十寿辰

天山雪，映照玉楼松，凛凛向晴空。风狂雨暴根基硬，奇寒烈火立从容。历云烟，经岁月，任平生。　怎可忘、一畦苗饮水，定久记、一园枝绽蕾。八十岁，尚心童。天池东北长白意，天池西北大疆情。举金杯，歌快乐，祝仙翁。

二〇一九年十一月二十六日预作

临江仙十首

富贵竹

屋内赏心和悦目，瓶中秀叶青青。株株直干挺群峰。梢头蹿嫩绿，日日有新容。忆起南溟归北地，航行陪伴云空。年来喜出长蓬蓬。寄托孙辈愿，富贵竹芳名。

二〇一九年十二月二日

冬日长兴岛行

大野茫茫铺白雪，疏林黛色接天。动车飞跑起云烟。遥遥何处去？远远海蓝蓝。汽车过桥登翠岛，长街阔路空田。薄冰围岸锁波澜。寒风追落日，呼唤送春还。

二〇一九年十二月四日

母亲百二年诞日

已过百年冥寿日，冻云翻卷风吹。大千唯我弟兄悲。不竭肠断泪，哭诉竟能谁。最是大乌兰岁月，春荒三子命追。冬寒暴雪堵门堆。那堪忧累苦，天上去无归。

二〇一九年十二月十日暨冬月十五

长春冰雪节

地造天为神圣府，煌煌塑雪雕冰。楼林百兽具精灵。琉璃光世界，处处闪晶莹。广袤无边洁白境，山峦玉宇澄清。坡伏丘陡峻连峰。群英滑道上，飞猛似银鹰。

二〇一九年十二月十四日

君子兰

二〇一九年十二月十五日

室外层冰积厚雪，窗台碧叶葱葱。谦谦君子美其名。端庄含正气，肃静吐和风。每每花发春节到，今年绽放立冬。蕊开袅袅萼殷红。为君填一曲，谁谓是闲情。

雪霁长春

二〇一九年十二月十八日

塞外长春林木盛，楼群点缀其中。夜来大雪盖全城。喷薄升旭日，光照水晶宫。叠起银堆池树下，顶压厚玉青松。大小车辆路溜冰。行人乘地铁，哪顾赏玲珑。

忆濠江

二〇一九年十二月二十日

昔往过关临岸走，长排倒影层楼。夜阑灯彩澈江流。犹闻筹觥响，天亮尚无休。二十余年归梦好，莲花开遍芳洲。风云激荡已绸缪。老夫仍志在，春日欲重游。

吉林北大校友会新年新春新校友聚会

二〇一九年十二月二十二日

北国隆冬方数九，严寒积雪路冰。又临年节又相逢。座中新校友，见面胜亲朋。岁月难磨博雅影，未名永润心旌。白山松水要豪英。燕园多巨子，桃李笑春风。

雪之梦

二〇一九年十二月二十四日

雪后放晴光闪闪，金镶玉砌楼群。长街白亮树披银。置身疑世外，仙雨落纷纷。

忽忽神思飞梦境，霎时雪化彤云。人间处处艳阳春。茫茫原野绿，长调颂观音。

北疆冬日

二〇一九年十二月二十六日

白草黄沙全不见，无边厚雪遮天。牛羊圈舍日光寒。包房炉火旺，新作奶茶鲜。

九曲冰河皆覆雪，冬青崖畔高悬。扬鬃群马套逃竿。悠悠长调起，落日恋丘山。

踏莎行二首

鼠年赋

二〇二〇年一月二日

地展宏图，天开云路，崇山峻岭桥连渡。电光亮遍远村屯，家庭数亿无贫户。

雪颂华篇，冰歌美赋，盈门硕鼠穷成富。翰章文苑向高峰，小康圆梦今和古。

腊祭

二〇二〇年一月九日

流水冰封，山林雪覆，年年此际风寒路。虽说岁月不饶人，耄耋犹自飞雄步。

一瓣心香，几多情愫，

霜天冻地丘坡处。花枝告慰墓碑前，时移事异安如故。

最高楼　遣兴

二〇二〇年一月十一日

长天末，悬挂雪原垂。落日散余晖。地轮忽忽增新岁，悠悠日月永无期。野苍茫，春走近，鸟回飞。　怎可看、四时轮换路，怎可计、阴阳交替数。寒瑟缩，冷风逼。不贫如我斜瞥见，奇才自诩筑丰碑。料尘寰，恶作祟，势将颓。

临江仙　读质钢漫画集有寄

二〇二〇年一月十三日

已是耄耋孩子性，稚拙画笔轻灵。童心未泯赤心冰。青松长不老，康乐美人生。　记得年前相聚首，兴高采烈南溟。同窗旧事忆无赢。又经离别苦，读画倍伤情。

虞美人　致明弟

二〇二〇年一月十七日

隆冬数九连番雪，照彻寒光夜。可堪残月过中天，窗外凝眸思念未成眠。　平生独闯艰难路，兄愧无能助。

唯今一语送床头：立地顶天英气胜魔酋。

破阵子

哭明弟

二〇二〇年一月二十日

可恨无情魔鬼，狠心断我双足。凤柱凤楼先我去，只剩金樑塌地孤（祖父为我弟兄三人取名凤樑、凤柱、凤楼），泪流老命哭！

少小亲娘英逝，尽知人世卑污。卓绝一生无愧疚，与弟陪娘上天都，代兄送万福。

浪淘沙五首

时疫阻今南行

二〇二〇年一月二十七日

疫病散八方，势似豺狼，为何最重老汉阳？禁地封城人不见，口罩能防。

退票断南航，阵阵心伤，新春聚会已经常。今却隔空抛泪水，洒向汪洋。

度长假

二〇二〇年一月二十八日

窗外望前邻，街巷无人，铺商超市俱关门。躲避疫毒传号令，万众齐心。

短信互相询，更是情深，往来新式贺新春。节假延期长十日，浩荡天恩。

赋闲

二〇二〇年一月二十九日

鼻嘴脸遮严，飞沫难沾，疫毒不入保安全。不似闭门待屋里，静寂悠然。闷坐手机玩，短信连连，时空大事在当前。电视晚会重复唱，也祛忧烦。

寄远

二〇二〇年一月三十日

何事浩茫茫，暗自轻飏，天南地北碎柔肠。花绽一丝香雪海，霞举琼芳。千里荡风霜，万里堪伤，他乡权作是家乡。春梦秋实皆已矣，丹凤独翔。

椰城忆

二〇二〇年一月三十一日

椰树是城标，郁郁娇妖，婀娥英挺对风潮。阴下凝思多少梦，付与狂涛。昔日暮和朝，韵律推敲，长堤钟响报深宵。快递寒春冰雪意，地远天遥。

菩萨蛮四首 战疫赞唱

二〇二〇年二月二日

一

前楼街路行人少，手机微信消息早。东北望西南，频频痊愈添。一声发令急，举国全民力。制度信心坚，毒魔何惧顽！

二

危难境下巾帼勇，隔离室内天使梦。飞自四方来，赤心除疫灾。少餐还节饮，服省皆能忍。连日已无眠，送陪痊愈欢。

三

主席挥手发明令，三军呐喊齐听命。集聚力如山，驰驱奔世艰。疫魔无所惧，防控冲前去。钢铁铸长城，抗毒新战功。

四

家家户户存心里，客来人往明如水。安定掌乡邻，控防精到人。隔离门自闭，街道关怀细。电话送亲情，接听珠泪盈。

临江仙三首

奠质钢学长

正是疫情严峻日，噩耗魄动魂惊。赠书翻看泣无声（前不久收读其所作《岁月如歌》和《漫画集》）。昨犹筹聚会，今却断相逢。海口年前重见面，果华明井座中。铁狮往事记平生。老天夺挚友，噙泪奠英灵。

二〇二〇年二月三日

立春唱

又至年轮新起始，该当此际降灾，千门万户打春开。金猪携疫去，福鼠即时来。古国兴邦多苦难，刮根不惧狼豺，扫清庭院荡阴霾。中华崛起也，小丑已哀哉。

二〇二〇年二月四日

寄明井先知

瞩望大江和汉水，巨流仍旧奔腾，毒魔肆虐散无情。城封长叹久，三镇可安宁？解禁隔离终有日，宽怀伉俪学兄，当谋再聚慰余生。青山留得在，雨后赏霞红。

二〇二〇年二月六日

元宵节二首

二〇二〇年二月八日

临江仙

已过鼠猪班换替，瘟神依旧凶残，不遗余力斗敌顽。上元微信看，捷报见频传。

朔风凛冽寒彻骨，立春还是冷天，花灯雪打兆丰年。历来劫难过，奔跑更加鞭。

菩萨蛮

烟花爆竹声沉寂，家家户户门关闭。自古闹龙灯，今魔毒疫凶。

曾经多苦难，何惧时瘟乱。冬去定春来，暖春花必开。

菩萨蛮三首

灯节忆南国

二〇二〇年二月九日

一

从丛连片楼南国，重重层叠江流侧。三十六曲湾，坡丘园内园。

长长滨水路，花满香袭雾。霞散起朝阳，林梢宿鸟翔。

二

只得独自享寒雪，不能齐共观明月。冷暖俱乡关，今年非去年。　市街灯火盛，何处回家径？犹记此时慌，经年歌月娘。

三

妙音喜奏多福乐，游仙欢唱长青界。万绿米兰园，蕉椰枝叶繁。　画堂香气溢，词韵推敲细。向晚最关情，夕阳霞彩红。

踏莎行二首

无题

二〇二〇年二月十日

岁月流迁，春秋轮换，光阴走过谁曾见。岂知黑发染秋霜，分明足迹斑斑现。　雪落晶莹，花开鲜艳，世间风物添装扮。冬春转变夏和秋，皆同短暂皆永远。

纸老虎

二〇二〇年二月十四日

动即兴风，静则狂啸，穿山越涧翻空跳。鸣禽飞鸟唱欢歌，怕殃弱小心机少。　奸狡如狼，凶顽似豹，专欺良善皆横扫。敢驱老虎是豪英，无非糊纸全除掉。

平生十二首

二〇二〇年二月二〇日

菩萨蛮二首

林西县城

小城风物凄凉境，故园旧貌朦胧梦。街口望东西，两山天色低。

儿时慈母泪，游子家乡水。几度问沧桑，脱贫摘帽忙。

大乌兰沟

沟边杏树鲜花绽，山坡嫩草芽苞见。野菜度春荒，榆钱充米粮。

屋门封厚雪，场院罗寒雀。父辈去南征，朝朝寻炮声。

临江仙二首

天津

僻壤穷乡年少小，繁华都会堪惊，入迷京剧练童功。适逢开国庆，幸运冠平生。

劝业场楼游乐夜，小

学博爱匆匆，胸前飘动领巾红。海河开渡口，朝夕往来行。

赤峰

浩浩长空燃火焰，何时兀立沙原？衣着赭色阅人寰。发源文化地，名号谓红山。　记否奔流山下水，中学坐落河南，钟声振奋少年欢。悠悠七十载，往事赋潸然。

浪淘沙二首

锦州

鏖战获敌酋，英勇无俦，丰碑遥看北山楼。母校高中多恋念，学子歌讴。　宝塔梦何休，喜乐哀愁，别离相聚泪空流。唯有凌河东去水，万古千秋。

北京

塔影映湖光，水木徜徉，焉知雨暴与风狂。铁一门高红柱亮，花草争芳。　几度景山冈，翠目苍苍，烟云激荡远飞扬。今古京华多少事，听唱宫商。

破阵子二首

长春

奉派寒边落地，营营夹尾谋生。四十年中工勤役，退食悠悠放浪行。五湖多友朋。　酷冷天池试水，沙原打马追风。最是契丹诗女赋，故土坟茔迁寿明。死矣目可瞑。

海口

四季无分春夏，一年没有秋冬。碧浪骄阳风雨爽，果硕叶宽椰蔽空。鲜甜汁水浓。　海甸河清西去，大江南渡流东。万绿园中芳草劲，英雄树上霞卧虹。悠然闻夜钟。

虞美人二首

三亚

南天一柱时光早，回首人方老。昔年游赏遍河山，落笔涯城大与小洞天。　九州候鸟联蹁至，国际宾朋聚。观音海上立潮头，信众遥遥来到拜无休。

天来泉

汩汩入室温泉水，沐浴陶然醉。若非奔涌自天来，哪可去尘除病洗胸怀。　花开秀木亭台院，禽鸟清池唤。

窗前苦楝夜香浓，更起别离长久念归情。

声声慢二首

葫芦岛

廊西要驿，面海围山，当年战火灭迹。历久风摧寒圻，浪翻波激。生儿矮屋育女，隔远方、力携胞嫡。看岁月，叹蹉跎、尽是撕心回忆。

昔往相逢时日，游碧海，劈波尽随潮汐。小弟临终，老泪纵横难抑。凄凄失亲幼弱，叹为兄、养育不及。一世苦，每念此悲虑暗泣。

大连

辽南绝域，海水扬波，滩礁老虎黑石。几度遨游来去，几番云集。遥遥碧水一线，万里行、半途天嫉。故去也，子侄哀、泪水痛心难息。

可叹天公无恤，贤仲弟，顽强一生佳绩。绝症延医，怎没药神助力。折磨饱经去世，奠英魂、不止泪滴。两弟失（二〇〇九年七月二十四日、二〇二〇年一月二十日，行弟和明弟先后离世），断我手足震恸袭。

破阵子三首

二〇二〇年三月四日

冬日那达慕

毡屋八方云集，雪原千里风声。多彩衣装皆劲舞，长调欢歌唱纵情。艳阳笑意盈。　踩镫攀鞍飞跑，搭肩抓臂翻腾。赛马摔跤夺冠手，众喊山呼化塞冰。万人传美名。

雪原图

白雪茫茫盖地，亮晶闪闪冲天。驱冷破冰翻饮马，取暖热毡炊起烟。人家是乐园。　美画妙诗疆土，银装素裹山川。牛马羊驼声唤叫，水冻霜寒圈内欢。期阳春早还。

边防巡逻兵

降瑞长天潇洒，兴风大野飞花。碑石铸金连曲径，英挺巡边壮岁华。冰图雪画佳。　月黑星明照路，日寒营暖为家。朋友过来陪好酒，恶兽偷侵罗网抓。青春堪赞夸。

临江仙

《诗歌皇后萧观音》付梓

二〇二〇年三月八日

底事世间游子泪，谁知少小凄凉。失亲背井走八方。求学弯曲路，命运在他乡。　处处他乡皆似梦，不求闻达何妨。役工余事赋辞章。长歌神女颂，况味奉人尝。

临江仙

夜半时分从微信群里得悉长春疫患清零
新疆大学同窗邵强摔倒脑颅出血

二〇二〇年三月十日

午夜忽闻来喜讯，又传不幸堪惊。一惊一喜竟相融。胜瘟神指日，学友重危中。　不测风云天自有，祸福旦夕人生。深宵弯月挂边庭。遥遥西北望，已觉过三更。

踏莎行

闻邵强病情脱险转好

二〇二〇年三月十三日

雪覆天山，寒凝西域，晨宵切盼来消息。疫情开禁转为安，五湖四海亲朋喜。　寄送梅花，频传心意，殷殷遥祝连声递。玉门风吹雨萌萌，险除康复春光熠。

寿楼春

悼邵强

二〇二〇年三月十五日

朝朝担心间。盼跌伤要害，危转为安。噩耗倏然来到，泪哭潸潸。才几日，曾约言，待适时、同游琼南。

不料竟绝矣，匆匆别去，空望在云端。终生志，边疆缘。凭丹心铁笔，增美天山。忆念同窗同室，印心无间。乌市聚，犹跟前。可叹惜、才俊天年。有松水白山，思君痛悼霄汉传。

生查子

今日上午乌鲁木齐举行邵强遗体告别仪式因之泣成小词以送

二〇二〇年三月十九日

欲语泪先流，羽化飞升走。前日大巴扎，曾共游携手。同室四同窗，兄弟知心友。三位又相逢（李思民、邓质钢先逝），传告人依旧。

踏莎行

春雪

二〇二〇年三月二十二日

步步迟迟，声声袅袅，出发远道天涯角。清歌一路唱青阳，酷寒数九临终了。片片飘飘，涓涓蹈蹈，空庭飞舞开怀笑。和风化雨洗污浊，纷争世界谁春早？

破阵子　天使赞

二〇二〇年三月二十四日

一自瘟毒肆虐，便拥神手降魔。四面八方飞速聚，沥胆披肝斗阎罗。铁肩负重托。　苦苦操劳救命，舍生忘死华佗。疫祸外来除净尽，雷火神山碑不磨。回归奏凯歌。

浪淘沙二首　寻春

二〇二〇年四月十四日

一

日久未来临，冬去无痕，水边垂柳报回春。船系码头空摆荡，召唤游人。　穿径小园寻，连翘堆金，叶梅粉面绽纷纷。草色连青云落绿，步履芳尘。

二

回首战毒瘟，关闭园门，湖山亭阁靖妖氛。寒岛霜林冰雪覆，曾几堪吟。　应律看如今，时序因循，阳和遍布柳丝新。不信大千临末日，仍旧花荫。

菩萨蛮　春之草原

群驰烈马奔天际，双飞老鹞蹿云里。旷野草青青，蕾开来信风。调长翻碧浪，雪白毡包亮。低草见羊群，恰如游动云。

二〇二〇年四月二十日

浪淘沙　倒春寒

不意倒春寒，冰雪重还，铺天盖地谓奇观。草木萌发芽叶萎，蕾瘪花蔫。灾害小频繁，常以为然，今瘟大疫见凶顽。称霸为王终会去，静美人寰。

二〇二〇年四月二十三日

踏莎行　春愁

薄霭连云，轻阴不雨，东风细软犹凉意。闭窗幽室挡春寒，百无聊赖低情绪。嫩绿初拂，苍波乍起，艳桃秾李相争绮。小园芳径避喧嚣，晴阳当解椎心忆。

二〇二〇年四月三十日

渔家傲

游儿童公园

二〇二〇年五月二日

矗立危亭飞翘角，登临一览空庭杳。街市楼林拥揽抱。如听到，人流车水重欢笑。　春意阑珊萦小岛，波光闪闪清溪绕。满地落花压嫩草。谁最好？儿童多处焉知老。

苏幕遮

立夏游漱芳园

二〇二〇年五月五日

夏连春，花烂漫。鸟雀欢飞，隔树相呼唤。池上鸳鸯浮逐伴。不断游人，沉醉香扑面。　竹青青，松灿灿。幼叶萧疏，银杏枝头见。战疫初捷忧愁散。信步碑廊，翰墨诗词苑。

声声慢

母亲冥日步漱玉韵赋归燕

二〇二〇年五月八日暨农历四月十六

归来细觅，大敞楼窗，廊檐内见不戚。确是家居无误，得稍歇息。年前到此砌筑，那顾它、雨狂风急。日夜苦，口衔泥，岂负殚精竭识。　正就新巢温积，雏幼育，嗷嗷哺饥心摘。待翼丰盈，共伴避寒去黑。情深老窝故里，任何时、不忘点滴。梦盼返、永恋念乡土了得。

行香子并序

木叶生日寄怀

二〇二〇年五月二十九日

一九九九年五月二十九日，木叶满九岁，进入十岁，作《给木叶》诗，刊《城市晚报》，后载北京文津出版社出版的《行吟又集》。诗为：『十岁今日始，可知木叶名？木自根泥长，叶由枝干生。遍染崇山碧，纷披大野情。太阳光不灭，绿色即无穷。』

嘉木亭亭，秀叶青青。当犹记、十岁诗名。木从根长，叶自枝生。历北天雪，南天雨，海天风。

椰姿硕美，蕉影葱茏。看双骏、并辔前行。挟雷逐电，奋勇从容。正向云山，向遥水，向鹏程。

踏莎行

祭双星

二〇二〇年六月二十五日暨庚子年端午日

屈子沉江，观音降户，国殇民幸都端午。遥接千载续诗魂，嫉俗愤世何为路？

汩水龙舟，塔山（萧观音葬辽代庆州塔后庆云山永福陵）角黍，芳心深意悲今古。星河灿烂耀双星，悠悠岁月流光注。

浪淘沙

赠陈毅和吕静

二〇二〇年七月一日

元帅配佳人，正待成婚，温馨石岛度青春。姐妹弟兄勤奋勇，顾客盈门。

颐乐谷欢欣，山水歌吟，庄

园相聚亦相亲。美味海参加喜酒，早报佳音。

临江仙

伊通颐乐谷山水庄园

二〇二〇年七月一日

玉带庄前波闪闪，湖光园后微澜，草坪绿色漫连山。天堂多美景，谁弄到人间？　似海花开香阻路，亭廊听赏喷泉，潭池垂钓采摘田。寿翁掀髯笑，扶臂梦流连。

最高楼

贺德峰贤弟《雅吟集》出版

二〇二〇年七月十三日

昭苏水，千古浪波回，流韵润贤才。歪门邪道人心鄙，守乡亲土柳荫栽。赞君德，归众望，举吟杯。　本自也、事诗多正气，本自也、事词多意绪。皆尽是，赋情怀。一诗一韵人饥饱，一枝一叶世欢哀。莫消闲，抚琴唱，上层台。

浪淘沙

夏梦

二〇二〇年七月三十日

暑热夜稍轻，梦远疾行，仿佛倩影又相逢。地北天南无尺素，唯记音容。　岁月类飘蓬，烟雨平生，不堪回首忆诗盟。一瞬醒来窗外望，闪闪繁星。

踏莎行

美丽石岛（华泽）海参科技馆十二周年庆

二〇二〇年八月二日

陈列堪惊，重洋远渡，奇形美态迷人目。野生难得占鳌头，珍馐药食千家户。

台上深躬，座中泪注，只因互爱心服务。健康多谢送天天，年年稳步兴隆路。

行香子

荷花生日

二〇二〇年八月十三日暨农历六月二十四

仙子凌波，姿影嵯峨。风轻吻、摇曳身柯。千张笑靥，万座佛陀。又临香池，绕香径，醉香窝。

无须赞唱，不用笙歌。逢华诞、辞赋重磨（前数年两度有词庆生）。天然丽质，性态洁皤。本泥中生，雨中长，水中搏。

行香子

临河风景

二〇二〇年八月十四日

风景临河，水木苍波。丛林茂、峻宇披萝。春花秋果，风坠人挪。有桃儿艳，杏儿落，李儿多。

傍园北海，湿地依托。众飞鸟、在此安窝。幽居静谧，市井谐和。正境如诗，人如醉，岁如歌。

若木词续

浪淘沙

末伏

二〇二〇年八月十七日

一叶已知秋，风聚云稠，潺潺雨滴打眉头。惆怅不知枝上叶，枯萎堪愁。

独自勿烦忧，岁月清遒，闪光放彩任凝眸。叶落水流虽去也，香笑芳洲。

临江仙

楼居

二〇二〇年八月十八日

一片楼群天半耸，悠然似上飘蓬。朝霞晚照两相同。古来多少事，细数恨无穷。

打入高层多意绪，乘梯刹那从容。闲居忽忽雨和风。彤云明灭处，璨璨有奇峰。

行香子

志红伉俪与志彤伉俪从绥芬河来长春同志宏到住处看望

二〇二〇年八月十九日

长辈仙尊，兄弟相亲。迢遥路、车跑人奔。边疆塞外，一脉连心。任热伏挡，暴风阻，烈焰焚。

哀思不尽，怀念先人。驱倭寇、冒死联民。误欺岁月，受辱儿孙。但天德旺，世德厚，祖德恩。

行香子

赋故园

二〇二〇年八月二十二日

朔漠兴安，少小摇篮。今则是、一片楼观。乡亲脱贫，改困离难。正人增福，街增秀，城增妍。

遥遥昔往，庭院田园。峥嵘岁、助北霸天。情怀家国，世代相传。看山长青，林长绿，水长欢。

临江仙

题赠善海贤弟

二〇二〇年八月二十三日

还记边城连次饮，座中兄弟深情。今知未会尔新朋。山林长啸者，可是晋渊明？

常恨此身非我有，半生工役劳形。羡君池水养鱼耕。小词如倦眼，当赏过云停。

行香子

寄宏红彤钢红（刘）春等诸弟

二〇二〇年八月二十三日

仙逝行明，我未孤零。心多是、骨肉亲情。流干悲泪，喜泪充盈。喜祖德厚，弟兄悌，家族风。

寒温冷暖，雨雪阴晴。更还那、电闪雷鸣。无惧以往，岂怕残生。有山之威，地之重，水之灵。

行香子

初秋

细雨平川，零落连绵。凝云聚、淡抹长天。畴畦秧稻，禾穗压弯。渐起清风，唤晴鸟，亮坤乾。斜阳草树，闪闪珠雲。水流碧、翠绕山峦。盖蓬泄露，静美菏田。好餐秋色，赏秋韵，梦秋圆。

二〇二〇年八月二十五日

踏莎行

盛爽山庄秋游

村卧城边，路藏云里，金风淡淡适人意。野花明瑟紧抓拍，平房炕暖忙歇气。水映林苍，岛飞亭翼，锁桥步晃扶栏慄。漫坡果树已空枝，再来当赶摘鲜季。

二〇二〇年九月二十四日

长相思

题骆永源书诗画集

诗一篇，画一篇，诗画珠联众口传，挥毫意正酣。书一番，又一番，翰墨除魔（重症术后）只等闲，卷成心焕然。

二〇二〇年十月十六日

采桑子

重阳节《诗歌皇后萧观音》开印

二〇二〇年十月二十五日

大英山（海口人民公园）上曾凝目，不见家乡，身在他乡，遥望家园枉断肠。　平生愧有诗人梦，大梦难偿，夙愿得偿，白塔（塔后庆云山为萧观音陵墓所在）长歌菊更香。

临江仙二首

庆占山贤弟八十诞辰

二〇二〇年十月三十日

一

土庙子村滨汰水（村属林西县大营子乡，南滨嘎斯汰河），今朝波浪欢腾。亲朋庆会喜盈盈。金风歌美唱，秋野献丰登。　共颂寿星卓著往，全村致富闻名。功高劳苦赞同声。青山传万古，永记栽树翁。

二

土庙子邻黑水上（黑水属土庙子村，其在村西南，相距三里许），两家世代至亲。幼时拜望记犹新。苍苍天宇靖，莽莽地轮菍。　不负酬勤天道意，同堂四世为尊。家乡守土创奇勋。遥遥高举酒，心向寿楼村。

浪淘沙二首

小雪前雨雪

二〇二〇年十一月二十日

一

小雪节将临，雨雪纷纷，铺天盖地夜及晨。无数青松银打扮，素裹琼林。
街路渐氤氲，放目楼群，挂冰戴雪满长春。不尽车流流缓缓，光沐朝暾。

二

冷雨冻枝丫，雪片层加，晶冰镶玉闪光华。北国寒冬成胜赏，万木奇葩。
世事令惊讶，乱象如麻，豪强没落正挣扎。后羿弯弓亡九日，智勇堪嘉。

声声慢

《诗歌皇后萧观音》问世

二〇二〇年十一月二十二日

查干沐沦（黑水河，流经庆云山下南入西辽河上游之西拉沐沦河），曲水冰铺，乘风送我庆云。裹素山峦轻唤，怕惊诗魂。蒙屈亘古未有，得雪冤、葬陵安寝。过历代（经金、元、明、清、民国），屡遭劫、墓阙荡然无存。
梦境孤心悲吟，年月久、篇章缀连如今。纵笔长歌，古远为诗女神。刀风剑霜不惧，赴幽溟、但留丹心。赞复叹，唱这女才子观音。

浪淘沙

《若木词集》编就

二〇二〇年十二月二日

佐禹治洪涛，伯益功高，封徐始祖史昭昭（伯益佐禹治水有功，封子若木于徐地，子即徐性得姓始祖）。千首清词今奉敬，得姓增骄。

要渺宜修标，意绪云飘，摘星丽句壮词豪。佳构鸿篇谁出手？尚待朋曹。

千秋岁引

庆党百岁赋

二〇二一年六月十日

日照乾坤，功高泰岱，百岁歌讴韵澎湃。金山玉河举祝盏，英雄亿万抒拥戴。盛情诗，绝佳画，舞豪迈。

回首乱时多祸害，夤夜亮星除黑盖。斩棘披荆历成败。当初不屈不挠志，于今不懈腾云海。让神州，早圆梦，巡天外。

附　录

石蕴玉而山辉

——《从心词稿》序

杨匡汉

丙戌夏日，我赴长春与四海文朋共襄世界华文文学国际研讨会之盛举，得以和分别四十五载的大学同窗徐志达兄重逢，促膝畅谈，如沐春风。志达兄出示新著《从心词稿》并问序于我，自忖才疏学浅，不谙词律，然承蒙错爱，诚意难却，应命恭疏短引，权置书前。

遥想当年，从北大未名湖到人大铁狮子胡同，志达兄和我同窗四载，情谊甚笃。我视他为兄长，他对我似小学弟般多有关照。我俩还有在一九五九年夏作为京津青年野营团的成员，共赴长山列岛途中，在塘沽新港突遭狂风暴雨，一起躺在甲板上等待救援的历险。志达兄为人诚恳热情，生性豪放，盖与他的身世有关。他祖籍河北遵化而生于朔方僻壤。那是内蒙古赤峰林西之西拉沐沦河畔契丹族的发祥地，古时平地松林，后遭日寇侵华大肆掠夺，遂成穷山恶水，民不聊生。志达兄只念过一年多私塾，直到一九四九年后才续读高小。至中学时代，他在『杨柳岸、晓风残月』的词性温床中得以孕育才情，自然以突出的成绩考入北大。不过在大学阶段，我只看他奔忙于图书馆和热心于学生会工作，却不知道他青灯苦影，默默地吟哦诗词并录于自己的日记本。我们都嗜书如命，隆福寺大大小小的古旧书店是周末必去之地。后来才得悉，他在这里一角钱、两角钱地几乎收集了当时所能检索到的所有有关宋词的书籍，还一本一本地补齐了鲁迅全集。『宋词』和『鲁迅』灌溉了他的里仁之美。

回到这部新作——《从心词稿》。『七十而从心所欲』，志达兄自寿名之，是一段长长的生命旅程的小结，自然也是老树再度发芽的肇始。观中国古典诗歌史，『唐诗』『宋词』比肩双峰，唐人完善了『齐言』（绝句和律诗）之创造，宋人成就了『杂言』（长短句）之贡献。词又名诗余，当然亦有齐言，却以杂言为主，且以长短句并可『被诸管弦』，从『齐整划一』的诗律句法中解放出来。《全宋词》（不包括残篇）收存两万余首，有名姓可考的词人达一千四百多人，足见宋代词业之大盛。作为新诗体的词，在字数、句数、分段（片）、用韵、声调、对仗等方面多有变异，列众多形式，曲谱名称也分外裕富。后据康熙年间《钦定词谱》统计，约有八百二十余调，两千三百余体，词体由整齐而错综，由简约而繁复。词作又由字数多少而分为小令、中调、长调，常见的词调为一百五十多例。志达兄这部《从心词稿》，用近六十调，且严格恪守词律，足见他以变调交响、多线游弋之功，伏在案上于方寸之地纵横排奡了。

依志达兄燕赵风骨和北疆情怀之兼具，似乎他的词作当属豪放一族。但实际情况相反，他偏爱从柳永到李清照的婉约，真恳切至，情致悠远，多见奇幻之笔，丰词环调，气焰光彩。《最高楼·病中》一词作于大病初发、双目苦闭之时，心中默念风扫残云人生路，于热泉流水中倾听九天玄女之凤唱，体物骋词，述志滤情，从容人生而进入一个可对秋月的婉约清纯境界。史家陈『诗庄词媚』之说，词又有『豪放』与『婉约』之别。沈义父《乐府指迷》有云：『音律欲其协，不协则成长短之体；下字欲其雅，不雅则近乎缠令之体；用字不可太露，露则直突而无深长之味；发意不可太高，高则狂怪而失柔婉之意。』王国维《人间词话》亦云：『词之为体，要眇宜修，能言诗之所不能言，而不能尽言诗之所能言，诗之境阔，词之言长。』诚如李清照所言『词别是一家』，婉约派成为词家正宗并非偶然，正是诗词由叙唱方式不同引起的风格差异的自然结果。志达兄的词作以温雅疏淡、澄辉蔼蔼见长，但也不排斥豪放之笔。《莺啼序·吉林冰雪赋》作为长调，既有『红消绿褪』『竞舒丝絮』之悠悠清质，又见『龙楼麟阁冲碧落』之奔逸绝尘，婉约与豪放并举，词性和意境因之而俊逸高华。

志达兄于从事新闻工作之余，曾写有千余首律诗，出版多部诗集。此册《从心词稿》，凡百零八首，有点点灵犀浸淫于寒夜香炉之古典，又不碎成雪地映照着盘龙舞凤之当今，让曩昔烟波化为人世灯火。石蕴玉而山辉，川环珠而水媚。新词人以超速的感性迷狂，操灵蛇之珠，众音共奏，复调并作，中国词界定将出新气象。于作者而言，『七十』不仅可以从心欲，亦可从头越，我深信志达兄会有新的创获。

是为序。

二〇〇六年九月于北京潘家园

《从心词稿》后记

徐志达

余籍贯河北遵化，而生于朔方僻壤。幼读私塾，《三字经》《百家姓》《千字文》等启蒙，继之即诵三百篇、三百首，于词则一无所知。高中时从语文课本学得宋词，虽为数不多，但心焉好之，由此始读名家，渐爱之成癖。毕业高中，高考待取，以学词充填少年寂寞，且自信成章，遂有初作二阕。

其一为《念奴娇·别高中诸同学》（一九五七年七月十日）：

光阴飞度，历三载、离别同窗学友。忆看千年，传美话、酬唱诗心斗酒。韵圣诗仙，杯杯痛饮，且亦难分手。

深情浓绪，痛伤多少朋旧！今却回想当年，自从相见了，相亲心厚。密切无间，逢假日、倾诉衷忱游走。即刻西东，焉能知后往，怎生欢凑。君当同盼，尽皆折桂才秀。

其二为《乌夜啼·寄学友依后主韵》（一九五七年八月一日）：

夜深不寐离楼，月悬钩。残夏闷人难耐盼凉秋。音信断，意绪乱，怎消愁。是否梦中君唤在前头？

始学填词，虽知所选词调，必定『调有定句，句有定字，字有定声』，但不愿受严格声律限制，有时甚至用韵亦不顾约束。似此作，无异小儿牙牙学语。入北大学习一年，填词四首，即《菩萨蛮·燕园之一》《西江月·燕园之二》《蝶恋花·燕园之三》和《浪淘沙·燕园之四》；在人大学习三年，填词二首，即《千秋岁·党成立四十周年》和《菩萨蛮·夏夜有寄》，无不如此。至一九六八年编《十五年诗词》（一九五三年至一九六七年作，收录于《木叶集》），除上述诸篇什，还有词近二十首，然皆独索冥行，率尔成篇，无非一时寄兴，虽知声律要求，而破格犯律，仍所不免。

词之为体，要眇宜修，乃为堂奥，由此知为词之难。因之几近四十年，余事虽写五言律诗千余首，出《行吟集》《行吟再集》《行吟又集》《木叶集》，但除发表《千秋岁》《江梅引并序》《蝶恋花》《长相思》四阕外，别无词作，似与词已绝缘。

二〇〇五年春，长春牡丹园牡丹盛开。在此赏花时，忆及七年前此园刚刚落成，初具规模，游者甚众，当时写下五律《赏长春牡丹园》（一九九八年八月十五日作，收《行吟又集》），诗为：

一望刮眼明，朗润疏柳青。草坡甬路尽，池水曲桥横。

石怪觅奇趣，亭幽题好名。未得牡丹影，寻芳待春风。

春风已至，牡丹花开；心仪既久，兴味盎然。于花间漫步中，依后主『四十年来家国……』（《破阵子》）调，填三阕《赏牡丹》。其发表后，对词引发豪兴。比之律诗，词虽格律更严、意境更难、体式更繁，但操之一发而不可收。转至今夏，这一年多工夫，不拘豪放与婉约，出词百多首，其中有十余首曾在海南、吉林之报上和书刊发表。此即为《从心词稿》结集。此前于几十年间发表的四首附录于后，以免散佚。

集名并无大义。子曰：『吾十有五而至于学，三十而立，四十而不惑，五十而知天命，六十而耳顺，七十而从心所欲，不逾矩。』（《论语·为政》）今吾已届七旬，出此词稿，也算『从心所欲』以自寿，故以名之。

当谢我同窗杨匡汉。他虽同我一样所学为新闻专业，但大学毕业后专攻文学评论，是著名文学评论家，为研究员，任中国社会科学院文学研究所台港澳暨海外华文文学研究室主任和中国当代文学研究会副会长等，近日到长春出席世界华文文学国际研讨会，被选为副会长。他著作甚丰，主编过多部文学丛书，多次获中国当代文学研究奖和全国图书奖。我因这部雕虫小技之作请他为序，他欣然应诺，回京之后冒酷暑之热很快写好寄了来。对于诗词，我本余事而为，虽有数量，而无质实，匡汉褒奖之词，只能是鼓励。他对当年同窗诸事依然铭记，倒令我深情感念。

本集封面所用书画，为《三友图卷》。原来拙词《江梅引》在一九八四年于报上登出后，好友田宝仁画梅，石东华书写，画幅在报上刊出了。时光流逝，事过二十余年矣。前些年宝仁已仙逝，而此画卷余珍藏至今。开初想将其作为插页放集前，后改置于封面，以表对宝仁之怀念。

再有，好友张希良，读集中《最高楼·病中》词，慨然而叹，谓足见诗人、老人、病人之状。但其觉得尾句『息龙门』之『息』字过悲，以改『在』字为好。好友张忠才认为，应觅更妥之字换之。现虽原字未动，但念二位好心，故书此致意。

末了，吉林日报社社长蒋力华、总编辑毕政，我的老朋友骆永源，分别为本集题词和题写集名，现一并深表谢意！

二〇〇六年九月十八日

澎湃的歌吟

——徐志达《从心词稿》管窥

于雁宾

志达先生虽年已七十，却仍创作频繁。几年来已拜读过其五律诗集《行吟集》《行吟再集》《行吟又集》和《木叶集》。刚入金秋，欣闻于去年五月至今年九月间，又结集《从心词稿》付梓。捧读样本，意欣神悦，不禁为其诗与词累累收获备感钦佩。

词为国粹。萌于隋、唐，盛于两宋，中兴于清。词，作为一科具有自身独立生命的文学体裁，成为中国文学史上与传统诗歌形式并行发展的主要文学形式之一。由五言律诗而入词境，足见志达先生珍惜国粹、身体力行之心迹。

春城公园里，常见志达先生林隙打拳、水边舞剑；南国山岛间，头顶斗笠，身背相机，背心短裤、纸笔水食。磨炼筋骨，跋涉长途，何为？乃发源于对火热生活的无比挚爱。耳闻目睹，心会神游，无不是对锦绣江山、斑斓生活的大亲大爱。词为心迹，一本《从心词稿》，几乎囊括了志达先生对祖国的一腔挚爱、满腹浓情。

长春有牡丹园，去年五月花开时节，惹来作者《破阵子》三首，而成为《从心词稿》之开篇。牡丹为国花，『乍染云霞花欲绽，人流相逐怕见迟』。那牡丹『彩萼琼琢覆瑞，镂雕艳蕊凝妆』，不仅引来作者欣慰，也牵来词人豪兴：『虽是春城花烂漫，而今花中谁为王？』词人拍案定夺：『魏紫与姚黄。』

志达先生步旅大江南北，每到一处，几乎都留下了词作。那是所见所感的生活波浪，所激发起的豪情逸兴。在深圳，他有『绿树红楼花似河，水流日日歌』之感；在琼崖，他有『椰风海韵动心弦』之慨；在海口，他有『好景焉能空负心』之创作冲动；在石花水洞，他有『冰澈雪洁，银丝玉缕，晶莹胜似丹霞』的吟咏……以七旬之龄，身心跨越祖国贫与富、弱与强之坎坷，感之肺腑，能不为祖国现今的繁荣昌盛而击节赞叹？

这就是志达先生的高妙之处。年已七十，心如赤子。祖国江山的沧桑变化，他要告诉世人；祖国的锦绣河山，他要诉诸词境。无论是咏物、怀古，还是庆赏、悲悼之作，志达先生以其睿智的政治嗅觉和深厚的文学素养，追思远古，警示现今，为人们留下了他的哲思辨理。

桄榔庵是文学家苏东坡贬琼住处遗址，志达先生一句『残碑幸在水污中』，生发出对苏轼的同情与景仰。长春文庙祭孔时『却看百年风雨，虽推翻未倒，返祖归宗』，充满了对儒学的青睐与崇敬。远古边争谪怨、现今椰风海韵的海南岛，词人也抒发出对昔日的追思：『万泉水，几多谪臣愤，五指下，几多英烈恨。』

可以看出，正是志达先生有着对现今社会生活的横览和对远古历史的纵思，才有了他对生活的礼赞，对历史的哲思。

词的格律极严，声、韵、句、段都有定规。刘勰在《文心雕龙·章句》中说：『夫人之立言，因字而立句，积句而成章，积章而成篇。篇之彪炳，章无疵也；章之明靡，句无玷也；句之清英，字不妄也。』这里说出了诗文整体与局部的关系，同时也说出了词之精髓。

倒装句在《从心词稿》中多见，两句倒，多句倒，可见作者遣词造句的深厚功力。《鹊桥仙·小雪未雪》中『枝枯满目，残花一片，风冷分明冬日』，按寻常语序，前两句似应在第三句之后。《南歌子·九日忆旧》中『椰树窗前影，紫荆路面阴。怕忆年时赏菊人』，第三句似应是第一句，而这种倒装分别用『枝枯满目』『椰树窗前影』有力振起全篇，不仅合律，而且益听益视，振聋发聩。

错落句也是作者灵活句式的手法之一。『最是月斜花放暗销魂』一句，如果作『只是暗销魂』语句平顺，承接『椰树』『紫荆』意已足矣，而插入『月斜花放』却增加了赏菊时的环境色彩和赏菊人的高雅情致。插入仅四字，意蕴却数倍。

对偶乃词人基本功。妙处是奇偶相生，节奏明快，气韵生动。《从心词稿》多对偶。一首《莺啼序》

对偶精妙，警策动人：『旷野山原，瀚海浅谷』，域中大象；『瑶池亮镜，澄潭凝冷』，沧海桑田；『冰魂逸韵，雪魄播馨』，北国奇貌。

运力于起、结、过片，紧紧把握住三个关节，是志达先生作词的功力所在。起，是顿入法。在《最高楼·病中》一词中，起的是『人生路，尽头惫疲身，风过扫残云』，深刻的病中感受，带景带事，这是漂亮的『凤头』。结尾又是美丽的『豹尾』：『上天庭』（意指自然规律）、『听风唱』（词人本色）、『息龙门』（襟怀愿望），感人肺腑，令人动容。

过片又称过变或换头，指下片的起头，是衔接、转换的关节，于词的结构来说至关重要。成功的过片应当是承上启下、藕断丝连，既有新意又不断意脉。《最高楼·病中》的过片堪称恰到好处：『怎不念、木前青翠叶，怎不念、心中淡白月』，像是写景，实是写情。木叶、月心是志达先生隔辈亲人，用嵌字法把其放在词中，足见词人对血脉亲情难割难舍，读来令人心碎。

志达先生此类佳构甚多，令人心仪。在此祝愿志达先生身体康健，创作迭出，用他澎湃的歌吟报效澎湃的生活！

二〇〇六年十一月九日《吉林日报》

词集《梦回芳草》序

鄂华

我和志达已经是几十年的老朋友了，加上又同为北京大学的校友，在吉林省北大校友会中还分别担任过正副会长，关系自然比别人更觉亲近一些。早就听说志达擅长填词，遗憾的是由于我们工作岗位不同，平时接触并不是很多，过去只是在报章上读过几首他的词作，一直还没有系统拜读的机会。这次承蒙他把即将付梓的词集《梦回芳草》的原稿示我，并希望我为它写一点序言之类的东西。我欣然允诺，原因当然是我深知他的为人和他的文学功力。他出身北大中文系，根基扎实，学养深厚，而且一向见解新颖，观念独特，常能想人之所未想，道人之所未道。因此我毫不怀疑，在这部词集中我必将会有意想不到的精彩的发现。还有一个属于我个人的原因：我自己恰好也是一个痴迷的旧体诗词爱好者。只要有可能读到好词的机会，我是一定不会放过的。然而当认真读完全部原稿之后，我才发现：无论我原来对这部词集抱有多么高的期望都不为过。应该说，在我一向情有独钟的旧体诗词上，这一次我收获到的是真正的惊喜！

在我开始谈我对这部词集的印象之前，有必要先简单谈一点我自己对旧体诗词的一些看法，也可以说是旧体诗词在我心中的某种情结。

自从小学时第一次读到后主的『春花秋月何时了』，对古典诗词的钟爱就陪伴了我终生，到老而不悔。至今我也仍会为读到了一首好词而欣喜若狂！

古典诗词，是中国数千年文学宝库中的一颗最璀璨的明珠，是中华民族对世界文学的发展所作出的最奇特也最瑰丽的贡献。古典诗词的美，最独特之处在于它的形式与内容上的完美的统一；在于它有着一整套极其严格的声韵和格律的要求，包括句数、字数、节奏、平仄、韵脚等。对于每一个试着走近它的人来说，这种严格的要求也许是一种束缚，一种限制。然而我认为：正是这种格律和声韵上的束缚与强制，才锻造出了中国古典诗词中那么多千古传唱的名句，使中国古典诗词走向了美学上难以企及的高峰与辉煌！

在将近一个世纪前的五四新文化运动中，古典诗词也正是因为它形式的上的过于僵化而受到了新生代青年诗人的攻击。过于严格的格律和声韵，被认为束缚了青年人思想的自由发展。当时正值腐朽的清王朝刚刚被推翻不久，中华民族面临着一个思想觉醒的启蒙时期，于是古典旧体诗词，也和古文、和孔孟哲学等一起，受到了新思想的挑战。这是一次推动历史前进的有积极意义的文化运动，民主与科学，仿佛两个新的太阳，升起在东方这块古老的土地上。白话文诞生了，没有任何格律和形式的、和大白话一样的新诗也诞生了！

和任何一次政治运动一样，五四新文化运动也产生了它的『左』的消极的一面：旧体诗词与新诗，本来是两种不同的艺术形式，它们之间根本不存在好与坏、优与劣之分，它们的关系应该是百花齐放、并存并荣的关系，而不应该是你死我活、生死存亡的关系。然而在五四运动中，旧体诗词也和古文和孔孟儒家思想一起，在『打倒孔家店』的口号声中，被当作脏水泼掉了！在这以后的将近一个世纪中，新诗成了中国诗坛独领风骚的宠儿，旧体诗词已经接近于销声匿迹。

这里就出现了一个让人深思的问题：在长达接近一个世纪的漫长时光里，如果用人的生命做比喻，新诗早已从它的童年进入了青年、中年，甚至老年，虽然这中间也曾出现过一些杰出的诗人，产生过一些优秀的诗篇，但不能不承认：中国新诗始终没有出现它的李煜，它的苏轼，它的秦少游，它的李清照，乃至它的周邦彦；同时也从来没有产生过『小楼昨夜又东风，故国不堪回首月明中』，没有产生过『今宵酒醒何处？杨柳岸，晓风残月』，没有产生过『帘卷西风，人比黄花瘦』，没有产生过『两情若是久长时，又岂在朝朝暮暮』……这样一些千古绝唱。这是因为什么？是这一代缺少天才吗？我想不应该是。那么答案是否可以从新诗与旧体诗词在形式上的不同这个方面去考虑一下呢？我在前面已经讲了：旧体诗词所以会产生那么多的千古绝唱，正是由于它在格律与声韵上的严整，千锤百炼，精益求精；那么新诗所以产生不出大师和名作，是否也可以说是因为它的形式与内容过于简单、随便，散文分行就是诗，任何人都可以成为诗人。要知道：愈是简单、随便，也就愈容易流于普通、平常。在这里，我们千万不要忽视了形式对于艺术的重要性。形式与内容是相辅相成的关系。要承认形式本身也是一种独立存在的重要的美！

我想这就是为什么旧体诗词在『打倒孔家店』以后的这么多年中，在已经被胡适、刘半农这样一些当时的青年人从神圣的诗坛上扫地出门之后的这么多年中，它还在很大一批著名的作家、学者、知识分子的心中牢牢地占据着自己的地位，像鲁迅、郁达夫、周作人这些五四时期的第一流的作家，他们几乎从来不写新诗，可是旧体诗词却写得出神入化。只是他们不愿意公开发表这一点，大概是害怕被青年人看成助长谬种流传吧！

这也是我自己为什么一生钟爱旧体诗词，却很少发表作品，也从不公开宣传的原因，这也算是文人的一种胆小与懦怯吧！

改革开放以来，随着思想解放的进程日益深入，旧体诗词也开始出现了蓬勃的生机，写的人逐渐多了起来。特别是近几年，写作旧体诗词几乎已经变成了一种时髦。一些政府官员和企业老总也加入了这个队伍。装潢精美的旧体诗词集也频频出现在书店橱窗里。一向钟爱旧体诗词的我自然也有了一种欣逢盛世的感觉。

我喜爱并相信旧体诗词，深信只要给予一定的关怀，甚至是只要不反对，旧体诗词很快就会出现精彩的作品。因此这些年中我也一直在悄悄关注着这些新发表或出版的旧体诗词，渴望早日读到佳作，印证我对旧体诗词的看法。但是在读过许多作品之后，失望的感觉悄然升起，一种新的隐忧又出现在我心里。

隐忧来自两个方面：一是来自这些诗词的形式。它们都有着旧体诗词的名称，但读来读去，除了题目上都标有《满江红》《浪淘沙》这些熟悉的词牌名以外，我再也找不到一丝一毫词的感觉，我前面提到过的那些旧词在形式上的重要特点和要求几乎都没有了，不但平仄毫不搭调，有时连韵脚都押错了。为了给自己开脱，他们也搬出了已经老掉牙的理由：不愿意受格律的束缚。我的看法是：如果你想写旧体诗词，那就应该把它对格律和声韵的要求一起接受下来，不然就不要去试。新诗好写，没有任何格律，干脆去写新诗好了！二是来自这些诗词的内容。我看到的好几本旧体诗词集，装潢都十分精美，打开后，从头到尾都是应酬应景之作。作者凡到一处必有诗，凡会一友必有诗，凡开一会必有诗，凡赴一宴必有诗。当然，老友久别重逢，名山胜景当前，必有所感，发诸于诗，是完全应该的，无可厚非。但必定要是真情实感，而不是空话连篇，套话连篇。

由于这两个隐忧的刺激，早日寻找到优秀的旧体诗词作品，早日寻访到在旧体诗词写作上的知音与同调，就更加成了我心头的迫切愿望。正是在这个情结的推动下，我怀着亦喜亦忧，既满怀期待，又隐隐担心的复杂心情，捧读了志达的《梦回芳草》。

拿起这部词稿，我的第一个感觉是：好漂亮的一个词集的名字！仿佛是信手拈来，实则是作者浸润绝妙好词数十载之所得。

翻开词集第一页，一幅国画，下面一首小令：《行香子》。我怎么也没想到，最大的惊喜，竟然就会出现在这里：开章第一篇！

国画是一幅墨竹，是作者的好友张林为贺《梦回芳草》词集出版，用东坡『其身与竹化，无尽出清新』的诗意而作。小令《行香子》又是作者为这幅画而写。画配词，词配画，实在是太精彩了！画好，词更好！立意清新脱俗，词旨高远，如不食人间烟火。风格俊朗，情思飘逸，格律严整，声韵谐美！全词神完气足，如一气呵成！最妙的是诗、画、词三者配合得天衣无缝，可传为二〇〇九年吉林词坛的一大佳话。

下面我把全词录在这里，供读者和词迷们欣赏：

《行香子·张林兄用东坡『其身与竹化，无尽出清新』诗意制竹幅贺词集〈梦回芳草〉付梓为赋以寄》

竹化其身，世有何人？当真是、劲节空心。精英气质，俊朗风神。任迅雷击，严霜打，酷寒侵。

竿头百尺，枝侧相寻。出无尽、一脉清新。萧萧凤尾，细细龙吟。看丛篁幽，青青叶，荫深深。

许多年未读到这样的好词了！面对它，我只有默思静坐。读者可以猜想：此时此刻跳进我心中的词句会是什么？

一点不错：『众里寻他千百度，蓦然回首、那人却在灯火阑珊处！』

多少年不倦地寻找好词，寻访知音与同调，虽无所得亦不悔。却一朝发现：好词就在身边，知音就是我的忘年学友。此时此刻，我内心的激动，想来也不会逊于乍闻高山流水时的俞伯牙！我不禁喟叹人生苦短，多年来我们却身不由己地在一些毫无价值的运动中耗尽了大量宝贵的时光，以至于我们不得不遗憾地与许多美好的事物失之交臂，擦肩而过。

在这首佳作的鼓励下，我细细读完了词集中二百余首小词。这些词竟然都是志达在《从心词稿》二〇〇六年付梓之后的两三年中新完成的。从这里可以看出他的勤奋和才思敏捷。我要说，读《梦回芳草》词对我来说是一次难得的艺术盛宴。虽然集中有许多词也是应景之作，但却不是我为之忧虑的空话和套话，而是作者心有所思、情有所感的真情洋溢之作；集中虽然也不乏泛泛者，但佳作比比皆是。除已引过的《行香子》外，还有《凤凰台上忆吹箫·赠段静修学兄》《洞仙歌·七夕》《归自谣九首并序》《烛影摇红·晨访牡丹园为赋以赠木叶》《鹧鸪天·冬访牡丹园》等等，都是情景交融的好作品。从词作中可以看出，志达词学渊源浑厚。他更偏爱小令，独尊婉约，但长调中也时见东坡、稼轩之豪气；在婉约诸派中，他似乎更中意于淮海的清丽淡雅，却又有小山的孤芳自清；他常常在不经意间流连于漱玉的幽媚婉柔，高处却又直通片玉的典丽雅驯。而且我还欣喜地发现，在他的小令中，时时会出现《饮水词》里『夜深千帐灯』的那种寥廓苍凉的美（因为我也深爱纳兰容若词），也许是由于他也是出生在关外这片神奇的土地上的原因吧。

我不想对这部词集说更多溢美之词，只想告诉有幸看到这本词集的人：珍惜它吧，这是一本真正意义上的词集；这是一位真正热爱古典诗词、懂得古典诗词的人写的词；这是一位为秦少游叹息过，为纳兰性德流过泪的人写的词。仔细地读它吧，你不会遭遇失望！

我记得我曾经说过：我是一个几近魔道的古典诗词爱好者。在二〇一〇年的前夕读到了这样的好词，斯年未虚度矣！

二〇〇九年十二月二十日

风扬云露　冰照洞天

——读徐志达先生《梦回芳草》词稿

林里

近闻志达先生又有新作付梓，电贺之余，邮箱传来新词，竟达二百余首。先生今年已七十有四，他年曾有五律千余首集结于『行吟』诸集，亦有词作《从心词稿》于其七十诞辰问世。匆匆二三年，又能以辛勤创作之质与量纵横词坛，又能以《梦回芳草》之情与意惠及词友，恭贺与羡慕其真乃词坛佼佼者也。

词乃国粹。当代中华创作之小说、诗歌、散文诸体，莫不受其滋养幻化。《全宋词》即是国粹精华。惜乎，能词者愈来愈少矣。能链接古意今蕴者，词作岂能不作枢纽？先生能连转沧桑之风云、承接文化之脉络，焉不为功勋者也？

一阕《鹧鸪天·冬访牡丹园》，似先生得意之笔。今细加剖析，似可窥见先生词作之宗旨、风格与情态。

词云：

国色天香齐献琛，至今犹记绽如云。中原本是倾城者，塞北移来醉众魂。

冰厚厚，雪深深，睡酣一梦到阳春。酷寒姚黄和魏紫，五彩斑斓扬异薰。

牡丹园位于长春人民大街人民广场附近，乃长春一景。牡丹，百花之王，落叶亚灌木，喜凉恶热，宜燥惧湿，可耐零下三十摄氏度低温。根系肉质强大，株高可达两米。花香有白、黄、粉、红、紫、绿等十大色，花名有『罗汉红』『美人红』『海云紫』『山花烂漫』『银红巧对』等。志达先生对国花情有独钟，曾数次撰写牡丹词。《冬访牡丹园》可谓独辟蹊径者。

上片是回忆以往牡丹，包括中原牡丹与春城夏季牡丹。用重笔渲染，国色与天香，极写牡丹的色与味，如颗颗奇珠异宝，让人『犹记』。『绽如云』又写牡丹之高大，须仰视才见；或其花开之盛，似片片云霞。如云者，赤橙黄绿青蓝紫者也，耀人眼目、夺人魂魄。后句极写词人对牡丹的评价，中原乃是令人『倾城』，到了塞北，依然令人『醉魂』。

晏几道是宋代词之大家，曾有过脍炙人口之名作《鹧鸪天》。通篇词情婉丽，读来沁人心脾。上片就曾回忆当年佳丽；过片写别后思念，忆相逢实则盼重逢；结尾写久别重逢，竟然将真疑梦，不蹈袭人语，风度娴雅，自成一家。其中『舞低杨柳楼心月，歌尽桃花扇底风』，至今流转传唱。从志达先生《冬访牡丹园》看，诚有晏词余风者！

晏词道：『从别后，忆相逢，几回魂梦与君同？』写怀念之极致。志达先生下片写道：『冰厚厚，雪深深，睡酣一梦到阳春。』北国风雪，酷寒难耐，而看到牡丹，恍然间似疑梦来到阳春之季！这是暗写牡丹的风情。冰厚雪深，大地苍茫，高天肃寂，四处都有了阳春时节的色彩。而今造访牡丹园，恍然已到五彩缤纷之花季！结句极写牡丹的色与香。『酷寒姚黄和魏紫』句，活化了成语『姚黄魏紫』。姚黄，千叶黄花，出于宋代洛阳姚氏珍品；魏紫，千叶肉红花，出于五代时魏仁溥家上品。塞北长春牡丹，竟有似姚黄魏紫之极品，可见词人对长春牡丹园的极高赞赏和美誉。『五彩斑斓扬异薰』，五彩者，泛指青、黄、赤、白、黑五色，这里极写牡丹斑斓颜色。薰，泛指花草之香也。异薰，乃特殊之香气。后片之惊人之处，是极写了『实』与『幻』。冰厚雪深是词人造访时的实景，准确生动地描写了冰雪之物候。『一梦到阳春』是幻化。定睛看时，又是实景，分明有五彩与异香！从这种婉转跌宕、一波三折的叙事手法可见，词人对晏几道『今宵剩把银釭照，犹恐相逢是梦中』似实却虚、如梦如幻的美感做了生发，从而产生了浓烈的似梦似幻、如景如像的美学情愫。

读志达先生的词，如见风扬云霭，郁闷处顿时海阔天空；似现水照洞天，迷蒙里刹那谜揭秘解。

志达先生作词，崇尚婉约。婉约风格是宋代的主流词派，代表者以柳永、李清照、周邦彦等为最，主张表达情意应含蓄婉转，充分发挥词『专主情致』的特点。修辞委婉、表达细腻的词风，影响了一代又一代词人。婉约词派大多写男女情愫、悲欢离合、旅愁闺怨、伤春惜别等，大都感慨淋漓，清新娟秀。婉约作品大都是纯抒情词。而情，正是文学作品中永恒不变之主题。与婉约派相对，词坛还有豪放派。而作为以抒情为主的词作，不论『婉约』与『豪放』，都是情之数种。豪放派词人中也有婉约作品，如高唱『大江东去』的苏东坡，也有『相顾无言，唯有泪千行』的断肠委婉句。婉约派词也时见豪放，如迭唱爱情的李清照也有『九万里风鹏正举，风休住、蓬舟吹取三山去』的慷慨豪壮语。

志达先生追崇婉约，正是其崇尚抒情的显现。正像有评论云：『以温雅疏淡、澄辉蔼蔼见长，但也不排斥豪放之笔。』写婉约，他写昙花『翦裁素萼冰消玉，粉敷琼蕊冷香纱』（《最高楼》）；『雨雪风霜又一年，爱恨无重数』（《卜算子·夏至》）。写豪放，又有『天地泣、举酒高歌，傲雪青松』（《雪梅香》）；亦有『架挑点劈抽宝剑，尽教寒光崩碎』（《离亭燕》）。

读志达先生词作，如临七彩，七彩处令人心醉神迷；如履四季，四季时承暖胜寒；如品五味，五味到口遍知人世沧桑；如赏两弦，两弦响处深明意久情长。

愿志达先生以『柳秦词、心久许』为宗，讴歌时代之风流，吟唱中华之神韵！

二〇〇九年十二月十日《吉林日报》

《梦回芳草》后记

徐志达

余生朔方僻壤，幼读私塾，启蒙三字三百，不识词为何物。及至高中，从语文课本学得柳永、李清照词，始知有词，并为『晓风残月』『绿肥红瘦』所倾倒；课余读《红楼梦》，书中词作，大阔视野，且心焉好之。但问津无自，只能独志研习，不啻盲人瞎马。高中毕业，高考待取，乘闲蒐讨名家，披阅恬吟，似已成癖，亦自信成章，填一二小令以自励。入北大后并人大，前后四载，因学之专业所限，加之时代使然，敷衍课程，应对风潮，已属不易，遑论其他。此间，北大一年只得词四阕，而于人大三载中仅有六首，岂不悲哉！夫此可怜篇什，皆匆促草就，非但无工力可言，习作亦难相称。

然而学词之心未泯。大学数载，得闲即钻书店，尤其节假日，更是旧书店常客。如此，按于学校图书馆所检索之有关词类书目，以节衣缩食之资，廉价蒐求旧籍。积年累日，从隆福寺、东安市场和琉璃厂等处旧书店，搜得的词类打折旧书相当可观，其中尤以词话类居多。自视求学京华，得获此等旧书典籍，不亚于一纸文凭。因之负笈东来数十年中，风云变幻，辗转流徙，甚至武斗炮火，藏书与存物虽有不少丢失，可怜这点旧书由于东挪西放不断跟随折腾，居然大部得以保存。

但多年来，迫于工役，事务纠缠，对存书已无精力研读，只好束之高阁，时常望之兴叹而已。于词虽间有小令（自一九六二年以后之三十年间共填词二十首），然终觉方心钝口，不能尽意内言外之致，以故渐沮焉。于激荡漫长岁月，却把追求恬淡闲逸风格之五律，作为调剂紧张繁忙之方式，余事而时有所为。尤其退食赋闲以后，因有不少年月客居南溟或南北往来不停，而经行各处，即景抒怀、吊古伤时、感事赠人等，驾轻就熟，信马由缰，皆为五律，总计已达千余首，先后出《行吟集》《行吟又集》《行吟再集》和《木叶集》（尚有《海南揽胜》待梓）等，几乎与词未沾边矣。

二〇〇五年春，长春牡丹园牡丹盛开，漫步花间，悠然依《破阵子》调填三阕，由此引发研读词书与填词豪兴。至转年秋季，得词计百零八首，遂编为一集；因正值年届七旬，故名之曰《从心词稿》。大学同窗杨君匡汉，为出席世界华文文学国际研讨会自京到长，此稿本得以请其一阅。其为中国社会科学院文学研究所研究员、著名文学评论家，特为此集书题目为《石蕴玉而山辉》之序文。文中言拙作『以温雅疏淡、澄辉蔼蔼见长，但也不排斥豪放之笔』『有点点灵犀浸淫于寒夜香炉之古典，又不碎成雪地映照着盘龙舞凤之当今，让曩昔烟波化为人世灯火』等，多所褒奖之词，当然只能视为鼓励。而文末有云：『于作者而言，「七十」不仅可以从心欲，亦可从头越，我深信志达兄会有新的创获。』语重心长，深寓期望，深受激励。

自此，翻检旧存，罗列案头，或携行箧，以从头学起之决心，浪踏苍波，重寻堂奥。举凡仅存有关词史、词论、词话及词家之旧籍，或浏览，或精读，大获于心。

词者，何也？易安言『别是一家』。王国维云：『词之为体，要眇宜修，能言诗之所不能言，而不能尽言诗之所能言。诗之境阔，词之言长。』凡此皆与清人蒋敦復『意内言外』之主张如出一辙。历数李煜之『小楼昨夜』、冯延巳之『一池春水』、柳耆卿之『晓风残月』、苏东坡之『大江东去』、秦少游之『山抹微云』、周美成之『并刀如水』等等，无论婉约豪放，概属张惠言『兴于微言，以相感动』之旨。

晏几道《鹧鸪天》云：『彩袖殷勤捧玉钟，当年拼却醉颜红。舞低杨柳楼心月，歌尽桃花扇底风。从别后，忆相逢，几回梦魂与君同。今宵剩把银釭照，犹恐相逢是梦中。』今人陈匪石评之曰：『其聪明处非笨人所能梦见，其细腻处非粗人所能领会，其蕴藉处非凡夫所能跂望。』由此可知，词乃滋养聪明、开启细腻、充盈蕴藉者，包含文学精华，代表文化性灵，幽美深微，以相感动。

词此特质，不独现于古人缔构佳制。毛泽东《忆秦娥·楼山关》：『西风烈，长空雁叫霜晨月。霜晨月，马蹄声碎，喇叭声咽。雄关漫道真如铁，而今迈步从头越。从头越，苍山如海，残阳如血。』词意豪情壮彩，词境遒劲豪迈，已为公论。公木先生则又评道：『气象阔大而雄浑，神韵隽永而悠远。』境界大而神韵长，意味词之深细幽妙特质在此有充分体现。因之此词声情茂、意兴高、意蕴深，其思想艺术高度远远超越前人，自不待言矣。

与词和词学，昔往有情而无缘，今则有情有缘，且情有独钟。然而，词兴隋唐，盛于两宋，衰亡元明，再振于清。绵延逾千载，可谓词海茫茫。仅看宋词，即创调数百，列体盈千，《全宋词》中，词人即千余，词作二万多首。宋词成就最高者柳永、晏几道、李清照、秦少游、辛弃疾，诗词兼擅者欧阳修、苏东坡、陆放翁、范成大等。如此众多词家，诸巨词作，山高水长，异彩纷呈。有清词坛，门户派别，各遵所尚，词学成就，硕果累累。徜徉词海，赏翠寻芳，其情长感心者深以婉，其味永妙绝者羡而思。悔昔往岁月之虚掷，哀今日难尽于万一。沧海之大，泰华之高，望而徒有兴叹也？

缘乎此，时而因意设题，因题择调，研习为赋。忽忽三载，累计成堆，按时日编次，已逾二百阕。自知虽有数量而无质实，但勉力而为，心血结晶，不妨结集而存，以献诸同好。集名『梦回芳草』，乃取自后主《喜迁莺》之『梦回芳草思依依，天远雁声稀』秀句也。为此集，老学长鄂华为序，著名书法家张健身和赵志强赠赐墨宝，好友雁宾与张林以松竹丹青惠贺，谨致诚挚谢忱！雁宾和林里之文二篇，虽已见诸报端，又作附录，以资纪念耳。

嗟乎！斯路漫漫，天远雁稀，而记颠末如此，创获可期也夫？

二〇〇九年十一月二十六日识于长春寓所

《若木词》自序

徐志达

古典诗词，是中华传统文化中的瑰宝，亦是国粹。提起中国古典文学作品，最有代表性的，一言以蔽之，怕就是唐诗、宋词、元曲、明清小说了，足见词在其中的地位。

我幼读私塾，启蒙《三字经》，而后《百家姓》《千字文》《大学》《中庸》《论语》，接着是背《唐诗三百首》和《诗经》，对词则一无所知。随后处战乱年代，迁徙流离，穷乡僻壤，无以为家，焉有书读。直到蹦蹦跳跳过了小学和初中而升入高中，在语文课本学到几首词，才知道有词。也即从这个时候起，『问君能有几多愁，恰似一江春水向东流』『杨柳岸，晓风残月』『应是绿肥红瘦』的妙句和意境，如磁石般吸引了我。尽管那时候还不懂得词究竟为何物，也不熟谙它的格律和要求，仍不顾『束缚思想，又不易学』，『不宜在青年中提倡』，对词的兴趣愈发浓厚。等到高中毕业，高考待取，读词、学词几近疯狂，且居然学写出两首来。这就是《若木词》最前面的两首：《念奴娇·别高中诸同学》和《乌夜啼·寄学友依后主韵》，当时寄送学友，并抄在日记里得以保存。

但在那个年代，求学、工作以至个人的前途命运都受制于政治运动，压制、隐藏甚至牺牲什么兴趣爱好，无可奈何，亦不足为奇。所以，从北京大学和中国人民大学学习的四年，到参加工作历经社会风雷激荡和个人工作辗转变动的二十余年，在不能说不漫长的四分之一世纪里，写了一些旧体诗词，就中词少得可怜，总共才三十四首。这些纯是习作，又多为应景酬唱，其稚弱有如小儿牙牙学语。现在仍未舍得抛弃，而将其作为『昔日篇什』一辑编在《若木词》前面，非敝帚自珍也，为不悔少作之谓也。

从二十世纪八十年代初，到我退休已经七八年的时候，这又是过了二十多年。在此期间，一首词也没写。其原因有二：拨乱反正，重操旧业，迫于工役，对词虽心向往之，但怕精力陷进其中；二是早年写了一些五言律诗，于繁忙工作中，驾轻就熟，写起五律来。就这样，收拾旧作，又余事而为，共有五律一千一百一十六首，先后编了《行吟集》《行吟再集》《行吟又集》《木叶集》和《海南揽胜》出版。此时已是二〇〇五年年初，南溟奇甸倦游归来，一头扎进『束之高阁』多年的存书里。这些书大都是有关词的旧书，包括词史、词话、词律、词集、词人传记以及词学期刊等。其中多为早年求学京师在古旧书店搜寻所得，正遇闲情，飞回逸志，潜心研读，颇有夙愿得尝之慨。与此同时，旧梦重温，开始填词，不到一年，竟达百多首。二〇〇六年夏，大学同窗杨匡汉来长春主持世界华文文学国际研讨会，与其分别四十五年得机缘相见。他任中国社会科学院文学研究所台港澳暨海外华文文学研究室主任，著作甚丰，是著名文学评论家。正年届七旬之际，我编新作词为《从心词稿》出版，不揣浅陋，请匡汉为序。匡汉回京后很快将序文寄了来。他在文末道：『于作者而言，「七十」不仅可以从心欲，亦可从头越，我深信志达兄会有新的创获。』

如此鼓励与期待，接着历三年多时间，填词二百三十八首，结集《梦回芳草》，请北大老学长、于今已故著名作家鄂华为序，于二〇一〇年作为《志达诗词集》（一卷）出版了。此后四五年，以至目前填词二百八十七首，作为『近年新作』，同『昔日篇什』『从心词稿』『梦回芳草』合为《若木词》，词总数计有六百六十六首。其中绝大多数，即近十年所写的六百三十三首。

细数习写词的经历，嗟叹之不足，感慨系之矣。平生所好，竟不能专心致志，临秋末晚，却梦回芳草，驭风追日，悲矣哉！况且倦于咬文嚼字，又对词无童子实功，习学不很容易。词起于隋唐，兴于五代，大盛于两宋，经历元明衰落，重新活跃于清。这种文学样式于现当代的命运状况毋庸讳言。词之为体，千载以降，词人才俊如群星灿烂，流传的作品浩如烟海，婉约与豪放流派异彩纷呈，调式格律繁复紧严，词学理论研究精细入微。等等一切，非短时可入堂奥。如清代李渔在《窥词管见》中云：『作词之难，难于上不似诗，下不类曲』，『诗有诗之腔调，曲有曲的腔调，诗之腔调宜古雅，曲之腔调宜近俗，词之腔调则在雅俗相和之间。』其他勿论，光是这种『雅俗相和之间』的腔调，就难学到。不如此，还是词吗？不说今人写词成云成阵够不够词，单就自己以十年之工作词六百多首，其中有多少能像界乎诗与曲『雅俗相和之间』的腔调呢？

问此私自愧。况且情况又是，所写的词只有少数曾刊于报端，而多数未曾示人，其好与坏，有没有词的『腔调』，就很难说了。但有一点是肯定的，即不放松严格的要求。虽然自己写的东西多数是给自己看，但也要放开胆量花力气写自己心里的东西。武汉大学出版社出版的《复兴诗草》，其作者在自序中说：『我信奉已故老作家萧军所说「只有旧体诗，才是为自己写的」，「才和自己有着血肉关联」』。前辈学者钱穆先生，在论述旧体诗时也曾经说过类似的话：「中国古人也曾经说『诗言志』，此是说诗是讲我们心里的东西。」钱穆强调的「心里的东西」，亦即萧军先生所说的「和自己有着血肉关联」的东西。这个「心里的」和「血肉关联的」，我想，大约是旧体诗区别于新诗乃至文学其他品种最特殊的地方，也是最迷人的地方。』这里虽是说旧体诗，旧体词也应该一样。我没有直接读到萧军和钱穆两位先生的原文，但相信引文正确无误。他们的说法，比照词应当着重抒发情感和意绪的主张，何其一脉相通！对词的这种要求，正如《复兴诗草》作者所说『虽不能至，心向往之』，我心亦然。

时下以拜物逐利为取向，以炫耀财富和资本权力为时尚。我却坐赏潮流，望洋兴叹，大反其道，以八秩大谬之年，把写的词汇总结集出版，实则纯粹为了奉上一份敬献。

首先献给我的生身故土。她处穷乡僻壤，受尽日寇铁蹄蹂躏，民不聊生，给我少小时候的心灵烙下苦难的深痕。当曙光初露，我和幼弟失亲无依而远走他乡，寄人篱下饱尝辛酸，街头叫卖赖以求生，苦苦求学充实自身。多年来，不管走到哪里，都没断思念故乡；几次回去看望她，为她的发展变化高兴，也为她依然比较落后而悲伤。我把这部词集敬献故乡，祝愿她很快地发达兴盛起来，每个贫困的角落都变富足。

再就是献给我的母亲。她出自贫苦之家，年纪不大就做童养媳，从小就伺候一家老小，以致忧劳成疾。在战乱年代，父辈参军参战南征远去，母亲以多病之身，带着三个少小的儿子，苦度荒年和寒冬，于中华人民共和国成立前不远溘然而逝，年仅三十有三。一九五七年全国高考语文作文的题目是『我的母亲』，我写的就是我的母亲。写的时候，泪水从脸上滴落下来，打湿了卷纸。可能判卷老师冲着那斑斑泪痕打了高分，让北大中文系录取了我。母亲生前身后的厚恩，儿子无以为报，谨敬奉《若木词》，让她歆享心香一瓣的温馨。

还有是献给我的母校。小时候处在战乱年代，断断续续、蹦跳着年级走过的私塾、小学和初中，岁月遥遥，那时候的学校、老师和同学，已经不知所处、不知所终了。我按部就班读过的锦州高中和北大、人大两所大学，在脑子里留着深刻的记忆。由于尝过少年失学的滋味，对入学的学校由衷热爱，对学习的机会倍加珍惜。三年高中，幼苗幸福成长，桃李芬芳；四载大学，在熔炉冶炼，进德修业。母校啊，铸我筋骨，树我理想，增我信心，虽艰险而前行，虽百折而无回。我把记录心路历程的词集，权作为一份薄礼献给母校，告诉母校：我到老都是她初志不移的学子。

当年刚入北大，我走进书藏四海有名的图书馆，如一头饥渴难耐的小牛跑到长满青枝绿叶的菜园，不顾一切地吞食起来。我从多处记载得知：伯益佐大禹治水有功，因此他的儿子若木被封到古代的徐地，建立了徐国。传到三十二世徐偃王时，由于他爱护百姓，施行仁政，结果不仅徐国，连周围三十几个诸侯国都非常拥戴他，周天子便让偃王之子继续治理徐国。因若木首封徐国，其后代便以国为氏，称为徐氏，若木便为徐姓的得姓始祖。一九五八年在就读北大期间，我从旧物地摊购得两枚旧章，一为松鼠葡萄纽寿山石章，一为狮纽牙章。我到王府井东安市场，请齐白石的弟子王寿朋将其去旧重刻，前者刻为名章，后者取徐姓得姓始祖之名为『若木之印』。后来多少年中，偶有零散文字发表，便署名若木。二十世纪八十年代初，在一起办报纸副刊的同事胡某告诉我，姓某名若木的作家对有人用其名在报上发表文章非常不满意。我一想，不能冒充名人掠人之美了，就再没用此署名。今出词集，不能让了，冠上徐姓得姓始祖之名，借此机会以示敬天法祖之意。如果冒犯哪位名人，敬希鉴谅。

已经九十五岁高龄的冯其庸先生，当年我在中国人民大学亲聆其授课和教诲，多年来亦曾多次拜访和请教。恩师早年题赠的《水墨葡萄》，曾于此前出版的诗词集中置卷首，今又敬放卷前，以期与读者共同胜赏佳构，并祝冯先生健康长寿。文化部中华爱国工程联合会高级美术师、摄影师侯树海先生，画制《江山多娇》，贺《若木词》出版，谨表谢忱。

词集末附录几篇文章，都与我写词有关。其中，有杨匡汉和鄂华为我已出版的两部词集分别写的序，以及我自己的两篇后记。再有就是于雁宾评价我的词写的两篇文章。通过这些篇章，对于我写词的始末由来和词的成败得失等能有所了解，特附录，以供参考。

序文就此打住，遂填小词以志付梓。调寄『巫山一段云』，词为：

连雨芳春远，晴阳炎夏深。时光荏苒不留人，转瞬雪纷纷。
繁露欺衰草，风鸢笑断云。南溟奇甸纵游魂，朔漠寄冰心。

二〇一六年五月二十日

永不忘怀的过往

徐志达

我小时候记事早，五六岁时的一些事，不管听说的、见到的，或者猜想的，后来大体记得，或有较深印象。大人看我听话，会说话会办事，认为我能办的事就让我去办。我清清楚楚地记得，七岁的时候到日寇统治下的林西县监狱给三舅张振送饭，还不止一次地去当时的矫正局给祖父送饭。我还记得曾经去日寇特务机关的小吉川家送过冻饺子。我记事的时候，曾听说林西县北部新林镇姥姥家那一带闹过『北霸天』，城里的日本鬼子都不敢去。我小时候对『北霸天』印象很深，但不知道它是咋回事。

还经历过这样一件事。一九四五年，父亲当日伪警察的驻地在县最北部的大水波罗，那时候叫大水泡子派出所，是日寇从林西通向坝后邻近蒙古国的一个边防哨卡。派出所大院就在大路北侧路边的半山坡上。

这年八月的一天上午（后来知道是八月十一日），我和五岁的二弟正在大院门口路南的草地上采野花，忽然听到『轰隆隆』的响声从大道西边传来，一看是有四五辆大卡车的车队，带着滚滚飞尘，正在向东飞驰而来。等我们兄弟俩跑到路边，为首的卡车在我们面前停下来，从驾驶舱跳下来个日本人，来到我面前。他看看我，我看看他，彼此都认出来了，原来是小吉川。他个子不高，瘦窄脸儿，鼻子尖儿下面一疙瘩黑胡子，是我上他家去送冻饺子仔细端详他记住的。他用半拉不落的汉话跟我说话，意思是事变了，日本人紧急撤退，苏联红军正在后面追，很快就过来。他让我赶快告诉我父亲。说着，他赶忙爬上车，扔下来一兜军用食品罐头，领着车队一溜烟往东开跑了。这天我父亲没在家，派出所急忙组织人员和家属，有的骑马，有的套牛车，找不着车马的就徒步而行，什么东西也来不及带，赶忙撤离。我们母子四人的牛车是最后走的。大概躲开大路顺小道走出四五里远，正要拐过一个小山头，就听后面大炮声起，响好一阵子。刚才离开的那个半山坡上，腾起好大一片浓烟。那肯定是苏联红军把派出所大院轰平了。我们母子四人和一大帮人逃过一劫，这惊心的一幕，给我的印象太深了。

我生于一九三七年，日本投降后念一年多私塾，在天津和赤峰上二年半小学、一年半初中，到锦州上完初中、高中毕业后入北京大学中文系学新闻专业，后转中国人民大学新闻系毕业。一九六〇年在大三入党的时候，关于家庭的主要情况，祖父行伍出身是地主，父亲当过日伪警察后参加我军等，我都向党组织说得明明白白，组织也掌握得很清楚。而我小时候一片一片的记忆，多少年来，专心致志读书，紧张忙迫工作，哪顾得去寻思和琢磨。有时候一时受什么触动不免想起来，也好像团乱麻无法理清。父亲生前，我曾多次向他问过日伪统治时期家里和外祖母家的情况，但他一直都什么也不说。可有一回他却主动向我提起来，使我详细地知道了不少情况。那是一九八二年的一天，父亲听到中央为潘汉年冤案平反的消息，沉思好久以后，跟我说起『北霸天』，讲了与之相关的我祖父、我三舅张振和日本人小吉川的事。他所说的情况，印证了我小时候的记忆，也解开了我记忆里的谜团。他告诉我，林西县『北霸天』的陈年老账，相信历史最终能有公正的结论。他特别嘱咐我：『咱们家与之有关的情况，在对「北霸天」没有正式的说法以前，不要跟任何人提起。我希望、也相信历史会给「北霸天」应有的评价。咱们家无所谓。为人处事要不慕虚名，不求闻达，不贪功也不畏辱。』遵父命，我只得把有关的事埋在心底。面对世事，处芸芸众生，我行我素，不屑旁骛，如在自己一首小词里所说『老去万缘轻』了。

岁月荏苒，祖辈和父辈已经作古，我年已八十出头了，对过往的事更不以为然。但现在有个新的情况。我三舅张振的弟弟我四舅（可惜我小时候就不记得他的名字）和四舅母，死于林西县北部鹿山地带闹的鼠疫。他们的儿子叫张文彬，已故，当过县二中的校长。张文彬的儿子（也即三舅张振的侄孙）张新宇，现供职县里机关。他给我寄来一九九〇年内蒙古人民出版社出版的《林西县志》和二〇〇八年中国城市出版社出版的《百年林西》各一部。我翻阅这两部书，抑制不住内心的激动。因为书中对林西县在日伪统治时期的『北霸天』抗日斗争，于大事记、专文和其首领张才的人物传记里，都给予了充分的肯定和高度的评价。这正是我们徐家和外祖母家曾经参与其事的祖辈和父辈，一直相信并且期待的结果。父亲的夙愿今已得偿。现在，我把父亲生前向我说的有关祖父和三舅张振参与『北霸天』抗日斗争的一些真实情况，以及其所印证了的我少小时候的一些记忆，参照两部书较为准确的历史记载，仔细地捋一捋，比较清楚了，记忆中的纠结云开日朗了。

我祖父徐绍清，生于一八九三年，原名少卿，河北省遵化市铁厂镇板城庄人。因家贫，少年时即离家外出，学打铁，后来当兵，二十岁时跟毅军来到林西。毅军是清同治年间清政府的武卫左军左路步队。民国初被任命为热河省帮统、林西镇守使的米振标率毅军进驻林西。一九二一年毅军南下时，祖父离开部队在林西县留下来，成家立业。他因为娶续弦带来较多陪嫁，在县城西黑水置地五顷四十亩，于县城小头道街西街盖一所院落，经营行商，结交朋友，广兴善举，抚孤济贫，为县内乡贤，深得民望。『九一八』以后，日寇占领东三省，接着于一九三三年侵入林西，人民沦为铁蹄下的奴隶。祖父以经商为名，奔走关内外，观察形势变化，深为忧虑。一九一四年生于辽宁建平的张才，幼年丧父，随母移居乌丹五分地水泉村，后投奔林西县五十家子镇老房身村马家沟姐姐家，去南泉子村大地主张关甲家做小工。一九三五年，张才因不甘受地主的无理盘剥，拉着几个青年朋友在五十家子镇南泉子村起事造反，自称『北霸天』，杀富济贫。我外祖母家在其邻近的新林镇大乌兰村，与之离得很近，我三舅张振与张才是拜把兄弟，也跟他一起上了山。县北部新林镇、五十家子一带是祖父当兵旧地，他是在那里成的家，当时家就在新林镇。我外祖母家就在新林镇的大乌兰村。『北霸天』揭竿起事后，祖父与三舅张振秘密联系，知道他们活动的情况，告诉他们不但要杀富济贫，还要反满抗日，狠狠地收拾日本鬼子和伪警。到一九三六年七月，张才已经拉起三十多人的队伍，跟日寇、伪警、汉奸、地主展开了斗争。他们的队伍很快得到发展。这年十月，张才率二百多人的队伍攻打林西县北部永盛号（现新林镇）的警察署，伪警察缴枪逃命，几家大地主也交出枪支弹药。他们还打开粮仓分粮给百姓。这一仗让他们声威大震，沉重打击了日寇在县北部山区的统治。祖父对『北霸天』的活动情况十分关注，同时通过各种渠道打探日寇针对他们有什么举动。如伪警察署署长孙振朋、伪商会会长葛祖培和副会长韩祝三等，这些人当了汉奸，但祖父同他们曾是故旧，虽然对他们反感，也不得不有意跟他们增多往来，从他们嘴里得知准确的消息，秘送『北霸天』。

一九三六年十一月，新任日本参事官阿布虎男坐镇县警务科，决定调集大批军警围剿『北霸天』。张才接到祖父从县城秘送的情报，立即率领人马转移到坝后（锡林郭勒草原）。日伪讨伐队围剿扑空，以窝匪为名，抓走西南沟村八名群众，在老房身学校严刑拷打，逼问『北霸天』去向。张才闻讯，亲领十名精干弟兄，连夜赶到官地镇二段村前山附近设下埋伏，救回被捕的群众。一九三七年五月间，日伪当局组织一支由日军和伪警组成的讨伐队，在统部乡黑山头与『北霸天』激战。张才事先得到情报，做了充分准备，最后讨伐队被击溃，日本小队长申伍的战马被击毙，其也负重伤。日参事官阿布虎男震怒，立即组织一百八十余人的讨伐队，任命日本指导官山口幸春为总指挥，在北部警察署配合下，直扑『北霸天』驻地石匠山。时值中午，张才在山上望见山口幸春的金色肩章，知道他是个军官，于是瞄准他，一枪让他脑浆迸裂，呜呼哀哉。讨伐队一见主帅丧命，顿时大乱，丢下山口尸体，仓皇逃回县城。日寇屡屡战败，曾经耍过劝降的把戏，但仍然失败，没办法想出个新花招。一九三七年八月节的前一天，日寇要带着大米、白面、猪肉、粉条到『北霸天』驻地（今毡铺乡湖泗汰村）去『慰问』，此时暗中布好兵力，企图一举包围而剿灭之。鬼子要来的前一天，『北霸天』接到秘送的情报，于当夜拉杆上山，次日晨与讨伐队开打，到晌午把他们打得死伤无数，使讨伐队大败而归。两年多工夫，『北霸天』通过几次漂亮的战斗，把日寇打得落花流水；提到『北霸天』，小鬼子闻风丧胆，伤透脑筋。

一九三七年『七七事变』后全面抗战爆发，祖父眼看河北老家被日本鬼子烧杀抢掠，内心无限悲愤。他的亲姐姐一大家人遭受残害，只剩下姐姐和她的一个儿子及一个孙子，只好强忍对日寇的仇恨，把他们接到林西。我大姑奶带着儿孙，先住在靠徐家大院东墙的一个小院里，后来为了避免引起日寇注意，出现麻烦，祖父让他们住在了县城西边的黑水乡下。我记得夏日曾到黑水去看望大姑奶。她拿水缸上小笸里生的豆芽，给我做最好吃的一道菜。住的屋里的土墙壁，贴满一圈豆角叶，上头一层是半夜从屋顶爬下来的臭虫。就这样，她还怕臭虫咬着我，夜里让我睡在一张小饭桌上。姑奶带着对日本鬼子杀害她全家大部分人的深仇大恨，躲到这遥远的乡村，把深厚的爱给了侄孙，我到老也忘不了。

祖父在河北老家抗日根据地，知道有少数被我们俘获的日军成立了反战组织，即在华日人反战同盟。他通过抗日队伍，从隐秘渠道得知林西县日寇内部反战人士小吉川的线索。此人后来就在县城小头道街西街路南我徐家大院对面日寇所设的特务机关。祖父与他接上头以后，暗中与之联系。为了使他们的秘密往来遮人耳目，不易被怀疑，祖父安排正在念私塾的大儿子徐国城（我父亲）和其同学张企千当了日伪警察。

祖父以自己的儿子及其同学当日伪警察做幌子，为搜寻有关的情报壮了胆。后来在日寇讨伐、围剿『北霸天』时，因小吉川提供准确情报，祖父让张振派来的人及时传达，使『北霸天』打退了围剿，挫败讨伐，给日寇沉重打击。我们徐家还记得那个年代一些事情的儿女子孙，都知道我祖父许多济贫扶困的事儿。如要饭的人到门口，很多时候都是叫到屋里吃饱饭不算，还要给带上干粮才打发走。有回寒冬腊月，祖父见要饭的穿的破裤子不挡寒，脱下自己穿着的棉裤给他换上。还有在过年前，蒸两大缸用莜面和荞面混合的大个馒头，叫『大王』，放在仓房冻着，那是专用来打发要饭的。家里的大人孩子们哪里知道，经常来要饭的当中，有的就是祖父与我三舅张振之间的联络员。

一九三九年冬，张才收到重要情报，县里日寇要出重兵聚歼，『北霸天』紧急转移到现在翁牛特旗乌丹。日寇见此，下了狠手，由长春派员到林西指挥，命令驻林西的蒙古骑兵三团、机枪连、山炮连等全部军事力量出动，又命乌丹、经棚、大板等地抽派军力协助，追逼『北霸天』。从冬到次年春，经过几个月的十多次战斗，『北霸天』寡不敌众，多数牺牲，剩余少数分散躲避了。日寇这还没完，接着动用军、警、宪、特全力查找『北霸天』分散人员。住在五十家子西南沟拜把兄弟家的张才去向不明、生死不知了。已经回到新林镇大乌兰家里躲避的三舅张振，被日寇抓走投入了监狱。在林西县，『北霸天』与日寇持续六七年的斗争，把日寇打得气急败坏，草木皆兵；他们对中国人的统治，气焰更为嚣张，压迫更加残酷。抓了我三舅张振，无疑会刑讯逼供，而后乱捕滥杀，制造血腥惨剧。这给我祖父带来忧虑，也给小吉川造成压力。小吉川为了保全自己，以特务机关要员的身份命令暂时放下张振，留作活口，待军、警、宪、特搜查最后结果一并审处。他还亲自单独提审张振，给了他一些暗示。我徐家因与张振有亲戚关系而遭到怀疑，势所必然。突一日，家里闯进一大帮日本宪兵，足有二十多人。他们在前院后院东寻西找，屋里屋外四处搜查，各屋翻箱倒柜，墙角旮旯也不放过，结果什么也没找到，只发现一些大米、白面和花洋布料。那时候，中国人家有这些东西也是犯禁的，因此把我祖父带走，送进了矫正局。那里是专门用来扣压所谓『反满抗日』的中国人的。我清楚地记得，一年冬天，家里让我去小吉川家送冻饺子，年前和年后去过两次。每次去他都向我问这问那，于是他认识了我，我记得了他。原来让我上小吉川家去，是要让他看看我能不能办成事。看来他是放心了。他暗地里在关押我祖父和我三舅的两个地方做了安排，然后由我按照他教的去说去做，分别给两处送饭。一个小孩没有引起谁的怀疑，我把事情顺顺当当地办了。实际上，在我送的饭食当中有夹带，让他们两个人要咬死在『北霸天』活动方面相互没有丝毫联系。结果奏效了，很快祖父便从矫正局放了出来。三舅张振重罪没给重判，继续关押，不久因为日本战事吃紧，把他转到奉天（沈阳）监狱去了。

林西县是清末政府于一九〇八年在塞外重地巴林草原西部设立的建制，离日本侵略军占领才二十多年。『北霸天』坚持六七年的抗日斗争活动，英勇顽强，可歌可泣，为新兴的重镇历史的开端书写下光彩篇章。正像时任林西县委书记李延庆、县长关显峰，在《百年林西·红色林西》的序言中所说：『林西虽然建县刚满百年，但这片土地上却蕴含着厚重的历史文化积淀。同时也承受着屈辱，饱含辛酸泪水，曾遭日寇铁蹄践踏，民不聊生。也有反抗，有斗争，有着顽强不屈的骨气……在这片热土上，上演了一幕幕波澜壮阔的历史正剧。这是林西人民的自豪和骄傲。』日本军国主义者发动侵华战争，受害的是中国人民，也是日本人民。日本人民大多数是反对侵略战争的。在控制严密的日本侵略军内部有极少数反战人士是可能的。像小吉川这样的人，在他认为确实可靠的情况下，给我们的抗日活动可能的帮助和支持，对我们来说是宝贵的，也是应当感谢的。尽管在特殊情况下，他的举措为的是保全自己，但也对我们做了好事。

一九四五年八月十一日，林西县城的日军仓皇逃跑，次日苏联红军进入。十三日，林西县地方治安临时维持会成立，设总务、政治、交际、宣传、财政和公安诸部。祖父任公安部副部长，负责城防，把守四门，维持城内秩序。公安部下设公安队，有队员三十多名，父亲徐国城任副队长。此后，经苏联红军东北军司令部与我党中央谈判，苏方把热河、锦州两地交给共产党，党所派开辟新区的干部陆续来到林西，并成立了县政府，是年底维持会解散。我徐家所住院落让做我军领导机关驻地。父亲和二叔参加我军南征，母亲带我们弟兄三人到了新林镇大乌兰村的外祖母家。《林西县志》中提及了祖父和父亲。祖父在林西当地口碑称誉，又有两个儿子参加我军，为军属，政府给予照顾，晚年安顺，一九五六年十月病逝于赤峰。祖父生前以及在赤峰的祖母和姑姑叔叔们，在生活上得到我三姑父刘国城很好的照顾。一九四六年，父亲参加我军赴锦州做地工，天津解放后入城在天津市人民政府公安局工作，一九八九年病逝于长春。我二叔徐国治加入我军开赴前线，原所在部队单位是一六八师政治部宣传队，赴北大荒后转业于绥芬河，一九九〇年逝世于此。我三舅张振，日本投降后从监狱出来，流落到彰武成了家，一九四六年初有人陪着他回林西，到我家见过我祖父，到新林镇老家看望我外祖母。他答应返回去以后带家口再回来，但一去未归，且杳无音信，经多年也没找着。据打探的人口信，他可能在战乱中亡故了。我父亲的同学张企千，日本投降后游走民间说书，后成为家乡知名的民间艺人，一九八九年病逝，县志有传。

如上所述，或许能对我的偏远穷僻的故乡，弥补历史资料的湮没无闻有所裨益，也未可知。但是，对于我们家族而言，如朱熹所曰：『盖人之生，无不本乎祖者，故报本返始之心，凡有血气者之所不能无也。』

先人的民族气节和道德情操，永远是支持我们后辈奋勇前行的动力。吾辈并且要告诉我们的后辈：永远不能忘怀这过往的历史。

二〇二〇年八月十一日

后记

唐诗宋词，遥接诗经楚辞，成为中国古典文学的一条文脉，足以显现词这一文学样式的重要性。

我生朔漠，穷乡僻壤，一九四五年日本投降，家乡解放，一时未有小学，开始念私塾。从《三字经》念到《诗经》，也不知道有词，直到上高中从语文课本才学到几首词，始知有词，且为「杨柳岸，晓风残月」「大江东去」「应是绿肥红瘦」「郁孤台下清江水」的词和词句所陶醉。

一九五七年高考语文试题，就有辛弃疾《菩萨蛮》词，我当然轻松答得圆满。那年高考待取，认真地读《诗刊》创刊号登载的毛主席的诗词，想方设法搜求并读古人的词，还依样画葫芦地学填词。孰料，这个开始就和命运连在了一起。

悠悠数十载，从上大学到工作，历经各种运动和革命，又辗转服务单位与部门。事务纷繁，情绪波动，读词学词不可多顾，只是偶一为之。有了习作，不得见诸报刊，就在日记里留存。至一九九二年，共有词三十余首，故名之曰「昔日篇什」。

这之后加上退休后几年，有十多年，忙于其他，一首词也没写。从二〇〇六年起，主要加工、修改新格律体长篇叙事诗《诗歌皇后萧观音》，而余暇即填词，或者说以写词调剂改诗的紧张忙碌。如此又过十多年，把相继出的词集《从心词稿》《梦回芳草》，加上这之后又写的二百多首，连同《昔日篇什》，合编为《若木词》出版，总计六百六十六首。

时至今日，《诗歌皇后萧观音》出版了，这四年多工夫，还出词二百余首，作为《若木词续》，与《若木词》中各集编在一起，即是这部《若木词集》。好在，一来对印本中原作个别字词的差错，以及编校的一些疏漏，有机会得到更改和补正；再者，这几年所作，不见得好，但集起来保存，避免散失，也算是敝帚自珍吧。

词之为体，要眇宜修，词是意绪的表达，等等。受前人对词的这些理解和认知影响，我填词偏重于抒发个人意绪和哀乐，很少有应景之作，需要应酬写来尽量发挥词的特性。平生为词，尽皆在此，词意未见得深刻，艺术未见得高妙。但北京凤凰文化发展公司创始人、诗人杨罡，鼎力相助，刚出版了新格律体长篇叙事诗《诗歌皇后萧观音》，又支持安排《若木词集》出版成书，这要深以为谢。

还要感谢我报社同事于雁宾。多年来，他热心关注、细心研读我写的诗、写的词。每有诗集、词集出版，他往往著文评论，给予中肯批评和积极鼓励。《若木词集》编就，请他为序，他一再推辞，说应请名人名家。他从事报业，多才多能，曾写电影剧本被拍成电影；精通诗词，出了诗集；擅长绘画，出版画册，还写了不少文艺评论和报道。有此行家里手，比那些附庸风雅、沽名钓誉、利用权力为自己造势的所谓『名家』，应受尊重，还请什么名家。我意序文，非他莫属。终于获允，也要深以为谢。

已故冯其庸先生，是我大学授课师长。多年来，我多次进京求教，在他来长春时曾陪同他到省博物馆拍摄曹寅画作。先生赠我多部研究《红楼梦》的著作。先生生前，我曾请求他为出版的词集写序，他不但答应病情好转即写，还画幅画为赠。我后悔不该在先生病中有此请求。更为遗憾的是，先生终未康复，安然仙逝。他早年赠我《水墨葡萄》，曾几次置于诗词集前。此幅墨宝，现仍敬放《若木词集》，向先生以表深沉怀念。

一九八六年六月，我从承德、北京回东北，路过天津，曾拜访著名作家、小说《红旗谱》《播火论》的作者梁斌。他赠我条幅，上书『文章千古事，风雨十年人』。现亦放集前，敬致思念。

此集后面附文，除《若木词》所附者外，还增加两篇：一是《〈若木词〉自序》，二是《永不忘怀的过往》。后者本为纪念抗日战争胜利七十五周年所写，由于词集中前前后后有多篇词作所写，都与该文内容有关，故安排在集末，以供读词参阅。

记文如此，赋《浪淘沙·〈若木词集〉编就》，词如下：

佐禹治洪涛，伯益功高，封徐始祖史昭昭（伯益佐禹治水有功，封子若木于徐地，子即徐姓得姓始祖）。千首清词今奉敬，得姓增骄。要眇宜修标，意绪云飘，摘星丽句壮词豪。佳构鸿篇谁出手？尚待朋曹。

作者　二〇二〇年十二月二日